KB054083

# 이효석 문학상

수상작품집 2022

# 이효석 문학상

수상작품집 2022

생각정거장

일러두기

단행본은《》, 단편소설과 시는〈〉, 노래는‘ ’로 표기했습니다.

# 차례

제23회 이효석문학상 · **대상 수상작**

# 제 꿈 꾸세요

김멜라

ⓒ온점

2014년 〈자음과모음〉 신인문학상을 통해 소설을 발표하기 시작했다. 소설집 《적어도 두 번》《제 꿈 꾸세요》가 있다. 제11회 문지문학상과 제12회, 제13회 젊은작가상을 수상했다.

학교 음악시간에 '메기의 추억'을 부르면 늘 같은 대목에서 궁금증이 일었다. 옛날에 금잔디 동산에

메기

왜 메기일까. 넓적한 입에 수염이 난 물고기 메기는 아닐 텐데. 볕이 들지 않는 음악실, 수명을 다해가는 형광등 아래 앉아 나는 입을 벌려 노래 불렀다. 물레방아 소리 그쳤다

메기

높은 벼랑에서 별안간 훅 떨어지는 듯한 노래의 낙차에 나는 매번 가슴이 울렁였다. 메기는 미국 이름 'Maggie'를 소리 나는 대로 옮긴

것이었지만 음악책에는 원곡의 가사가 없어 메기가 누구인지, 누가 메기를 그리워하는지 알 수 없었다. 나는 메기라는 이름의 수수께끼를 누군가에게 묻거나 찾아보지 않고 풀리지 않는 매듭 그대로 두었다. 외국 민요를 부를 때 떠오르는 의문은 '오 수재너'에도 있었다.

멀고 먼 앨라배마 나의 고향은 그곳. 밴조를 메고 나는 너를 찾아 왔노라.

수재너를 찾아온 사람이 메고 온 밴조. 밴조가 뭘까. 뭔지는 몰라도 어딘가 녹슨 쇠 냄새를 풍기고, 열기 힘든 경첩이 달린 단어 같았다. 잠결에 언뜻 들은 누군가의 고해성사처럼 밴조나 메기에는 비밀스러운 그림자가 드리워 있었고 나는 노래가 불러일으키는 미궁을 마음껏 헤맸다. 내 고향은 대한민국 무슨 시 무슨 구가 아니라 맑은 시냇물이 넘쳐흐르고 새빨간 알핀로제가 피어 있는 베르네가 아닐까. 다스 오버랜야 오버랜. 뜻도 모르는 이국 말을 흥얼대며 메기와 수재너가 '아름다운 베르네'로 떠나는 상상을 했다. 내 상상 속에서 메기는 다른 노래에 사는 수재너를 만나 밴조를 메고 알핀로제가 만발한 베르네로 향했다.

"그런데 당신이 온 거죠."

나는 종아리까지 눈이 쌓인 길에서 균형을 잡으려고 애쓰는 챔바에게 말했다. 챔바는 언제까지 이런 날씨에 이런 길을 걷게 할 거냐는 듯 내키지 않는 표정으로 웃었다. 굵고 탐스러운 눈이 펑-엉-펑-엉 쏟아지고 있었다. 챔바와 나는 '커피 포리'를 찾기 위해 남산길을 걷고 또 걸었다. 마지막으로 그 커피우유를 마셨던 곳을 기억해 남산길 마지막 슈퍼로 왔다. 남산길 마지막 슈퍼, 그게 슈퍼 이름이었다. 둥근 플라스틱 컵에 담긴 커피우유나 사각 종이팩에 담긴 우유는 흔했지만, 나는 꼭 삼각 비닐팩에 담긴 커피우유여야 했다.

"굴러가면 굴러갔지 난 더 못 걸어요."

커피우유를 마시고 슈퍼를 나와 챔바가 차양막 아래 서서 말했다. 올라올 때 우리가 만든 발자국이 벌써 눈에 덮여 보이지 않았다. 벽을 따라 고정된 양철 홈통에서 무게를 이기지 못한 눈이 후드득 쏟아졌다. 나는 눈송이가 떨어지는 산잔등을 올려다봤다. 하늘은 파랗고 바람 없이 잔잔했다. 먼 곳의 파랑이 지상으로 내려오며 조금씩 그 농도가 묽어지다 눈 쌓인 산 등마루에 다다라 완전히 희게 바뀌었다. 얕은 파도가 해변으로 밀려오는 듯했다. 먼 땅도 가까운 땅도 흰 눈이 덮어버렸고 도로의 아스팔트와 가로수 나뭇가지에도 소오복히 눈이 쌓였다. 배기가스와 꺼지지 않는 네온사인에 지친 나무들이 흰 눈을 덮어쓰고 쉬는 듯했다. 죽은 나도 저렇게 쉬고 있을까. 나는 챔바에게 내가 먼저 시작하겠다고 했다.

"오익오익, 잘 따라와요."

돼지 울음소리를 내며 나는 두 손을 가슴에 포갰다. 돌이킬 수 없는 바람에 관통당한 낙엽처럼 나는 눈밭으로 쓰러졌다.

*

챔바는 내가 죽어갈 때 나타나 노래를 불렀다. 기타와 비슷하게 생겼지만 기타는 아니고, 기타의 육촌 고조할머니뻘 되는 듯한 악기를 들고서 '오 수재너'를 불렀다.

"멀고 먼 앨라배마 나의 고향은 그곳. 밴조를 메고 나는 너를 찾아 왔노라."

이마의 제비초리가 두드러질 만큼 짧은 머리를 가지런히 뒤로 넘긴 챔바는 감색 차이나 재킷에 행커치프까지 한 맵시 있는 차림새였지만 지독한 음치에다 한눈에도 악기 연주법을 모르는 것 같았다. 둥근 울림통에 구리색 후크가 달린 현악기의 쇠줄을 위아래로 쓸고 있을 뿐 음정도 박자도 맞지 않았다.

"계속 나만 볼 거예요?"

챔바가 말했다. 우리는 바닥에서 발을 뗀 채 천장 가까이 떠 있었다. 챔바와 나 사이 아래에 의식을 잃은 내가 쓰러져 있었다. 어느 순간 나는 내 몸에서 빠져나왔는데, 그건 마치 옛날에 금잔디 동산에

메기

로 이어지는 노래처럼, 마디 바꿈도 없이 나를 둘러싼 리듬이 일시에 다른 흐름으로 전환되는 느낌이었다. 리시브 다음 토스, 스파이크로 이어지는 단계를 건너뛰어 변칙 속공으로 네트를 넘어간 공의 기분이랄까. 무섭거나 아프지는 않았다. 다만 빠져나온 나와 쓰러져 있는 나 사이에서 희미한 캐러멜 향이 났는데, 그건 아마도 의식

을 잃기 직전 내가 먹었던 캐러멜 향이 첨가된 아몬드크런치크랜베리초코바 때문인 듯했다. 아몬드와 잘게 부순 과자, 말린 크랜베리가 딱딱하게 굳은 초콜릿 덩어리와 함께 인후부의 길을 잘못 든 순간, 내 숨구멍의 마디들이 생장점을 뚫고 나가는 식물처럼 몸이라는 외피를 뚫고 나갈 듯 팽창했다. 폼매트에 엎드려 캑캑거리면서도 나는 이 상황이 죽음으로 끝날 수 있음을 인식했다. 그렇다면 내 사망확인서에 적힐 사망 원인은 이런 건가. 이물질에 의한 기도폐쇄와 호흡곤란. 하지만 그보다 먼저 시도한 약물 과용은? 켜켜이 쌓인 삶의 질곡들과 내가 나를 찢고 소각해버리고 싶게 만드는 과거의 크고 작은 수치심은? 한마디로, 여름이 다르고 겨울이 다른 내 바이오리듬과 양극성 심리는? 수면장애와 토막잠, 그것들을 불러일으킨 바닥난 의지력, 그리고 압력솥의 추처럼 옆으로 누운 팔자를 그리며 요동친 인간관계는?

관계, 그러니까 이 사건의 인과관계를 밝히시오, 라고 할 때의 인因은?

혼자 사는 30대 무직 여성이 된 이유를, 단단히 준비한 끝에 모아놓은 수면제를 삼키고 사흘 만에 깨어나 이렇게 끝낼 수는 없다며(어떻게 생과 사를 오간 사흘 동안 카드회사에서 보낸 이벤트 문자 외에 단 한 명의 연락도 못 받은 거지?) 그 누구도 나의 안녕을 궁금해하지 않는 세상, 이 악물고 살아주마, 그렇게 결심하고 급히 먹은 원 플러스 원 초코바에 목이 막혀 죽는 이 블랙코미디, 누구의 삶도, 어떤 죽음도, 다른 이에게 웃음을 불러일으킬 목적으로 존재하는 건 아니건만, 어째서 당사자인 나부터 쓴 웃음이 나는 이 뒤엉킨 인과관계의 인을

설명할 도리 없이 내 몸은 마치 튜브로 된 물감을 짠 것처럼 한 지점에서 다른 지점으로 빠져나왔다. 곧이어 챔바가 나타나 노래를 불렀다.

"실례지만, 천사?"

혼란스러운 상황에서도 나는 예의를 갖춰 물었다. 이런 순간에 나타났으니 천사나 그 비슷한 존재가 아닐까 생각했다.

"내 소개는 나중에 하고, 30초 남았네요. 15초 뒤에 심장박동이 멈추고 그다음 뇌에 산소 공급이 끊기면 당신은 길손이 되어 떠날 거예요."

챔바가 공중에 뜬 두 발을 천천히 움직이며 말했다. 내 발도 물살에 흔들리는 해초처럼 흐느적거렸다. 그 아래 청색증으로 얼굴이 파랗게 된 내가 쓰러져 있고, 핫소스 얼룩이 묻은 폼매트 위에는 수년에 걸쳐 모아온 여러 조제일자의 약 봉투와 굵은 실로 제본한 정사각형 무지노트가 펼쳐져 있었다. 아, 저걸 저기에 그냥 뒀네. 유서라고 생각하면 어쩌지. 이건 엄연히 사고사인데. 나는 크라프트지에 굵은 펜촉으로 쓴 내 흔적('내 플러그는 내가 뽑고 싶어요')을 없애기 위해 팔을 뻗었다. 그때 챔바가 오페라핑크색 행커치프를 펼쳐 내 얼굴에 덮었다. 그러니까 죽어가는 내 육신에. 그러자 몸을 빠져나와 있는 내 눈앞이 밝아지더니 출퇴근 시간 지하철 환승역에서 떠밀리는

승객처럼 방 밖으로 밀려 나갔다. 그대로 콘크리트 벽을 통과했다.

나

고소공포증 있는데

그렇게 생각했지만, 불안이나 공포를 느낄 새도 없이 나는 상승하고 또 상승했다. 지상의 액체가 태양열을 받아 대기로 올라가는 듯했다. 사람이나 덩어리진 물질이 아니라 빠르게 움직이는 하나의 흐름이 된 것 같았다. 입자. 그 와중에도 나는 내 상태를 설명할 단어를 떠올렸다. 쪼개고 쪼개고 쪼개 더는 쪼갤 수 없는 근본적이고 단순한 왜

왜 그랬어 왜 그랬어 왜 그랬어

왜 그랬어

일 년 전 첫번째 시도를 했을 때 응급실로 찾아온 엄마가 내 팔뚝살을 비틀며 했던 말. 이번에도 엄마일까. 엄마여야 할까. 나는 세상으로부터 고립됐고 받아야 할 우편물도 없으며 공과금은 내 통장에서 빠져나가게 자동이체 해놨는데. 앞집에 사는 유일한 이웃도 이사간 지 몇 달째. 모르겠다, 이렇게 된 마당에 평생 뽑지 못할 못 하나를 더 박는 게 뭐 대수겠나 싶으면서도 최악은 피하자는 마음에 죽은 나를 발견할 (엄마 아닌) 다른 사람을 떠올렸다. 그러자 곡류에 휘말리는 물살처럼 나는 급히 꺾였다가 무언가를 둥실 타 넘었다가 차고 따듯한 기류를 넘나들며 밑으로 밑으로 하강했다. 벌써 내 육신의 세포들이 부패하기 시작한 것이다.

*

쏟아지는 눈발 속에서도 한낮의 태양이 높게 떠 있었다. 눈송이가 녹지 않을 정도의 온기와 눈의 결정들이 엉겨 붙지 않을 정도의 냉기가 적절하게 배합된 기후 안에서 나와 챔바는 반걸음 정도의 거리를 두고 걸었다. 죽기 전 공중에 떠 있던 순간은 첫 주문 시 할인 쿠폰을 쓸 수 있는 신규 가입자의 혜택 같은 것이었는지 나는 방한 부츠를 신은 두 발로 걷고 또 걸었다. 북극의 얼음덩어리 같은 교차로를 보니 스키와 체인이 달린 스노우모빌이 떠올랐다. 이런 길은 스노우모빌을 타고 활강해야 제격인데. 하지만 내 상상력의 도시에는 엔진 동력으로 움직이는 이동 수단은 그 무엇도 작동하지 않았다. 챔바의 영향인 것 같았다. 자기의 차 안에서 스스로 플러그를 뽑았다는 챔바는 자동차를 싫어했다. 버스나 오토바이도 거부했고 오직 두 발로 걸어가길 원했다. 어떻게 저런 사람이 나 같은 길손을 안내하는 가이드가 된 건지 의문이었다.

"나 같은 사람이 많아요?"

발을 뻗으면 부츠가 금세 눈에 파묻히는 땅을 보며 내가 물었다. 챔바는 밑창에 아이젠을 단 워커를 신고 내 앞에서 걷고 있었다.

"어떤?"

"죽은."

나처럼 죽은, 그러니까 죽으려다 못 죽고 예기치 못하게 죽은. 자의로 계획했지만 타의의 습격을 받아 애매하게 그 사이에 낀, 칸과 칸 사이에 절취선이 그어진 휴지처럼 자의/타의로 말끔하게 끊어지지 않고 불규칙한 선으로 찢겨나간.

"여기선 깨어났다고 해요. 우리 친구 라자로가 잠들었도다. 그러나 내가 깨우러 가노라."

챔바가 고글을 고쳐 쓰며 말했다. 라자로가 누구더라. 어디서 들어본 이름 같은데. 스페인 영화에서 봤었나. 라자로 디에고 가르시아? 내가 속으로 중얼거리자 챔바가 장갑 낀 손을 앞으로 뻗었다.

"라자로야, 나오너라! 몰라요? 예루살렘의 라자로."

나는 모른다고 했다.

"예루살렘은 알죠. 이스라엘, 종교, 타지마할."

그러다 타지마할은 다른 쪽인 것 같아 나는 챔바의 가슴 주머니로 시선을 피했다. 처음 봤을 때와 달리 챔바는 위아래가 하나로 이어진 두툼한 스즈끼복을 입고 있었다. 가슴 주머니에 노란 실로 '챔바챔바'라는 글씨가 박음질돼 있어 볼 때마다 속으로 챔바, 라고 발음하게 됐다.

"성경을 인용한 거예요. 교회 다녔다고 해서."

"예전에, 몇번."

내가 말하자 챔바는 걸음을 멈추고 오픈핑거형 장갑을 벗었다.

"특정 단어로 말하지 않고 괄호로 두기도 해요. 깨어난 사람, 혹은 괄호."

"괄호?"

"비난도 칭찬도 아닌, 괄호. 판단 이전의 괄호."

손가락 끝마디 부분이 뚫린 장갑으로 고글 렌즈를 닦으며 챔바가 말했다. 그사이 나는 챔바의 얼굴을 자세히 보았다. 자기와 눈을 마주쳐서 좋을 게 없다는 듯한 무심한 눈빛, 그 아래 눈 밑을 따라 난 고글 자국과 좁지도 넓지도 않은 뺨, 말년 운이 좋은 하관의 예시로 관상 책에 나올 법한 턱. 나이는 몇 살쯤일까. 성별은? 목소리만 들으면 중년 남자 같은데 옷을 따라 꺾인 상체의 희미한 굴곡을 봐선 여자 같은, 어느 쪽이든 이차성징의 호르몬을 폭포수처럼 뒤집어쓴 타입은 아닌, 한마디로 모터사이클 레이싱 슈트인 스즈끼복이 잘 어울리는 챔바였다.

"뭐요."

챔바가 나를 보았다. 나는 고개를 돌렸다.

"알고 싶어요?"

챔바가 고글의 밴드를 머리 뒤로 넘기며 말했다. 나는 어깻짓을 했다. 그러면서도 호기심을 누를 수 없어 챔바의 옷에 달린 흰색 지퍼 재봉선을 훑었다. 상하의가 일체형으로 된 챔바의 옷에는 지퍼가 여러 개 있었고(가랑이와 엉덩이골에도 있는 듯했고 그건 아마도 화장실 갈 때 편하게 옷을 입고 벗는 용도 같았다) 가슴과 양 허벅지에 각각 오페라핑크색 띠가 세 줄씩 들어가 있어 흰 눈밭에서도 선명하게 눈에 띄었다.

"소괄호예요? 아니면 뾰족 괄호?"

나는 화제를 돌리기 위해 물었다. 내겐 당신의 성별이 중요한 요소가 아니라는 듯. 하지만 우리 사이가 좀더 가까워지길 원한다면 그 머플러를 내려 울대뼈가 튀어나왔는지 확인해주면 된다는 듯, 조금 웃었다.

"빈 괄호, 비워두는 거예요."

챔바가 두 손을 가슴 높이로 올려 괄호 부호를 만들었다. 그러고는 보송한 털 방울이 달린 모자를 고쳐 썼다. 챔바는 다시 걷기 시작했고 나도 챔바를 따라 걸었다. 눈 덮인 가로등 위로 날개가 작은 새들이 날아갔다. 나는 챔바가 내 생각을 느끼고 헤아릴 수 있다는 것을 자꾸 잊었다. 내 모든 생각이 유리컵 속의 물처럼 투명하게 드러나는 건 아니지만 가이드가 알아야 할 길손의 상태가 챔바에게 전해진다고 했다. '나'라는 사이트에 동시접속한 상태라고 생각하면 이해하기 쉬울 거라고 했지만, 정작 챔바도 그 이상 설명하지 못했다. 내 생각이 영화의 내레이션처럼 귀에 들리느냐고, 아니면 책 속의 활자처럼 눈앞에 보이느냐고 물었더니, 챔바는 누가 생각을 그렇게 해요? 라고 되물으며 발을 내디디면 몸이 앞으로 나아가는 것처럼 의식하지 못한 채 자연스럽게 생각이 전해지는 거라고 했다. 그 설명이 나는 더 어려웠다. 어떻게 서로 다른 개체의 뇌신경 활동이 하나로 연동될 수 있을까. 공식만 달달 외워 응용문제가 나오면 번번이 틀리는 수학 시험처럼, 나는 내 생각이 챔바와 이어져 있고 내 상상력 안에서 다른 사람의 꿈으로 갈 수 있다는 길손의 원리를 쉽게 납득하지 못했다. 첫번째 꿈의 목적지가 가까워질수록 내 선택이 틀렸을지도 모른다는 불안이 커졌다.

나는 규희의 꿈으로 갈 생각이었다. 그 애라면 내 시신을 발견하고도 지울 수 없는 트라우마로 고통받지 않을 것 같았다. 같은 중학교에 다니며 점심시간이면 서로의 반찬이 얼마쯤 남았나 흘깃거리며 밥을 먹던 내 친구. 토요일 오후가 되면 학생회 예배에 참석하자며 우리 집 앞으로 날 데리러 오던 목사님 딸 최규희.

꼭 내 시신을 발견해달라는 부탁을 해야 해서가 아니라 규희와 나는 십대 무렵 돈독한 우정을 나누던 사이였다. 둘 중 한 명이 '동백떡볶이'에 가고 싶으면 생리 둘째날이라도, 삼일간 머리를 안 감았어도, 오버나이트 패드를 팬티에 붙이거나 모자를 뒤집어쓰고 꼭 같이 가주던 떡볶이 메이트였으니까. 삼겹살은 혼자 구워 먹어도 즉석떡볶이는 둘이 가서 2인 세트에 볶음밥을 볶아 먹어야 제맛이라는 걸 아는 최규희니까. 비록 그애가 찾아온 어느 토요일, 교회에 가기 싫어 벨 소리를 듣고도 문을 열어주지 않은 적 있지만 그건 규희가 또래 애들을 전도하면서 으레 한번씩 겪던 일이었다. 규희와 나는 다른 고등학교에 배정받으며 자연스럽게 멀어졌고, 대학 입학 후에는 성인으로서 맺는 사교관계에 지칠 때면 서로를 불러내 떡볶이 국물에 김말이를 푹 적셔 먹었다. 규희가 회사를 그만두고 제빵 기술을 배워 디저트가게를 차리겠다고 했을 때나 만나다 헤어지기를 반복한 첫사랑과 결혼을 고민할 때도 우리는 동백떡볶이에서 당면 사리를 추가해 먹으며 함께 고민했다. 덜 손해 보는 선택지보다 손해 봐도 해봐야 직성이 풀리는 일에 마음을 모았다. 규희는 고민을 털어놓는 쪽이었고 나는 들어주는 쪽이었지만, 규희는 내가 에둘러 던진 테스트 질문(내가 쫄딱 망해서 노숙자 돼도 친구 해줄 수 있어? 내가 억울한 누명을 쓰고 쫓기면? 내가 빨주노초로 머리를 염색하고 내가 양팔에

용 문신을 하고 내가…… 내가 여자를 좋아한다고 하면 넌 그래도 똑같이 날 친구로 대해줄 수 있어?)에 뭘 그렇게 쉬운 문제를 내느냐는 듯 대출받는데 보증 서달라고만 안 하면 자신이 죽어 납골당에 갈 때까지 친구가 되겠다고 했다.

"나한테 발가락 하나 정도는 줄 수 있다고 하더라고요. 발 한 쪽을 다 주진 못해도 자기 발가락 하나에 내 생명을 구할 수 있다면, 까짓거 준다고."

나는 등받이 없는 의자에 앉아 동백떡볶이집을 둘러보았다. 동백여중 건너편 골목에 있는 떡볶이가게는 예전과 그리 달라지지 않은 듯했다. 벽 없이 트인 일층 실내와 손글씨가 어지럽게 적힌 석고벽, 바둑판무늬 식탁보와 테이블마다 올려져 있는 가스버너. 변한 게 있다면 사계절 내내 녹색 낚시 조끼를 입고 주문을 받던 사장 아저씨는 보이지 않고 입구의 무인 주문기계에서 메뉴를 선택해야 한다는 것이었다.

"오랜만에 친구랑 만나서 추억 쌓는 거죠. 규희가 김말이 두 개 주면 착해지거든요."

나는 허벅지 사이에 손을 넣고 고추장 양념 냄새가 풍겨오는 주방 쪽을 보았다. 떡볶이 맛이 달라졌을까 걱정됐지만, 정작 전에 먹었던 맛이 기억나지 않았다.

"먹는 게 좋다고 했죠? 같이 먹던 음식."

나는 챔바에게 물었다. 챔바는 올리브색 밴조 케이스를 빈 의자에 올려놓고 그 위에 털 방울이 달린 모자를 벗어놓았다.

"성공 확률이 높죠."

그렇게 말하고서 챔바는 앞치마? 하고 물었다. 반대편 벽에 고추장색 앞치마가 겹겹이 못에 걸려 있었다. 나는 버너에서 솟아나는 푸른 불꽃을 보며 생각했다. 어떻게 말해야 할까. 사실대로 털어놓고 애절한 표정으로 부탁할까. 규희야, 와줘, 도와줘. 아니면 악몽을 만들어 놀라게 할까. 열두 시간 안에 날 찾아오지 않으면 너희 가족 중 한 사람이 죽는다! 떡볶이를 먹다 이가 몽땅 빠지거나 가스 불이 앞치마로 옮겨붙거나 가게에 사나운 짐승이 들이닥치는 꿈을 만들까. 어떻게 말해야 할까. 보글보글 끓는 떡볶이를 먹으며.

"성령 충만한 애라 괜찮을 거예요. 모태신앙이니까."

나는 스테인리스 컵에 물을 따르는 챔바에게 말했다. 챔바는 나에게 물컵을 건넨 뒤 흰 단무지를 접시에 담아 가져왔다. 멜라민 접시 테두리가 불에 그슬려 검게 이지러져 있었다.

"걔가 술도 좀 하거든요. 아버지 몰래 책상 서랍에 소주 숨겨두고 생라면 부순 거랑 같이 먹고 그랬어요. 취하면 회개도 잘된다고. 나 때문에 놀라더라도 술 마시고 기도하면 괜찮아질 거예요."

자꾸 날 발견할 규희의 모습이 떠올랐다. 아무리 믿음이 신실한 애라도 죽은 사람을 보면 충격받지 않을까. 규희는 죽은 사람을 본 적 있을까. 어머니 아버지는 무탈하시나. 지난 명절 때 어머니가 무릎 수술 받으셔서 혼자 화장실도 못 가신다고 했는데. 문득 중학교 때 화장실 변기에 새끼 쥐가 죽은 걸 보고 비명을 질렀던 기억이 떠올랐다. 쥐를 발견한 사람은 나였고 규희는 옆 칸에서 볼일을 보다 내 소리에 놀라 교복 치마 끝단이 속바지에 말려 올라간 것도 모른 채 경비실로 뛰어갔다. 몸이 아프거나 마음이 어지러우면 나는 그때 변기 속에 두 눈을 감고 죽어 있던 쥐가 꿈에 나왔다. 깨끗한 양변기를 찾아 학교 계단을 수없이 오르내리는 꿈을 꿨다. 규희도 그런 꿈을 꿀까. 슬프거나 아플 때 그애는 인생의 어떤 기억으로 돌아갈까.

"된 것 같은데요?"

챔바가 불 세기를 조절하려고 냄비 밑으로 고개를 비스듬히 꺾었다. 잘 익은 떡이 매실액을 넣은 국물과 함께 끓고 있었다.

"예전에 규희한테 물어본 적 있어요. 너 진심으로 마리아가 혼자 임신해서 아기 낳은 거 믿느냐고."

나는 젓가락으로 당면을 휘젓는 챔바에게 말했다.

"그래서요?"

"자긴 임신 안 해봐서 모르겠대요."

챔바가 내 접시에 떡과 김말이를 담아 건네주었다. 나는 김이 피어오르는 접시를 내려다보았다. 이제 규희는 알까. 다섯 살 된 아들과 세 살 된 딸을 키우는 규희는, 내가 펜으로 등을 찌르며 묻던 질문을 기억할까. 자율학습 시간, 공부는 하기 싫고 다른 애들은 방해할 수 없을 때 목사님 딸 최규희를 건드려 성경 얘길 하자고 귀찮게 굴곤 했다. 그러면 규희는 흰 종이가 까맣게 되도록 열중하던 영어 단어 외우기를 멈추고 뒤에 앉은 나를 돌아보며 말했다. 대충 믿어, 뭐가 궁금한데? 나는 폐기 자료로 분류돼 커다란 포대에 담겨 있던 학교 도서관 책(《성경은 없다》)에서 본 내용으로 규희를 시험했다. 성경에 말이지, 생리할 때 남자랑 그거 하면 남자 여자 둘 다 제거해버리래, 교회에서 여자는 입 다물고 남자한테 복종하라는데? 그리고 저번에 전도사님이 했던 말, 자살하면 지옥 간다고. 넌 그 말이 옳다고 생각해? 힘들어서 죽은 사람은 더 잘해줘야 하는 거 아냐? 그때 규희는 뭐라고 했더라. 웃었나. 화를 냈나. 입 다물고 영어 단어나 외우라고 했나.

"문제는……"

챔바가 떡 두 개를 한번에 입에 넣은 뒤 뜨거운지 흰 무를 베어 먹고 그래도 뜨거운지 물을 조금 삼킨 후 말했다.

"이걸 다 먹어야 볶음밥을 먹을 수 있다는 거예요."

나는 탱탱 불은 김말이를 숟가락으로 두 동강 내고 세 동강 냈다. 그게 힘든 일일까. 난 위해 발가락 하나 정도는 줄 수 있다고 했는데. 발가락을 자르는 것보다 훨씬 쉬운 일이잖아. 택배상자에 붙은 스티커를 떼고 버려달라는 정도? 내 이름과 주소가 적힌 종이가 사방으로 쏘다니는 게 싫어 운송장 스티커를 떼어달라는 당부 정도로 여겨달라면 무리일까. 사람의 육체는, 시신은, 신상정보보다 중요하니까. 썩어 부패하기 전에 훼손되기 전에 날 발견해 이 세상에서 조용히 물러나게 해달라는 부탁은 누구에게, 어떤 말로 해야 할까.

"생각났어요. 왜 규희한테 가면 안 되는지."

나는 냄비 열기에 두 볼이 달아오른 챔바를 보며 말했다.

"걔가 키가 컸거든요. 그래서 음악 선생님이 규희한테 형광등 좀 안 깜박거리게 돌려보라고 했더니 규희가 그랬어요. 여기 의자 밟고 올라서면 다 자기처럼 키 커질 거라고. 그러니 꼭 자기가 아니어도 된다고."

*

오가는 차는 없었지만 우리는 건널목에 서서 녹색불이 켜지길 기다렸다. 신호등 옆에 선 주목의 좁은 나뭇잎에 눈이 쌓여 있었다. 어디서부터 굴러온 건지 모를 플라타너스 낙엽 위에도, 밟고 올라서기 위해 전봇대에 박은 굵은 쇠못, 그 작은 못 머리에도 눈이 내려앉아 있었다. 자동차들은 유리나 합금 소재 같은 겉모습이 덮이고 지붕과 보닛으로 이어지는 형체만 알아볼 수 있었다. 차바퀴 고무에 팬 빗살 무늬를 따라 눈송이들이 착지했다. 그 옆으로 허리가 길어진 챔바와 나의 그림자가 비스듬히 누워 있었다.

"다른 괄호들은 어땠어요? 한번에 다른 사람 꿈으로 갔어요?"

눈에 덮여 차선이 사라진 도로를 건너며 나는 챔바에게 물었다. 규희 다음으로 나는 세모를 생각하고 있었다. 일 년에 서너 번, 계절이 바뀔 때나 안부를 묻던 친구보다 서로의 벗은 몸을 본 연인 사이가 나을 듯했다. 싸우면 경쟁하듯 저주를 퍼붓던 애인이 아무래도 덜 미안하겠지. 좀 아프게 해도 괜찮은 사람, 서로에게 준 상처보다 사랑했던 기억이 큰 사람, 그런 사람이라면 세모밖에 떠오르지 않았다.

"여든이 넘은 할머니가 있었는데 조카에게 갔어요. 같이 바나나빵을 먹던 기억으로. 할머니 기억이 흐릿해 한참 돌아다녔죠."

"붕어빵 같은 건가요?"

"좀 달라요. 붕어빵은 팥이나 크림이 들어가는데 바나나빵은 바나나 모양에 속 없이 반죽만. 지금 그 조카는 바나나빵을 파는 시장 근처에 살아요."

"좋은 예시네요. 그 할머니도 혼자였어요?"

"혼자였고, 깨어났죠."

깨어났다는 건 스스로 플러그를 뽑았다는 뜻이었다. 아닌가, 죽을 때 혼자여서 세상에 그 죽음을 알릴 사람이 없는 경우인가. 그것도 아니면 혹시 누구나 죽으면 길손이 되나.

"기준이 있어요."

챔바가 말했다. 나는 어떤 기준이냐고 물었다.

"정확히는 모르고 짐작할 뿐인데, 어떤 가이드는 빛이 필요한 사람이 길손이 된다고 해요. 어떤 가이드는 세상의 빛이 된 사람이 길손이 된다고 하고."

확실히 나는 후자 쪽은 아니었다.

"챔바는 어떻게 생각해요?"

내가 묻자 챔바는 걸음을 멈추고 길의 먼 지점을 보았다. 사방이 알비노 토끼의 털처럼 하얬다. 도시의 번잡한 풍경을 단순하게 흰빛으로 덮어버린 길에 서서 챔바가 나를 돌아보지 않고 말했다.

"슬퍼한 사람."

그렇게 말한 뒤 챔바가 다시 움직였다. 유난히 눈이 많이 쌓인 곳을 지나며 나는 다리에 부목을 댄 사람처럼 큰 각도로 몸을 비틀며 걸었다. 여든이 넘은 그 할머니는 왜 길손이 되었을까. 빛이 필요했을까. 슬퍼했을까. 죽으면 함께 걸어줄 누군가가 필요했을까. 그래도 뭐, 그 정도면 살 만큼 살았으니. 그렇게 생각하며 걷는데 누군가 천장의 무대 조명을 바꾼 것처럼 머리 위로 짙은 그림자가 드리웠다. 우리를 따라오던 별이 높은 필로티를 세운 건물에 가려 보이지 않았다. 가스 배관 위에 쌓여 있던 눈이 종이 구겨지는 소리를 내며 챔바의 머리 위로 떨어졌다.

"세상 어디에도 살 만큼 살았다고 말하는 사람은 없어요."

챔바가 말했다. 그러고는 물기를 터는 동물처럼 머리를 크게 흔들었다.

건물과 건물 사이의 굽잇길을 지나자 익숙한 소공동 풍경이 펼쳐졌다. 대형 광고판이 올라선 거리에 호텔과 대기업의 사옥들이 보였다. 엇비슷하게 생긴 유리벽 빌딩들에는 눈보다 밝은 조명이 켜져 있었다. 나는 헬기 착륙장이 있는 고층빌딩 앞에 서서 맨 위층부터 한 층씩 아래로 내려가며 세모의 사무실이 있던 층을 헤아려보았다. 어쩌면 세모는 내가 알던 때보다 더 높은 곳으로 올라갔을지 몰랐다. 가장 높은 층까지 올라 아무도 침범하지 못할 힘을 갖는 것. 그게 세모가 원하는 삶이었다.

세모와 만났을 때만 해도 나는 까다로운 심사과정 없이 새 신용카드를 발급받던 정규직 사원이었다. 이따금 불면증 증세로 병원을 찾아 수면제를 처방받긴 했지만 그 정도는 해열제나 진통제처럼 집에

두는 비상약쯤으로 여겼다. 세모는 내가 다니던 회사를 인수하기로 한 모 기업의 컨설턴트였고, 내가 테이블을 정리하고 음료를 준비하는 정기회의의 참석자였다. 무채색 정장 차림에 회색 백팩을 멘 세모는 언제나 제일 이른 시간에 나타나 회의실 모퉁이에 서 있는 나에게 조용히 말을 건넸다. 필요한 게 있으면 부르겠죠. 서 있지 말고 앉아서 기다려요.

세모는 회의 때나 티타임 때나 좀처럼 목소리의 톤을 바꾸지 않던 사람이었지만 나와 있을 때면 표정이 많아지며 감정을 드러냈다. 내게 토라지면 눈꺼풀이 한껏 올라가 눈꼬리에 모서리가 생기던 모습. 난 그걸 보는 게 좋았다. 나보다 열네 살이나 많고 특허권 수익 같은 복잡한 서류를 검토하지만 내가 굽 높은 구두 때문에 발이 붓거나 내 팔을 잡고 말하는 임원에게 웃는 얼굴로 응대하면 눈을 세모나게 뜨고 싫은 걸 드러내던 사람. 세모는 아랫배가 볼록했고 같은 디자인의 안경 여러 개를 번갈아 꼈으며 키스할 때 가끔 사랑니 썩은 냄새가 났다. 나는 그 냄새도 좋았다. 나밖에 맡지 못하는 냄새니까. 세모의 왼쪽 뺨에 난 손톱자국과 아래쪽 어금니 옆에 눕듯이 난 이도 좋았다. 웃는 입처럼 생긴 그 흉터를 나는 '웃는 아이'라고 불렀다. 비뚤게 난 아랫니는 '누운 아이'라고 이름 붙였다. 세모가 나를 서운하게 대할 때면 나는 세모에게 아이들을 보여달라고 졸랐다. 웃는 아이 보여줘. 누운 아이 보여줘. 이건 나밖에 모르지? 나밖에 안 보여주지?

그 시절, 나는 세모를 기다리며 소공동 주변을 걸었다. 한 시간 내로 정리하고 나오겠다는 세모의 말에 나는 세모가 있는 빌딩에서 시청까지 걸어가 길 건너에 있는 덕수궁 앞을 배회했다. 언제 세모가 나올지 몰라 궁 안으로 들어가지 않고 고궁 맞은편 미술관 뜰로 가서 바닥 조명이 켜지는 야외 조형물을 구경했다. 그래도 세모에게 연락이 오지 않으면 정동길을 걸어 연극 포스터가 붙어 있는 극장 앞을 서성였다. 미국대사관저 쪽으로 이어지는 오르막을 걸어 구세군교회가 있는 돌담길을 오가기도 했다. 퇴근 시간에 맞춰 나왔는데도 걷다 보면 캄캄한 밤이 되었고 나는 지치고 허기져 세모가 나타나면 쉽게 용서해주지 않으리라 마음먹었다. 웃는 아이 보여줘도, 누운 아이 보여줘도 화 안 풀 거야. 그렇게 다짐해도 막상 세모가 나타나면 세모가 내게 왔다는 그 이유만으로 미움은 사라졌고, 세모는 내가 기다린 시간보다 더 짧게 나와 보낸 후 노트북을 켜고 일했다.

내가 기억하는 세모, 기대어 누우면 푹신한 어깨, 코를 맞대고 숨 쉬면 잘 여문 단감에서 나는 것 같은 냄새, 가늘어서 끊어지기 쉬운 머리카락과 엎드린 숫자 3 같은 윗입술선, 내가 입으로 해줄 때 내지르던 소리(시조새의 울음 같은). 무리해 일하면 개구리 발처럼 관절이 퉁퉁 붓던 손과 그 손으로 집어 먹던 피클, 커플로 맞춰 입은 키스해링 그림의 수면 바지, 둘 중 한명이 어린애처럼 떼쓰고 싶을 때 주문처럼 외우던《어린 왕자》속 구절. 양 한 마리만 그려줘, 양 한 마리만 내게 그려줘! 그리고 또, 세모는 어떤 사람이었나.

귀밑머리에 새치가 보이는 걸 싫어하고 치과에 가서 입을 벌리고 눕는 걸 무서워하는 겁보. 아버지가 죽으면 엄마한테는 말할 수 있을지도 모르지만, 공적 영역에서는 철저히 숨길 거라던 벽장. 이혼녀.

정체성이란 스스로 밝히는 게 아니라 말하지 않아도 알게 하는 것이라고, 안다는 것을 알아챌까 오히려 눈치 보게 하는 강한 힘이라고 말하던 사람. 힘이 정체성이라니. 세렝게티에 사는 초식동물도 아니고 왜 세상을 온통 적으로 보느냐고 내가 물으면, 세모는 그 경계심이 자신의 유일한 방어수단이라고 했다. 잡아먹힐 때 들이받을 수 있는 뿔 하나쯤은 있어야 하지 않겠느냐고 했다.

세모는 치과에 갔을까. 사랑니를 뽑았을까.

내가 꿈에 나타나면 세모는 어떤 반응을 보일까.

"문자로 시작해야겠어요."

나는 챔바에게 말했다. 우리의 옆으로 목덜미에서 흰 김이 나는 사람이 제설 삽을 밀며 지나갔다. 그 뒤로 또다른 인부가 자루에서 염화칼슘을 퍼서 길에 뿌렸다. 챔바는 희고 딱딱한 알갱이가 뿌려진 쪽으로 가 잰걸음으로 그 위를 돌았다.

"꿈에서 알람이 울리는 거예요. 그리고 내가 보낸 문자가 뜨는 거죠."

너도 잘 자.

두 번째 데이트 후, 세모가 내게 보낸 문자처럼. 마치 내가 먼저 밤인사를 한 듯, 너도 잘 자.

"내가 잘 있다고 말해주려고요. 걱정하지 말라고. 난 천사랑 천국에 있으니까……"

"어디에 있다고요?"

발밑으로 오도독오도독 소리를 내던 챔바가 말했다.

"천국에 있는 거 아니에요?"

"여긴 시청 앞인데요."

챔바가 내 시선을 잡아끌 듯 높은 곳으로 고개를 들었다. 중앙 지붕이 돔 모양인 옛 시청 건물이 우리 앞에 서 있었다. 석벽 건물을 따라 얇게 펴 바른 크림처럼 눈이 쌓였고 그 아래 두꺼운 나무문이 닫혀 있었다. 눈 맞은 돌계단에는 누군가 장난을 쳐놓은 것처럼 잔디보호, 마음정원, 음악분수라는 나무 팻말이 기대어 있었다. 나무에 새긴 궁서체를 따라 눈이 내려앉았다. 언제 여기까지 온 걸까. 세모와 먹었던 시금치커리를 떠올리고 있었는데. 세모가 좋아했던 갈릭난과 걸쭉한 라씨를 생각하고 있었는데.

나는 뒤돌아 우리가 걸어온 길을 보았다. 눈을 치우던 인부들은 사라지고 없었다. 그들이 지나간 길을 따라 측백나무 화분들이 반원을 만들며 서 있었다. 원 끄트머리의 화분에서 마치 흰 눈을 찢고 나온 듯한 짙은 핑크색 조명이 빛났다. 챔바는 어느새 그 조명 앞에 가 있었다.

이런 색감은 내 상상 어디에서 나온 걸까. 색소 넣은 사탕 같고 크레파스로 그린 고무장갑 같은, 촌스럽고 조화롭지 않은 무지막지한 오페라핑크빛. 그 사이사이로 눈송이가 내렸다. 착지하자마자 꽃잎 모양을 한 조명 열에 녹아 사라졌다. 그 빛은, 빛이 만드는 색 번짐은, 아크릴 통에 담긴 주크박스에서 흘러나오는 노래는, 나와 상관없이 아름다웠다.

새빨간 알핀로제. 이슬 먹고 피어 있는 꽃. 다스 오버랜야 오버랜. 베르네 산골 아름답구나.

한 소절을 들으면 뒤이은 가사와 멜로디가 떠오르는 건 내 상상이 아닌 습관이었다. 삼십여년간 살아온 내가 익숙하게 다니던 생각의 길. 나는 여전히 다스 오버랜의 뜻을 모르고 베르네 산골의 정확한 위치도 모르지만, 노래 속 새빨간 알핀로제가 알프스철쭉이란 것을 죽고 나서야 알았다. 핑크색 조명 아래 꽂힌 나무 팻말. 알프스철쭉(Alpenrose). 진달랫과에 속한 꽃으로 고산지대에서 자라며 페루기네움철쭉 혹은 스노우로즈라고도 불리며……

나는 몰랐는데 내 상상은 어떻게 아는 걸까. 난 끝났는데 지금 여기서 뭘 하는 걸까. 죽었는데 아직도 뭐가 두려운 걸까. 죽어서도 죽지 않는 감정이 있다면 노래가 끝나도 혀끝에 맴도는 멜로디가 있다면 누군가의 꿈에 찾아가 어떤 말을 해야 한다면.

나는 챔바를 보았다. 챔바가 고글을 이마 위로 올린 채 내 곁에 서 있었다.

“내가 자기 때문에 죽었다고 생각하면 어떡하죠. 자기 탓이라고, 자기랑 내가 이런 사람이라, 이런 성향의 사람은 결국 이렇게 끝날 수밖에 없다고 여기면.”

나는 장갑을 벗고 눈가를 닦았다. 탁 트인 광장에서 부는 바람이 옛 시청 건물의 석조 벽에 막혀 우리가 서 있는 측백나무 화분 위에서 회오리쳤다. 제비초리를 따라 한 방향으로 누운 챔바의 머리카락이 바람에 흐트러졌다.

"가서 내가 죽은 것 말해줄래요? 경찰서에 전화 한 통만."

나는 눈을 비비며 말했다. 손등으로 비빌수록 시야가 더 흐려져 알프스철쭉의 핑크색이 노랑, 초록, 파랑으로 스펙트럼을 만들었다.

"난 가이드예요. 푹 자고 숙면해서 꿈도 안 꿔요."

챔바가 말했다. 나는 눈을 뜨지 못한 채 요들의 꺾인 음처럼 목소리를 높였다.

"그래요, 챔바품바씨, 혼자만 기능성 옷 입고, 난 엉덩이도 안 덮이는 이 누비 점퍼만 입었는데! 내가 떡에 목이 메든 말든 혼자 김가루 뿌려 볶음밥 먹었죠!"

현기증이 날 정도로 눈앞에 색이 와글거렸다. 나는 챔바의 팔을 붙잡았다.

"팔에 지퍼 달린 주머니도 있고, 이 옷 어디서 샀어요?"

잠시 말없이 서 있던 챔바가 가까이 다가와 내 얼굴에 묻은 눈가루를 불어주었다.

"미안하지만, 나 밴조를 두고 왔어요. 아까 그 떡볶이집에."

*

챔바는 길손이 자신의 상상력에서 길을 잃지 않도록 돕는 것이 가이드가 맡은 일이라 했다. 하지만 가이드가 되기 전 챔바도 길손이었으며, 그때 챔바는 장마철을 앞둔 푹푹 찌는 날씨에 시와 도의 경계를 걸어 한 사람에게 갔다고 했다.

"고추밭에 갔어요. 해거리로 고추랑 양파 심는 엄마 밭에. 여름이라 흙이 붉고 기름졌는데 엄마가 꽃무늬 차양 모자를 쓰고 잡초를 뽑고 있었어요. 고무장화를 신고 허리를 굽힌 채 호미로 흙을 긁으면서. 나도 엄마 뒤에서 고랑 하나를 맡아 풀을 뽑았어요. 벌레가 윙윙거리고 땀이 줄줄 흘렀죠. 그러다 엄마가 밥 먹고 하자길래 집에서 가져온 아이스백에서 얼린 보리차랑 현미밥이랑 전날 만든 임연수구이를 꺼내 상추에 싸서 먹었어요. 방금 딴 고추랑 같이. 한참을 먹는데 밭고랑 끝에서 오익오익오익 하는 소리가 나더니 검은 새끼 돼지 한 마리가 달려오는 거예요. 발굽으로 막 흙을 튀기면서. 돼지가 엄마한테 와락 안겨서 납작하고 축축한 코를 얼굴에 문질렀어요. 키스를 퍼붓듯이. 그다음 엄마가 잠에서 깼죠."

챔바가 말했다. 우리는 시청에서 다시 소공동을 지나 남산으로 가고 있었다. 챔바와 나는 여전히 반걸음 정도 떨어져 걸으며 각자의 발자국을 만들었다.

"로또 살 꿈이네요. 돼지꿈."

"맞아요. 엄만 그 꿈을 꾸고 복권가게에 갔어요. 자동으로 할까, 반자동으로 할까? 나한테 물어보려고 전화했는데 내가 안 받았죠. 나는 좋은 꿈을 만들어주고 싶었어요. 일어났을 때 웃게 되는 꿈. 복권을 사야 할 것 같은 꿈. 내가 돼지띠거든요."

눈 덮인 숭례문의 이층 기와지붕이 가까이 보였다. 다섯 갈래 길로 움직이던 차들은 사라지고, 그 가운데 누각을 올린 석축이 섬처럼 외떨어져 있었다. 돌과 돌 사이의 틈을 흰 줄로 메운 눈을 보며 나는 챔바에게 물었다.

"다른 사람 꿈에 가고 나면 그다음엔 뭘 하죠?"

"뭘 하고 싶어요?"

"다른 길손은 뭘 했나요?"

"대부분, 하던 걸 계속하죠."

챔바가 말했다. 그러면서 이 정도는 말해줘도 괜찮겠다는 듯 말을 이었다.

"잘 아는 사람을 예로 들자면, 고흐는 그림을 그렸다고 하더군요. 버지니아 울프, 전혜린은 글을 썼어요. 들뢰즈는 책을 읽고, 장국영은 영화를 봤죠."

"누구요?"

"유명한, 알 만한 사람들."

"난 몰라요. 고흐랑 장국영은 알죠."

고개를 돌리지 않았지만 날 보는 챔바의 시선이 느껴졌다.

"가수는 깨어나서도 노래 부르고 춤춰요. 그걸 제일 좋아하니까. 농부는 작물을 심고 상인은 물건을 팔죠. 깨어나기 전 펀드매니저였던 길손이 있었는데 그 사람은 책상 앞에 앉아 컴퓨터를 보며 전화했어요."

"그 사람은 왜 길손이 됐을까요? 펀드매니저."

"괄호."

챔바가 말했다. 우리는 숭례문의 측벽 길을 따라 걸었다. 맞은편에 남대문시장의 아치형 문이 보였다. 저 너머 어딘가에 물건을 팔고 상점을 구경하고 도넛이나 어묵을 먹는 사람이 있을 테지만 그런 북적거림이 내게는 오래전 일처럼 느껴졌다. 길이 좁아지면서 산의 오르막이 시작되자 챔바가 나를 돌아보며 물었다.

"저 위에 있는 거 맞죠?"

나는 어느 가을날 은행잎이 떨어진 남산길을 걷다 엄마와 슈퍼에 들어가 커피우유를 마셨던 기억을 말해주었다. 엄마가 즐겨 먹던 커피 포리를 엄마의 방식대로 마셔보고 싶었다.

남산길 마지막 슈퍼라는 이름답게 슈퍼는 소월길 언덕 끄트머리에 있었다. 성에 낀 유리문을 밀자 문에 달아놓은 녹슨 종이 울렸다. 빛바랜 담요를 덮고 앉은 주인이 우리를 보고 화면이 불룩한 티브이에서 나오는 소리를 줄였다. 우리가 삼각 비닐팩에 담긴 커피우유를 찾는다고 하자 주인은 펩시콜라 스티커가 붙은 냉장고를 가리켰다. 과자와 초콜릿, 빵이 올려진 낮은 나무 가판대를 지나 나는 녹슨 종이 달린 냉장고 문을 열었다. 그리고 커피우유를 꺼내든 순간, 나는 어떻게 내가 다른 사람의 꿈에 갈 수 있는지 깨달았다. 꿈을 꾸는 엄마의 마음과 그 꿈으로 간 내 마음, 그리고 우리 두 사람을 이어주는 챔바의 마음이 삼각뿔의 세 직선처럼 하나의 꼭짓점에서 만나고 있었다. 세 방향으로 뻗은 마음의 면들이 커피우유의 모습을 하고 내 손 위에 올려져 있었다. 그리고 나를 이곳까지 오게 한 마음, 나보다 어둡고 나보다 빛나는 슬픔이 삼각뿔 커피우유의 밑면처럼 우리를 떠받치고 있었다.

"여기, 빨대."

챔바가 내 어깨를 톡톡 건드려 슈퍼 주인에게서 건네받은 빨대를 내밀었다.

"잘 봐요. 이거 아무나 못 하는 거예요."

나는 가판대 앞에 쪼그려 앉아 빨대 껍질을 이로 물어 벗겼다. 빨대의 뾰족한 부분이 아래로 가게 손에 쥐고서 커피우유가 담긴 폴리에틸렌 필름의 빗면을 조준했다. 단번에, 강하게, 눈 깜짝할 사이에, 비닐을 뚫고 빨대를 꽂던 엄마처럼!

"안 되네요. 엄만 잘했는데."

구부러진 빨대를 펴고 다시 시도했지만 빨대 모양만 더 망가졌다. 옆에서 보던 챔바가 우유팩 모서리를 가위로 잘랐다.

"쉽게 갑시다. 도구를 써요."

챔바는 빨대를 꽂지 않은 채 입에 대고 마셨다. 팔을 들고 고개를 꺾자 챔바의 옷에서 바스락 소리가 났다. 검은색 워커 주변에 눈 녹은 물이 고였다. 챔바의 뒤로 무릎 높이의 등유 난로가 열을 뿜었고 철판 위에서 바닥이 찌그러진 놋주전자가 김을 피어 올렸다.

"이제 눈 좀 그만 내리게 해요."

밖으로 나온 챔바가 말했다. 우리가 서 있는 차양막은 눈이 쌓여 아래로 불룩했다. 챔바는 올라올 때 만든 우리의 발자국이 벌써 눈으로 덮였다고 했다. 차라리 눈덩이처럼 굴러가면 모를까 더는 걸을 수 없다고 했다.

"춥지는 않잖아요. 우리 눈싸움할까요?"

나는 주저앉아 눈을 뭉쳤다.

"나 옷 젖는 거 제일 싫어……"

말이 끝나기도 전에 내가 던진 눈덩이가 챔바의 목덜미에 닿아 부서졌다. 상처받았지만 화는 내지 않겠다는 듯 챔바가 표정 없는 얼굴로 회색 점무늬 머플러를 벗었다. 나는 챔바의 목을 보았다. 울대뼈가 튀어나왔는지 안 튀어나왔지 확인했다. 하지만 그보다 먼저 내가 본 것은 챔바의 상처였다. 챔바의 목에는 스스로 플러그를 뽑을 때 생긴 흉터들이 있었다. 차 안에서, 혼자, 다신 깨어날 수 없게. 한 소절을 들으면 저절로 다음 소절이 떠오르는 노래처럼 챔바의 시간이 나에게 흘러왔다. 나는 머플러를 터는 챔바에게 물었다.

"궁금한 게 있어요."

"옷이요? 가이드 시작할 때 받은 거예요. 어디서 샀는지 나도 몰라요."

"아뇨, 내가 꿈에 가고 나면 챔바는 뭘 해요?"

"하다뇨. 안 해야죠. 난 쉴 거예요."

나는 떡볶이집으로 가 밴조를 가져오자고 했지만, 챔바는 연주법도 모르고 노래에 소질도 없으니 그냥 두자고 했다.

"그럼 나도 쉴래요."

그렇게 말하고 나는 구부려 앉아 세수하듯 얼굴에 눈을 문질렀다. 찬 눈에서 녹슨 쇠 냄새가 났다. 목부터 정수리까지 쨍한 냉기가 퍼졌다. 나는 그대로 눈에 파묻혀 단숨에 지워질 수 있을 것 같았다. 그러고 보니 나는 죽어서도 쉬지 못했다. 이유를 찾느라, 인과관계의 인因에 매달리느라 죽음의 효과를 충분히 누리지 못했다. 나는 나라는 존재를 빈 괄호로 두고 싶었다. 이제 죽은 나를 발견해주길 원하지 않았다. 내 죽음의 경위와 삶의 이력들을 오해 없이 완결하고 싶지도 않았다. 대신 나는 나와 이어진 사람의 꿈으로 가 그들을 즐겁게 해주고 싶었다. 세모의 꿈으로 가서 웃는 아이를 보고 입술을 벌려 누운 아이를 보고 싶었다. 그다음 세모를 치과에 데리고 가서 조금도 아프지 않게 사랑니를 뽑아야지. 세모의 부은 뺨을 차가운 얼음으로 찜질해주고 얼어붙은 뺨을 내 뺨으로 녹여줘야지. 언젠가 오래 기다린 나에게 달려와 얼어붙은 내 뺨에 자기의 뺨을 대고 녹여주던 세모처럼. 규희와 동백떡볶이에서 만나 스위트콘을 넣고 떡볶이 국물에 밥을 볶아 먹어야지. 규희의 아이들을 위해 어린이용 의자와 키즈 메뉴를 만들어볼까. 내 상상력의 힘으로, 내가 기억하는 기쁨을 위해. 벌써 그 꿈들이 도착해 나와 꿈꿀 사람을 기다리고 있는 듯했다. 어쩌면 그 꿈들이 나보다 오래 머물며 사람들 마음을 떠다닐지도 몰랐다.

그런 꿈을 나 혼자 만들 수 있을까. 스즈끼복을 입은 챔바가 핑크색 줄무늬로 내가 있는 곳을 표시해줘야 하지 않을까. 내 방한 부츠는 다 젖어버렸고 양말까지 축축해 더는 걷고 싶지 않은데.

그리하여 나와 챔바는 굴러서 눈밭을 내려갔다. 눈덩이처럼 데구루루 굴러서 갔다. 바람이 무섭지 않은 낙엽처럼, 떨어진 이후를 걱정하지 않는 눈송이처럼 데구루루 데구루루 굴러 비탈길을 내려갔다. 내가 먼저 구르고 챔바가 날 따라왔다. 우리는 눈에 눈을 더하며 둥글게 부풀어가는 돼지 두 마리였다.

그러니

당신은 기쁘게 내 꿈을 꿔주길.

오늘 밤은 엄마, 엄마의 꿈으로.

커피우유 가지고 갈게요. 멋지게 빨대 꽂아줘요.

제23회 이효석문학상

## 대상 수상작가 자선작

# 메께라 께라

## 오름 위 옴팡진 데

꾸모가 사는 곳, 오름 위 옴팡진 데를 설명해보겠다. 그 전에 내가 아는 학교의 비밀 장소를 말해야겠다.

학교에는 내가 좋아하는 신기한 장소가 있다. 일 층 출입문으로 가는 복도의 구석진 곳인데, 나는 체육관이나 음악실에 갈 때면 거기에 서서 밖을 바라보곤 했다. 그곳의 나뭇가지 색 유리창은 안에선 밖이 보이지만, 밖에서는 안이 안 보이는 스파이 유리였다. 창밖에는 울타리를 따라 자란 장미 화단과 백 년도 넘은 왕벚나무가 서 있고, 사월이면 벚꽃 잎이 흩날리는 나무 아래 학교에 사는 고양이들이 엎드려 털을 핥거나 햇볕을 쬐었다. 사람들은 장미 화단 안쪽까지 들어오지 않았고, 이따금 꽃잎을 쓸어내는 관리인 아저씨나 축구공이 잘못 날아가 공을 주우러 오는 아이들 모습만 유리에 비쳤다.

"원래 저긴 교장실이었어. 무릎이 아픈 교장 선생님을 위해 일 층에 교장실을 만들었는데, 교장 선생님이 나이가 들어 학교에 못 나오니까 복도로 바꾼 거야."

내 친구 칸타는 학교 선생님인 자기 엄마에게 들은 이야기를 나에게 전해주었다. 우리는 연한 보라색 꽃잎이 포도알처럼 달린 등나무 아래에 앉아 스파이 유리창을 보며 사과 주스를 마셨다. 칸타는 남은 주스를 쪽쪽 빨아들이며 지금도 유리창 너머에서 누군가 우리를 보고 있을지 모른다고 했다.

"안 보고 있을지도 모르고."

내가 말하자 칸타는 확인해보자고 했다.

"어떻게?"

"내가 갔다 올게."

칸타가 다 먹은 주스 팩을 우그러뜨리며 말했다.

"네가 저기로 걸어가는 동안 우릴 보고 있던 사람이 가 버릴지도 모르잖아."

나는 스파이 유리창 너머에 사람이 있는지 없는지 확인할 방법은 하나뿐이라고 했다. 한 명은 벤치에 있고, 다른 한 명은 창가에 서 있는 것인데, 그렇게 되면 이미 누군가 유리창 앞에 서서 이곳을 보고 있다는 명제가 성립하는 거라고 했다. 칸타는 눈동자를 위로 굴리더니 어떨 땐 나랑 얘기하는 게 수학 문제를 푸는 것보다 어렵다고 말했다. 그러던 어느 날, 나는 혼자 스파이 유리창에 서서 밖을 보다가 놀라운 비밀을 알아냈다. 복도의 유리창 안쪽에는 정육면체로 된 유리 기둥이 서 있는데, 그 기둥 유리로 밖을 보면 지나가는 고양이가 오 초 늦게 보였다.

1. 고양이가 장미 화단을 지나간다.

2. 그 모습이 정육면체 기둥에 비친다.

3. 그리고 오 초 뒤, 고양이가 스파이 유리창에 비친다.

정확히 오 초였다. 기둥 유리에 고양이가 비치고, 그다음 화단을 지나가는 고양이가 유리벽에 비쳤는데, 그 사이 정확히 오 초 동안 고양이는 세상에서 사라졌다. 나는 오 초를 세며 사라진 고양이를 기다렸고, 오 초가 지나면 고양이는 다시 나타나 화단을 뛰어넘어 왕벚나무 아래로 걸어갔다. 하지만 오 초 동안 고양이는 세상 어디에도 **존재**하지 않는 것 같았다.

오름 위 옴팡진 데는 바로 그 오 초의 시간이었다. 열한 살 여름, 나는 옴팡진 곳에서 십삼 일 네 시간 삼 분 오 초를 보냈다. 네 시간 삼 분 오 초는 내가 대략 짐작한 것이다. 오름 위에서 썰매를 타고 내려갔을 때부터 나의 시간은 틱톡틱톡 톱니바퀴처럼 움직이지 않았으니까. 옴팡진 곳에 머무는 동안 나는 커다란 듀공의 울음을 들으며 아침을 맞았고 북소리와 함께 잠들었다.

*

첫 번째 가출은 어느 토요일 아침, 엄마가 나에게 동생이란 말을 꺼냈을 때였다. 엄마는 우리에게 아기가 찾아올 거라 말했다. 그 말을 듣는 순간 나는 마치 칸타가 씹던 풍선껌이 내 머리카락에 달라붙는 기분이었다. 지금보다 더 어릴 때 칸타는 풍선껌을 씹다가 단물이 빠지면 아무 곳에나 뱉었는데, 칸타의 아빠는 머리카락에 껌이 달라붙어 잔디처럼 머리를 짧게 잘라야 했다. 동생이 생겼다는 말을 들었을 때 나는 엄마가 내 머리카락을 한 움큼 잡고서 싹둑싹둑 가위로 잘라내는 것 같았다.

두 번째와 세 번째 가출은 우리가 코메다에서 모닝 세트를 먹을 때였다. 모닝 세트는 언제나 우리 가족에겐 토요일을 시작하는 아침 행사였다. 바삭한 토스트에 딸기잼과 버터를 발라 먹고 여유롭게 음료를 마신 다음 우리는 식물원이나 쇼핑몰로 놀러 갔다. 그런데 그날 엄마는 버터를 바른 식빵을 한 입 먹더니 다른 사람이 신던 양말을 입에 넣은 것처럼 손으로 입을 가린 채 화장실로 뛰어갔다. 한참 후에야 엄마는 새하얘진 입술로 돌아와 소파에 머리를 기댔고, 아빠는 엄마의 팔을 주무르며 아직 반이나 남은 내 메론 소다를 흘끔거렸다. 그날 이후 나는 엄마와 수요일에 먹던 새우 아보카도 샌드위치를 잃어버렸고, 엄마와 다니던 금요일 밤 수영도 떠나보내야 했다. 엄마와 하던 욕조 목욕과도 헤어졌다. 엄마와 고디바에서 마시던 초콜릿 음료와 아오야마 상점에서 먹던 딸기빙수는 죄다 옛날 추억이 되어 버렸으며, 내가 한 살 때부터 엄마랑 같이 책을 빌려오던 도서관 데이트도 아득하게 멀어졌다. 엄마는 내가 무슨 책을 읽든 관심 없었다. 식탁에서도, 거실에서도, 심지어 침대에서도 엄마는 내가 가까이 오지 못하게 했다. 세상의 모든 문이 닫히는 느낌이었다. 앞으로는 자다가 무서운 꿈을 꿔도 엄마 옆에 올 수 없다고 했을 때 나는 다섯 번째로 가출했다. 그다음은 잘 기억나지 않는다. 나는 툭하면 집을 나가 자전거를 타고 타나가 강변을 따라 달렸으니까. 허벅지와 종아리가 터질 것처럼 페달을 밟으면 온몸은 땀에 젖고 머리가 어질어질해지면서 마리나 해변에 다다랐다. 나는 모래사장에 자전거를 눕혀 놓고 배낭에 챙겨온 통에 물을 담아 고양이들에게 주었다. 바닷가에 사는 고양이들은 대부분 한쪽 귀 끝이 잘려있었다. 새끼를 배지 못하게 하려는 거였다. 전에는 괜찮았던 그 모습이 자꾸 괴상하게 보이면서 토할 것처럼 속이 메스꺼웠다. 요트 선착장에서 낚시하는 사람들도 전과 다르게 보였다. 낚시 조끼를 입고 벙거지를 쓴 사람들은 지렁이를 바늘에 꿰어 물고기를 잡아 올렸다. 내 입술이 갈고리바늘에 뚫리는 느낌을 상상하니 또 뱃속이 울렁거렸다. 요트에 걸어 놓은 삼각형 깃발이 센 바람에 흔들리면 그 소리가 무서워 손톱을 물어뜯었다. 아주 비참한 아이가 되고 싶어 신발과 옷에 모래를 마구 묻히고 옷을 잡아 늘어뜨리고 머리카락을 헝클어뜨렸다. 물도 마시지 않고 오줌도 참으며 해가 질 때까지 버텼다. 그러다 다시 자전거를 타고 돌아가면 아빠가 집 앞에서 날 기다리고 있었다. 나는 아빠를 최대한 쌀쌀맞게 지나쳤다. 탕탕 소리가 나게 문을 닫고, 퉁퉁 시끄럽게 신발을 벗어 던지고서 내 방에 들어가 문을 잠갔다. 이불을 뒤집어쓰고 누워 물고기의 기분을 생각했다. 맛있는 지렁이인 줄 알았는데 삼키고 보니 바늘이 달린 미끼인 걸 알아챘을 때의 기분. 가느다란 줄에 대롱대롱 매달려 조금씩 조금씩 살갗이 찢어질 때의 느낌. 방문에 귀를 대고 숨죽이면 거실에 있는 엄마와 아빠의 말소리가 들렸다. 두 사람은 걱정스러운 목소리로 아기와 내 얘길 하다가 마지막엔 다 괜찮아질 거라고 했다. 나는 괜찮지 않았다. 괜찮아지면 안 됐다. 동생 이백 명이 생겨도 나의 언니는 돌아오지 못할 테니까. 나는 바닥에 엎드려 세리의 모래 상자를 봤다. 나의 유일한 언니, 세리. 세리가 뒷발로 모래를 해치는 소리와 따듯하고 몰랑한 배, 그리고 나에게 걸어올 때 천천히 흔들던 꼬리.

세리가 떠나던 날 나는 포도주가 들어 있던 나무 상자에 세리가 좋아하던 크림색 방석을 깔았다. 세리가 좋아하는 다랑어포와 송곳니가 빠진 다음부터 흥미를 잃었지만, 한때 좋아했던 회색 쥐 인형도 넣었다. 내 이름과 주소가 적힌 종이와 우리의 가족사진도. 하지만 세리를 거기에 눕힐 자신은 없었다. 몸은 딱딱해지고 배도 차가워졌지만, 등덜미의 털은 아직 부드러웠다.

"괜찮아. 세리는 잘 있을 거야."

아빠는 세리의 사진이 든 하트 목걸이를 넣을까 말까 고민하는 내 손을 잡았다. 나는 괜찮다는 말이 싫었다. 엄마와 아빠가 속삭이는 모든 말이 낚싯바늘처럼 내 가슴에 박히는 것 같았다. 자궁문이 얼마나 열렸고, 아기 머리가 어느 방향으로 있고, 아기의 심장이 어떻고.

나는 세상을 꼼짝 못 하게 얼리고 싶었다. 아무것도 사라질 수 없게. 왜, 어째서, 왜!

어른들은 내가 일본 신문을 읽고, 한국어로 일기를 쓰고, 중학생도 풀기 어려운 수학 문제를 풀면 똑똑하다고 칭찬했다. 내가 수영장

입구의 신발을 정리하거나 탈의실의 수건을 잘 개어놓으면 “소나는 어른스러워”하면서 좋아했지만, 내가 왜, 어째서, 왜! 라고 물으면 아직 운동화 끈을 혼자 묶지 못하는 아이를 보는 것처럼 나를 봤다. 내가 세리는 왜 죽었고, 아기는 왜 엄마를 괴롭히고, 세상에는 왜 알 수 없는 게 이렇게 많으냐고 물으면, 어른들은 내 시선을 피하며 그런 건 고민하지도 않아도 자연스럽게 알게 되는 거라고 했다. 자연스럽게! 바늘로 물고기의 입술을 꿰는 것도 자연스러운 거겠지. 바닷가에 사는 고양이를 잡아다가 배를 가르는 것도 자연스러운 거야. 어른들은 내가 조금이라도 질문다운 질문을 하려고 하면 표정이 굳어지며 다른 말로 둘러댔다. 학교 도서실 스즈키 선생님도 그랬다.

“소나, 넌 아직 어리니 그런 고민을 하는 것보다 친구들과 뛰어노는 게 더 좋지 않을까?”

자연스럽게!

나는 자연스럽지 않은 아이였다. 나이는 열한 살이지만 마음은 백한 살이었으니까. 왜 이렇게 됐는지 이유는 나도 모르겠다. 가출을 많이 해서 그럴까. 아니면 이런 아이라 가출을 할 수밖에 없는 걸까. 아홉 번째로 집을 뛰쳐나왔을 땐 다신 돌아가지 않을 작정이었다. 나는 엄마가 실려 간 구급차를 보고 서 있다가 그대로 기차를 타고 나고야까지 갔다. 자궁문이 열려 아기의 머리가 보인다고 했다. 하, 그런 게 자연스러운 거겠지! 그건 정말 바보 같은 일 같았다. 위험하다, 고비다, 버틸 수 있을지 모르겠다. 나는 권투선수처럼 주먹을 쥐고 팔을 휘두르고 싶었다. 아무나 나를 꽉 끌어안아 내 몸이 부서지게 해달라고 빌었다. 사라지게, 날 찾는 사람들의 가슴이 찢어지게, 오초의 시간이 흘러도 나는 다시 나타나고 싶지 않았다.

### 꾸모

"짐은 그게 다냐?"

그게 꾸모의 첫인사였다. 어서 와라. 반갑다, 그런 말은 없었다. 내가 어깨에 멘 가방을 보며 짐은 그게 다냐? 라고만 물었다. 나도 연습한 인사말 대신 고개만 끄덕였다. 꾸모의 코는 통감자를 붙여 놓은 것처럼 아주 컸고, 고불고불한 흰 머리카락은 벼락을 맞은 것처럼 위로 솟아 있었다. 내가 꾸모를 '꾸모'라고 하는 건 바로 그 덥수룩한 머리 때문이었다. 일본어로 구름은 쿠모くも니까. 하지만 꾸모의 구름머리는 꾸우— 하는 발음처럼 더 탱탱하고 스프링처럼 동글게 말려 있었다. 꾸모는 무릎을 꿇고 앉아 내 점퍼의 지퍼를 목까지 올렸다.

바퀴와 유리창에 진흙이 잔뜩 묻은 꾸모의 트럭에 올라타자 아빠의 테니스 양말에서 나는 냄새가 났다. 위에 달린 작은 사각형 유리에는 발가벗고 찍은 아기 사진이 꽂혀 있었다. 꾸모의 트럭은 꼭 모래밭에 알을 낳으러 가는 거북이처럼 천천히 움직였는데, 옆으로 지나가는 차들이 우리에게 빨리 좀 가라며 빵빵 경적을 울렸다.

"시끄럽다!"

꾸모가 창문을 열고 사람들에게 소리쳤다. 내가 지금보다 더 어렸을 때 우리 가족이 차 유리창에 베이비 스티커를 붙이고 다녔던 게 떠올랐다. 나는 꾸모에게 혹시 나 때문에 느리게 가는 거면 나는 백 한 살이 되었으니 빨리 가도 된다고 말해주고 싶었다.

바닷가 도로를 지날 때 잠깐 눈만 감고 있어야겠다고 생각했는데 어쩌다 잠들고 말았다. 잠에서 깬 건 울퉁불퉁한 돌이 깔린 길을 지날 때였다. 트럭이 올라갔다 내려가며 쿵쿵 흔들렸고, 가만히 있고 싶어도 어깨가 들썩이며 다리가 제멋대로 춤을 췄다. 내가 삼킨 갈고리바늘이 다 튀어나올 것처럼 트럭이 날뛰었다. 유리창 밖으로 키 큰 나무들이 곧게 뻗어 있었는데 나뭇잎들이 공룡의 발바닥처럼 크고 넓적해서 우리가 지나가는 길에 터널 같은 그림자가 생겼다. 멀리 그림자 터널 끝에 점처럼 작은 빛이 보였다. 나는 꼭 그 점으로 빨려 들어가는 것 같았다.

"다 왔다, 내려라."

나무 터널을 빠져나오자 꾸모가 트럭을 멈추며 말했다. 나는 가방을 끌어안고 고개를 저었다. 아무리 봐도 집은 없고 풀과 돌뿐이었다. 내 키보다 큰 갈색 풀들이 끝도 없이 펼쳐져 있었다.

"여기가 어디예요?"

나는 꾸모가 내 말을 못 알아들을까 봐 발음을 정확히 해 물었다.

"집이지 어디야."

"집이라고요?"

"저 위에 올라가면 있다. 이리 와라."

꾸모는 내가 하는 말을 단번에 알아들었고, 차 문을 열고서 내 청개구리 가방의 귀를 잡아당겼다.

"너 기다리다가 해 넘어가겠다."

꾸모가 내 가방을 빼앗아 팔에 걸고는 내 다리를 끌어안았다. 그런 다음 이불 더미를 어깨에 올리듯 날 어깨에 올렸다.

"놔요, 놔!"

나는 몸을 흔들었지만 꾸모의 힘이 더 셌다.

"밥 좀 많이 먹어야겠다. 왜 이렇게 가벼워?"

꾸모는 나를 안고 산에 올랐다. 나는 꾸모의 귀를 깨물거나 머리카락을 잡아당길 수 있었지만 그렇게 하지 않았다. 도망치면 어디로 가지? 여긴 제주도인데. 내게는 자전거도 없고 길도 몰라서 도망칠 수도 없었다. 나는 꾸모가 나를 떨어뜨리지 않게 꾸모의 티셔츠를 움켜잡았다.

"정말 저기에 집이 있어요?"

"옴팡진 데 가면 있다."

꾸모가 숨을 헉헉 내쉬었다. 가까이에서 보니 꾸모의 피부는 호두껍질처럼 울퉁불퉁했다. 눈썹은 칫솔모처럼 빳빳했는데 속눈썹은 길고 까맸다. 내 아빠의 아빠가 맞는 것 같았다.

"나 안 무겁죠?"

"기여, 깃털이다, 깃털."

"정말 집이 있다고요? 옹팡?"

"옴팡!"

꾸모는 나뭇가지와 돌을 밟으며 올라갔다. 한 손으로 내 허리를 끌어안고 나머지 손으로는 나무 기둥을 붙잡았다. 나는 양털 구름처럼 생긴 꾸모의 머리카락 속에 손을 넣어보고 싶었지만, 어린애처럼 굴고 싶지 않아 참았다.

"으여여여, 다 왔다."

꾸모가 코끼리 소리를 내며 나를 땅에 내려놓았다. 집은 없고 짧은 연두색 풀이 자란 벌판에 바람이 세게 불었다.

"썰매 타 봤니?"

꾸모가 바위가 있는 곳으로 가더니 때 묻은 봉투를 들고 왔다.

"눈에서 타는 썰매보다 재밌을 거다."

'풍년 비료'라고 적힌 봉투를 내려놓으며 꾸모가 말했다.

"타라."

"어디요?"

"내 앞에 타. 처음이니까 같이 내려가자."

"내려가요?"

"내려가야 집이 있지."

"계단은 없어요? 난 걸어서 내려갈래요."

나는 계단이라고 정확히 발음했지만, 꾸모는 내 질문에 대답하지 않았다. 대신 이렇게 말했다.

"안 탈 거면 나 혼자 간다!"

세상에는 내가 모르는 것이 많았다. 나는 나라奈良에서 태어나 열 한 살이 되도록 미에三重에서만 살았다. 어릴 때부터 거의 매일 한국 만화영화를 보고 한국어 책을 읽었지만, 제주의 오름에서 썰매를 타는 건 한 번도 보지 못한 일이었다. 오름은 삶은 밤을 한 숟가락만

파먹은 것처럼 위가 오목한 산을 부르는 말이다. 제주도에는 화산이 폭발할 때 생긴 오름이 많은데 내가 인터넷으로 찾아본 설명에는 삼백 개가 넘는다고 한다. 꾸모의 오름이 그중 몇 번째인지는 모른다. 중요한 건 아무나 원한다고 해서 꾸모의 옴팡진 곳에 갈 수 없다는 것이다. 꾸모의 오름은 '오 초의 시간'이니까. 만일 누군가 이 세상에서 사라지고 싶다면 꾸모를 찾아가 느리고 느린 차를 타고 바닷가 도로와 그림자 터널을 지나 억새밭으로 가면 된다. 옴팡진 데로 내려가기 위해선 비료 포대 썰매를 타야 하는데 그걸 타면 침과 콧물이 나오니 조심해야 한다.

"이히—"

꾸모가 두 발을 올리며 소리쳤다. 우리는 봉투를 타고 풀 위를 미끄러져 갔다. 나는 꾸모의 팔을 잡고 눈을 감았다. 고개가 흔들리고 엉덩이에 불이 나면서 남아 있던 내 갈고리바늘이 다 밖으로 튀어나오는 것만 같았다. 문득 처음 한글을 배울 때 아빠가 해줬던 말이 떠올랐다. 아빠는 제주도 말에 이응 소리가 많다고 했다. 이응을 발음하면 동그라미가 구슬처럼 이어져 마음도 동그랗게 된다고 했다. 내 이름 '소낭'에도 이응이 있었다. 하지만 일본에서는 내 이응을 감춰야 했다. 학교나 동네에서 나는 '소나'였다. 옴팡진 곳으로 내려가며 나는 잃어버린 이응을 타고 내려가는 것 같았다.

"탈만 하지?"

꾸모가 비료 포대에서 일어서며 말했다. 여덟 살 때 하루야가 수영장에서 내 등을 밀어버린 후로 그렇게 무섭기는 처음이었다.

"울었냐?"

"아니요. 땀이에요."

실은 눈물이었다. 콧물과 침도 약간 있었지만. 꾸모는 엉덩이를 털고서 포대를 멀리 던져놨다. 그러더니 나에게 또 가자고 했다.

"왜 이렇게 집이 멀어요?"

꾸모는 내 말을 알아들은 것 같은데도 대답해주지 않았다. 나는 입을 다물고 꾸모를 따라갔다. 그리고 세상에 하나밖에 없는 오름, 오름 위 옴팡진 데를 보았다.

꾸모의 옴팡진 데는 보드라운 이끼로 바닥을 덮은 새의 둥지처럼 생겼다. 신화에 나오는 아주 아주 큰 새가 새끼를 낳고 먹이를 물어오는 높은 둥지. 옴팡진 데 서 있으면 새에게 잡혀 온 다람쥐가 된 기분이다. 바람은 뺨을 꼬집는 것처럼 차가운데 등에 비치는 햇볕은 뜨겁다. 보자마자 내 마음을 사로잡은 건 세리가 엎드려 있는 것 같은 까만 돌. 내가 말했던가? 나는 제주도의 까만 돌을 좋아한다. 현무암이라고 부르는 화산암인데 얼마나 까만지 보고 있으면 눈과 마음이 깨끗해지는 기분이다. 까만 돌이 쌓여 있는 곳을 지날 때 숨을 크게 들이마시면 세리의 발바닥에서 나는 냄새가 난다. 또옹 또옹 어디선가 들려오는 물방울 소리를 따라 바위틈을 지나면 꾸모의 집, 꾸모 하우스가 나온다.

"신발에 흙 털고 들어와라."

꾸모가 나무 밑동에 앉아 두 다리를 들고 신발 밑창을 팡팡 부딪쳤다. 나는 통나무 옆에 서서 꾸모의 집을 보았다. 위로 길쭉한 원통 같은 벽에 까만 돌로 된 고깔 모양 지붕이 얹어져 있었다. 얼음 넣은 레모네이드처럼 연한 노란색 벽에는 초록색 이끼와 덩굴 식물이 피어 있었다. 집으로 통하는 체리색 나무 문은 아주 세게 끌어당겨야 조금 열렸다. 내가 과학 시간에 고무줄 탄성 실험하며 팔 힘을 기르지 않았다면 아마 나는 꾸모 하우스의 문에 끼어 납작해지고 말았을 거다. 나는 꾸모가 한 것처럼 신발장에 있는 슬리퍼를 꺼내 신었다. 어른용 슬리퍼라 내 발에는 컸지만 슬리퍼의 표범 무늬가 마음에 들었다.

"저기에 앉아라."

꾸모가 벽돌이 쌓인 난로 앞을 가리켰다. 난로 바닥에는 회색 재가 쌓여 있었고 그 옆에 은색 양동이가 보였다. 나는 양동이 안에 든 나무토막을 세어보다가 하마의 엉덩이처럼 큰 갈색 소파에 앉았다. 꾸모는 둥글게 휘어진 나무 계단을 올라 이층으로 갔다. 까부는 아이라면 계단에서 내려오다 다칠 게 분명했다. 칸타 데츠카 같은 애. 칸타는 일곱 살 때 도서관 계단에서 까불다 넘어져 오른쪽 눈썹 옆에 작은 애벌레가 생겼다. 이상하게 꾸모의 집에 있으니 그런 예전 기억이 하나씩 돌아왔다.

"아아아—"

나는 입을 벌리고 소리를 내봤다. 동굴 속에 있는 것처럼 내 목소리가 울렸다. 바닥에는 호랑이 무늬의 카펫이 깔려 있고 천정은 높고 둥글었다. 내가 한 번 더 소리 내자 이층에 있는 꾸모가 내려와 나에게 무언가를 건넸다.

“목에 둘러라.”

해바라기가 그려진 흰색 스카프였다.

“괜찮아요.”

“해.”

“안 추워요.”

“어허, 하라니까.”

나는 스카프를 들고 꾸모를 보았다. 꾸모도 나를 보았다. 우리는 말 없이 서로를 보았다. 그게 꾸모와 나의 첫 번째 대결이었다. 그 후로 우리는 백스물한 번의 대결을 했고 가끔 내가 이길 때도 있었지만 질 때가 더 많았다. 꾸모 앞에서 나는 백한 살은커녕, 열한 살보다 어린 아이가 된 것 같았다.

“여기 있는 동안은 내 말대로 해. 알겠어? 내 말이 법이다.”

나는 너무 놀라 입술이 벌어졌다. 이제껏 아무도 그렇게 말한 사람은 없었다. 말보다 주먹을 더 많이 쓰는 하루야도, 호루라기를 불며 나무 지휘봉을 휘두르는 이마무라 선생님도 자기 말이 법이라고 하진 않았다.

“넌 저기 작은 방을 쓰면 된다. 밥은 하루에 세 번, 내가 부르면 부엌에 나와서 먹고. 여긴 물을 아껴 써야 해. 수도가 없어서 물탱크에 받아서 쓰니까 최대한 아껴라, 알아들어?”

“법이에요?”

“법이야.”

꾸모는 그렇게 말한 다음 부엌으로 갔다. 나는 오줌이 마려웠지만, 화장실이 어디냐고 물을 용기가 나지 않아 스스로 찾아보기로 했다. 화장실처럼 생긴 곳의 문을 열어봤더니 커다랗고 깊은 옷장이었다. 다른 문을 열었다. 이불이 깔린 방이었다. 설마 저기? 나는 나무로 된 미닫이문을 두 개 열었다. 그 순간 너무 놀라 뒤로 넘어질 뻔했다. 문밖에는 바다가 펼쳐져 있었다. 파란 파도가 부서지고 검은 섬들이 떠 있는 바다.

"좀좀행 이시라게!"

꾸모가 내 등덜미를 잡았다. 나는 다섯 살 어린애처럼 꾸모의 손에 이끌려 난로 앞으로 갔다.

"아무 데나 들어가면 안 된다. 여기선 내가 하라는 대로 해. 알아들어?"

나는 못 알아듣는 척했다.

"못 알아들어?"

꾸모의 눈썹이 가운데로 모이며 주름을 만들었다.

"알아들어요."

나는 표범 무늬 슬리퍼를 끌며 내 방으로 정해진 곳으로 들어갔다.

*

다음 날 아침, 나를 깨운 건 바람 소리였다. 구우우, 구우우. 산호초를 찾아 헤엄치는 듀공의 울음소리 같은 바람이 불었다. 내 방 유리창이 달캉달캉 흔들렸고, 창문으로 들어온 햇빛이 내가 덮은 이불에 물결무늬를 그렸다.

세리.

나는 세리가 내 가슴에 올라와 앞발로 누르는 아침 인사를 떠올렸다. 그리고 아빠가 당근과 사과를 갈아 주스를 만드는 소리. 엄마는 혈압을 재고 손으로 벽을 짚으며 조심히 화장실로 간다. 피가 보여, 오늘은 괜찮아, 배가 뭉치는 것 같아.

슬리퍼를 신고 거실로 나가니 온통 흰빛이었다. 해는 밝았지만, 바닥이 차가워 표범 무늬 슬리퍼가 필요했다. 나는 어젯밤 꾸모가 알려준 길을 따라 욕실로 갔다. 부엌에 있는 작은 문으로 나가서 오른쪽으로 걸어가면 대문에 '개 조심'이라고 적힌 회색 벽돌집이 있는데, 그곳이 욕실이자 화장실이었다. 대문 옆에는 커다란 파란색 통이 있었다. 높이가 하도 높아서 만약 내가 통 안에 갇히면 어른이 될 때까지 밖으로 나올 수 없을 것 같아 나는 조심히 그 앞을 지나갔다.

세수한 다음 나는 혹시 아침 인사를 해야 하나 고민하면서 마당에 있는 꾸모에게 갔다. 꾸모는 나를 보지도 않고 소리쳤다.

"나무 조각 튄다. 저리 가라."

수건을 돌돌 말아 목에 두른 꾸모는 후짜, 후짜 소리 내며 도끼를 내리쳤다. 도끼로 나무를 쪼개고, 고개를 옆으로 돌려 코를 횡 푼 다음 다시 나무를 쪼갰다. 나무토막에 벌레가 붙어 있으면 손으로 집어 멀리 던졌다. 나는 이끼로 덮인 나무 밑동에 앉아 꾸모를 구경하다가 풀밭에 뒹구는 솔방울을 들고 냄새를 맡아보았다. 엄마가 좋아하는 누룽지 끓인 냄새가 났다. 그러다 토끼풀 덤불 사이에서 도넛처럼 생긴 까만 돌을 발견했다. 나는 돌에 뚫린 구멍으로 하늘을 보았다. 얇고 가느다란 구름이 길게 뻗어 있었다. 얼굴에 돌을 대고 하늘을 보며 걷다가 넘어질 것 같으면 감았던 한쪽 눈을 떠서 중심을 잡았다. 사악, 사악, 걸을 때마다 풀 밟는 소리가 났다. 혹시 풀 사이에 뱀이 있지 않을까 겁이 났지만 뱀에 물리는 것도 괜찮았다. 사막에서 뱀에 물린 어린 왕자처럼. 어린 왕자는 실처럼 가는 황금색 뱀에 물린 후 자기 별로 돌아갔다. 그때 난 너무 어려서 '돌아간다'라는 말이 죽는다는 뜻인 줄 몰랐다. 돌아간 세리는 어디에 있을까. 나는 구멍에서 눈을 떼지 않고 구름을 따라갔다. 가다 보면 구름을 만드는 기계가 나타날 것만 같았다. 연필 깎기로 연필을 깎는 것처럼 구름 기둥을 넣고 손잡이를 돌리면 얇고 가벼운 구름이 흘러나오는 기계. 나는 언제나 궁금했다. 구름은 어떻게 비가 되어 내리는 걸까. 저렇게 높고 가벼운 구름 어디에 그렇게 많은 빗방울이 숨어 있는 걸까.

나는 풀밭에 누워 도넛 모양 돌을 이마에 올렸다.

일 초, 이 초.

고양이가 지나간다. 벚나무가 서 있는 장미 화단 옆으로.

삼 초, 사 초.

고양이가 사라진다.

나는 다섯을 센다. 오 초 후엔 사라졌던 모든 존재가 내 앞에 나타난다. 검은 고양이 세리, 잘못 날아간 축구공, 내 엄마……. 돌아간 세리도 비처럼 땅에 내려올 수 없을까. 구름은 어떻게 비가 되어 내리는 걸까.

## 정미소의 옥토끼

그날 아침, 나는 혼자 옴팡진 데를 돌아다니다 정미소를 발견했다. 내가 먹는 비타민 젤리처럼 희끄무레한 파란색 판자에 '정미소'란 글자가 앵두색 페인트로 적혀 있었다. 그 아래에는 '도소매 전문'이란 말과 '손님 환영'이란 글자가 있었다. 미소가 누굴까. 나는 삐거덕 소리 나는 하늘색 철문을 열고 들어갔다. 꾸모 하우스에는 햇볕이 세게 내리쬐었지만, 미소네 집은 부드럽고 환한 햇살이 키 작은 나무 사이로 비쳤다. 바닥에는 흙 묻은 장화와 모종삽이 있었는데, 누가 흙장난했는지 둥글게 쌓인 흙더미에 손을 넣을 수 있는 구멍이 파여 있었다. 나는 쪼그려 앉아 흙무덤에 손을 넣어보았다. 그때 종이 달린 문이 딸랑, 하고 열리며 미소가 밖으로 나왔다. 챙이 큰 민트색 모자를 쓴 사람이 손잡이가 달린 연두색 통을 들고 있었다.

"안녕…… 하세요……."

나는 미소에게 인사를 건넸다. 미소는 끝단이 나풀거리는 긴 원피스를 입고 있었는데, 아빠가 쓰는 치약처럼 짙은 민트색 치마였다. 발목 위까지 올라온 양말도 통나무에 자란 이끼처럼 환한 초록색이었다. 앞코가 둥근 신발은 박하 맛이 나는 풍선껌처럼 밝은 하늘색. 모자에 가려 얼굴이 보이지 않았지만, 미소도 나처럼 하늘색과 초록색을 좋아하는 게 분명했다. 초록과 하늘색이 섞인 세리의 눈동자.

나는 혹시 미소가 세리의 얘기를 궁금해할까 기대하며 걸어갔다. 조금씩 가까이 가니 미소의 얼굴이 보였다. 당근처럼 턱이 뾰족한 얼굴에 주근깨가 가득한…… 할머니…… 맙소사, 날 보고 웃는 입속에 이가 하나도 없었다.

"누게 와시냐?"

그때 또 한 사람이 문을 열고 나왔다. 짙은 민트색 조끼를 입은 사람이 성큼성큼 걸어와 놀라서 엉덩방아를 찧은 나에게 손을 내밀었다. 나는 두더지처럼 넓적한 손을 잡고 일어섰다. 엉덩이에 묻은 흙을 털지도 못한 채 나는 나무 벤치에 앉아 계속 미소를 보았다. 미소 할머니는 목에 건 작은 토끼 조각을 만지작거리며 날 보고 웃었다.

"체하니까 천천히 마셔."

민트색 조끼를 입은 사람이 얼음이 든 음료수를 나에게 건넸다. 시고 달콤한 매실주스였다. 민트색 조끼는 내 옆에 앉아 이름을 묻더니 내가 대답하기도 전에 자기 이름은 '안나'라고 말했다. 오안나. 그러면서 자신을 '안나 여사'라고 부르라 했다.

"왜요?"

나도 모르게 질문이 튀어나오는 바람에 나는 얼른 얼음을 입에 넣었다.

"여사님이니까 그렇지."

안나 여사는 자신을 스스로 높여야 다른 사람도 자기를 높여준다고 했다.

"안나는 무슨 뜻이에요?"

나도 모르게 또 묻고는 얼음을 다른 쪽 볼로 밀었다.

"안나가 무슨 뜻이냐…… 안 낳을 거라서 안나야. 우리 엄마가 날 낳고서 다시는 자식을 안 낳겠다고 해서 안나라고 지었어. 기지예, 어멍?"

안나 여사가 뜰에서 흙을 파는 미소에게 말했다. 자꾸 날 보며 웃는 미소가 안나 여사의 엄마였다. 이름은 문육생. 하지만 나는 육생이라는 발음이 어려워 그냥 옥토끼라고 부르기로 했다. 알고 보니 이가 없는 할머니가 입은 옷들은 모두 옥색이었다.

"민트색이 옥색이에요?"

내가 묻자 안나 여사는 옥색은 그냥 옥색이라고 했다. 무엇이든 옥색으로 된 건 행운을 불러온다며 매년 유채꽃이 피고 바다가 초르스름한 옥색이 되면, 어멍과 자신의 생일이 온다고 했다. 안나 여사의 어멍은 백 살에서 일곱 살 뺀 아흔셋이었는데, 어멍이 이렇게 오래 살 수 있는 것도 모두 옥 덕분이라고 했다. 옥으로 만든 팔찌와 옥으로 만든 목걸이를 하고, 옥으로 만든 장판에서 잠을 자고, 옥이 박힌 슬리퍼를 신는다면서 자신이 입은 포르스름한 조끼도 옥색이라고 했다. 설명을 들을수록 옥색은 더 수수께끼 같았다.

그때 어디선가 꾸모의 목소리가 들렸다.

— 안나 나오라. 어디 이시니! 안나!

안나 여사가 집 안으로 뛰어가더니 나무꾼의 장화처럼 앞이 불룩한 전화기를 들고나왔다.

— 오라방, 무사?

— 지지빠이 거기 이시냐?

— 있주게. 무사마씀?

— 데령 집에 오라이, 오바.

— 경 허주, 오바.

안나 여사는 꾸모와 말할 땐 다른 나라의 말을 쓰는 것 같았다. 마치 내가 학교에선 일본어를 쓰고, 엄마 아빠와 말할 땐 한국어를 쓰는 것처럼.

"설랑이 똘이라?"

안나 여사가 나를 데리고 꾸모 하우스로 들어가며 말했다. 나는 아빠 이름인 '설랑이'만 알아들었다. 꾸모도 말투를 다르게 했다.

"삼춘 와수과."

꾸모는 우리를 보더니 옥토끼의 팔을 잡고 소파로 갔다. 옥토끼는 꾸모의 집에 들어가기 전에 옥색 주머니에서 틀니를 꺼내 끼웠는데, 주름진 다홍색 입이 크게 벌어지더니 입속에 가지런한 이가 생겼다. 옥토끼는 사람들이 말하면 고개를 끄덕이고 손짓하면서도 목소리를 내서 말하진 않았다.

"근데 왜 할머니는 말을 안 해요."

내가 안나 여사의 귀에 대고 속삭이자 안나 여사도 똑같이 내 귀에 대고 작은 목소리로 말했다.

"말할 필요가 없어서 그래. 말할 필요가 없으니까 안 하는 거야."

안나 여사가 옥토끼를 올려다보자 옥토끼가 이를 보여주며 웃었다.

"보름 부는디 느 경 입엉 되크냐?"

꾸모가 호랑이 무늬 카펫에 앉은 안나 여사에게 물었다. 안나 여사는 옥색 조끼를 불룩한 배 위로 당기면서 뭐라 뭐라 말했다. 여름이라 덥다는 뜻인 것 같았다. 그러더니 내 무릎에 손을 올렸다.

"미소 어디 이신지 조드는디, 첨엔양 뭐랜 고르는지 못 알아먹었수다."

안나 여사가 말하자 꾸모가 콧방울을 넓히며 물었다.

"미소?"

"메께라, 정미소 벽 떼어당 대문 만들어부난 경 고르는 거 아니꽈?"

나는 정미소만 알아들었지만, 아마 내가 정미소 집에서 미소는 어디에 있느냐고 물었던 걸 말하는 것 같았다. 그런데 메께라는 뭐지? 오름의 말은 꼬리에 꼬리를 무는 수수께끼 같았고 어쩔 수 없이 나는 예전처럼 질문이 많아졌다.

"메께라가 뭐예요?"

내가 묻자 안나 여사가 이마 뒤로 내 머리를 쓸어올리며 말했다.

"메께라가 메께라주, 소낭이 야인 궁금한 것도 하신게."

안나 여사와 꾸모는 또 아빠의 이름을 말하며 얘기했다. 안나 여사는 이번에도 메께라, 라고 했다.

"메께라, 경 하영 먹어서?"

나는 조금만 더 들으면 메께라의 비밀을 풀 수 있을 것 같았다.

*

꾸모가 나에게 바라는 건 목에 스카프를 하는 것과 하루에 세수를 두 번만 하는 것, 그리고 물을 버리기 전에 한 번 더 생각해보는 것이었다. 내가 뭘 생각하냐고 묻자 꾸모는 더 씻을 데가 없는지, 물이 아깝지 않은지, 곰곰이 돌이켜본 다음 버리라고 했다. 물은 황금, 물은 황금, 이렇게 생각하라고. 그게 꾸모의 법이었다.

또 다른 법은 아침에 일어나면 아빠에게 전화하러 풍차로 가는 것이었다. 오름에선 전화가 잘 안 터졌는데, 옴팡진 곳 끄트머리에 서 있는 풍차에 가면 전화 소리가 잘 들렸다.

"저기 소낭 보면서 전화해라."

꾸모가 풍차와 대각선 방향으로 서 있는 소나무를 가리키며 말했다. 꾸모의 말대로 굵은 가지가 알파벳 S자로 자란 소나무를 보면서 전화하면 아빠의 목소리가 잘 들렸다.

"우리 딸, 잘 지내고 있어?"

아빠는 미에의 소식을 전해주었다. 엄마는 아직 병원에 있고, 세리의 모래 상자도 버리지 않았다고 했다. 그리고 유지는 이틀에 한 번씩 집에 찾아와 세리의 이름을 부른다고. 어느 날 아빠가 왜 세리를 찾느냐고 물었더니 유지는 내 이름을 부르는 건 창피하다며 자전거를 타고 도망쳤다고 했다.

"풍차는 언제 돌아가요?"

전화를 끊고 내가 물으면 꾸모는 바람이 불면 알아서 돌아간다고 했다. 오름 위 옴팡진 데선 그 바람으로 전기를 만들어 썼다. 꾸모는 바람이 공짜라고 덮어놓고 전기를 쓰다간 비렁뱅이 꼴을 못 면한다고 했다. 비렁뱅이가 무슨 말이냐고 물으니 꾸모는 짙은 눈썹을 모으며 이렇게 너랑 노닥거리다간 비렁뱅이 꼴을 못 면하는 게 비렁뱅이라고 했다. 그러면서 안나 여사를 무전기로 불러 오름을 내려갔다.

안나 여사는 일주일에 네 번 오름을 내려가 일하러 갔다. 안나 여사가 일하는 곳은 시내에 있는 어느 호텔이었는데, 치마 유니폼을 입고 호텔 방을 청소한다고 했다. 꾸모와 안나 여사가 일하러 오름을 내려 가면 나는 풍차 앞으로 갔다. 풍차 아래 의자에서 옥토끼가 날 기다리고 있었다. 옥토끼는 나만 보면 이리 오라고 손짓했다.

"이거요? 꽃 보라고요?"

옥토끼가 풀밭에 난 꽃을 보며 웃었다. 노란 중심에 흰색 잎이 난 꽃이 세 송이 피어 있었다. 검은 점무늬 나비가 꽃 위를 날다 노란 중심에 앉아 앞다리를 비비더니 가볍게 날아갔다. 옥토끼와 나는 풍차 아래 앉아 바다와 구름을 봤다. 옥토끼의 의자는 가죽이 벗겨진 민트색 소파였고 내 의자는 부드러운 천으로 된 장미색 소파였다. 소파에 앉으면 엉덩이를 움직일 때마다 삐걱삐걱 스프링 소리가 나서 나는 장난감 조랑말을 탄 기분이었다. 내가 얘기했었나? 내 나이는 열한 살이지만 마음은 백한 살 이라 나는 옥토끼와 노는 게 좋았다. 오름에선 백 살에서 일곱 살 뺀 옥토끼도 어린애처럼 놀았다. 옥토끼와 있으면 나는 내가 몇 살인지 잊어버렸다.

구름은 새가 되고 장화가 되고 숟가락이 되었다가 바람이 불면 비누 거품처럼 흘러갔다. 바다에는 블루베리 같은 까만 섬이 떠 있고, 파도는 햇빛에 반짝였다. 하늘이 갑자기 캄캄해지면서 빗방울이 우두두 떨어지기도 했는데, 그럴 땐 의자를 옮겨 풍차의 날개 아래로 갔다. 빗소리를 들으며 깜박 졸다 깨어나면 어느새 해님이 더 시원해진 바람과 찾아왔다. 풍차의 오른쪽 날개에서 보면 검은 절벽과 꾸모하우스가 보였고, 왼쪽 날개 아래에 있으면 정미소와 널따란 바다가 펼쳐졌다. 그런 구경이 지루해질 때쯤엔 옥토끼가 작은 옥색 주머니에서 먹을 걸 꺼내 주었다.

"이게 뭐예요?"

내가 묻자 옥토끼는 입에 넣으라는 손짓을 했다. 작은 나무 조각 같은 걸 입에 넣고 혀로 녹여 먹으니 밤 맛이 났다. 물에 젖은 통나무 맛 같기도 했다. 옥토끼는 목소리로 얘기하는 대신 땅에 그림을 그렸다. 손가락으로 그리고 나뭇가지로 긁고 뾰족한 돌로 구멍을 팠다.

메롱

나도 어릴 때 흙장난하는 것처럼 땅에 글자를 썼다. 학교에서 노트에 일본어를 쓰는 거랑은 달랐다. 아무거나 마음 내키는 대로 쓰면 옥토끼가 이빨이 없는 입으로 웃어줬다.

"할망도 써 봐요."

내가 말하면 옥토끼는 고개를 흔들며 웃기만 했다. 자세히 보니 아래쪽 잇몸에 손톱보다 작은 이가 두 개 남아 있었다.

문육생

"문육생이 누구일까요?"

내가 묻자 옥토끼가 자기 가슴에 손을 얹었다. 나는 차례로 이름을 썼다. 오안나, 부항시, 부소낭.

"이건 내 이름. 알죠?"

끄덕

나는 세리 이름을 쓰고 고양이처럼 엎드려 미야옹 소리 냈다. 그러자 옥토끼도 나처럼 엎드려 고양이가 꼬리를 흔들 듯 엉덩이를 씰룩였다. 우리는 땅에 '옥, 토끼, 밤'을 썼다. 내가 먼저 쓰면 옥토끼가 내 글자를 천천히 따라 썼다. 글자를 쓰는 속도가 꾸모의 트럭처럼 느려서 밤은 바아아아암이 되었고, 그걸 보고 있으면 나도 모르게 잠이 왔다. 미에에 있을 땐 밤에도 잠들기 힘들었는데, 오름에 와선 나도 모르게 입을 벌린 채 잠에 빠졌다. 눈을 떠보면 나는 옥토끼의 무릎을 베고 누워 있었다. 옥토끼의 무릎은 살이 별로 없어서 딱딱했지만 나는 옥토끼의 배와 가슴이 오르락내리락하며 내 얼굴에 닿는 게 좋았다.

"이히이이!"

하얗게 비치던 해가 조금씩 귤색으로 변하면 꾸모는 썰매를 타고 옴팡진 데로 왔다. 안나 여사는 등에 배낭을 메고 왔는데 배낭에는 우유와 쿠키 같은 간식이 잔뜩 들어 있었다.

"어멍, 아픈 데 어서?"

안나 여사는 제일 먼저 옥토끼의 얼굴을 쓰다듬었다. 오름에는 정미소와 꾸모 하우스밖에 갈 곳이 없는데도 안나 여사는 옥토끼가 먼 데로 가버릴까 봐 걱정하는 것 같았다.

"소낭이? 소낭이가 무사."

옥토끼가 안나 여사에게 손짓과 표정으로 말했다. 그러면 안나 여사는 옥토끼가 하고 싶은 말을 알아챘다.

"노래?"

안나 여사가 말하자 옥토끼가 땅에 그림을 그렸다. 동그란 얼굴을 그리고 몸을 그리고 꼬리를 그린 다음, 흙 묻은 손으로 나를 가리켰다.

"원숭이?"

끄덕

"원숭이가 무사."

옥토끼가 색을 칠하듯 원숭이의 엉덩이 부분을 나뭇가지로 팠다.

"원숭이 또꼬망?"

끄덕

"소낭이헌티 원숭이 또꼬망 불러주랜 고람수과?"

끄덕

"어멍이 너한테 꼬리따기 노래 불러 주란다."

안나 여사가 말했다. 그러더니 한쪽 팔로 나를 끌어안고서 노래를 시작했다. 안나 여사의 손에서 진한 세제 냄새가 났다.

"원숭이 또꼬망은 시빠알강."

안나 여사가 손바닥으로 내 어깨를 다독다독 두들겼다.

"빨강은 사과, 사과는 맛있다, 맛있으면 빠나나, 빠나나는 길다, 긴 건 기차, 기차는 빠르다, 빠른 건 비행기, 비행기는 높다, 높은 건 하늘, 하늘은 푸르다, 푸른 건 바다, 바다는 짜다, 짠 건 소곰, 소곰은 희다, 흰 건 토끼, 토끼는 뛴다, 뛰는 건 공, 공은 둥글다, 둥근 건 지구!"

노래가 끝나자 옥토끼가 손뼉을 쳤다. 나도 손뼉을 쳤다. 꾸모는 돌아서서 풍차를 올려다봤다.

"어멍이 물애기 생각나나?"

안나 여사가 말했다. 나는 이제 궁금한 게 있으면 부끄러워하지 않고 물었다.

"물애기가 뭐예요?"

"갓난애. 젖 먹는 애기를 물애기라고 불러."

그렇게 말하며 안나 여사가 소낭이 너도 자기한텐 물애기라고 했다. 안나 여사는 소나무 뒤에 둥글게 쌓은 흙더미를 돌아봤다. 거기엔 내가 좋아하는 까만 돌이 담처럼 둘러싸여 있었다. 돌담 앞에는 작은 옥색 저고리가 가지런히 놓여 있었는데, 옥토끼는 그 앞에 앉아 노랗고 하얀 꽃을 봤다.

"우리 언니야. 원래 물애기는 무덤을 안 쓰는데 어멍이 몰래 안고 와서 여기에 묻었어."

안나 여사가 말했다. 나는 나의 언니 세리가 떠올랐다.

"이름은 없어요?"

"없지. 그냥 물애기야."

안나 여사가 두더지 같은 손으로 내 뺨을 문지르더니 땅에 우리가 쓴 글자를 보며 "메께라, 소낭이영 영하멍 놀았수과?"라고 했다. 매일 저녁 나는 사람들과 앉아 귤색 태양이 점점 바다 쪽으로 내려가는 걸 보았다. 하늘은 조금씩 루비색으로 변했고, 그러다 갑자기 누군가 물감통을 엎은 것처럼 하늘에 여러 색이 뒤섞였다.

"어떨 땐 저거 보려고 사는 것 같아."

안나 여사가 초코칩 쿠키를 먹으며 말했다. 해가 바다로 가라앉고 하늘에 달이 뜨면 듀공의 울음소리가 더 커졌다. 밤이 되면 꾸모는 하마 엉덩이 소파에 앉아 비디오를 보았다. 어떤 남자가 시장에 가서 배추를 먹고 사과를 먹고 새우젓을 먹는 내용이었다. 파마머리에 턱이 긴 남자는 시장에서 먹는 건 뭐든 달다고 했다. 천일염이라는 소금을 먹으면서도 달다고 했다. 그게 끝나면 꾸모는 아프리카 동물이 나오는 비디오를 보았다. 얼룩말 떼가 물을 찾아 멀리 떠나는 이야기였다. 얼룩말들은 악어가 기다리는 강을 건너야 했는데, 악어가 새끼 얼룩말의 다리를 물면 꾸모는 그렇지! 라고 소리쳤다.

밤이 더 깊어지면 나는 내 방으로 들어가 창틀에 머리를 대고 오름을 보았다. 거의 매일 밤, 움팡진 곳에는 흰 안개가 낮게 깔렸고 별이 아주 가깝게 빛났다. 미에에 있을 땐 별빛을 보면 고양이 소리가 떠올랐는데, 제주도에 오니 북 치는 칸타가 생각났다. 드럼을 연습하며 땀을 뻘뻘 흘리던 칸타의 모습. 다시 그때로 돌아갈 수 있다면.

열 살 겨울, 칸타는 교회 밴드부에 들어가 드럼을 배웠고 나중에 어른이 되면 유명한 드러머가 되겠다고 했다. 하지만 발 구르기와 스틱 치기를 동시에 하지 못해 결국 드럼을 포기하고 말았다. 성탄절 기념 음악회 때 칸타는 '실버벨'에 맞춰 탬버린을 흔들었고 멜빵을 하고 무릎 양말을 신은 자기의 모습이 남자다워 보이지 않는다며 공연 내내 한 번도 웃지 않았다. 한 번만 더 그때로 돌아가 엄마 앞에서 성탄절 캐럴을 부를 수 있다면.

그해 겨울은 온통 파티였다. 어느 날은 52시간 동안 쉬지 않고 눈이 내렸고 우리 가족은 한 침대에 꼭 붙어서 잤다. 오후엔 베란다로 나가 캠핑용 버너에 마시멜로를 구워 먹고 따듯한 코코아를 마시며 세리의 털을 쓰다듬었다. 우리는 눈보라를 뚫고 온천에 가기도 했다. 매끄러운 돌에 얼굴을 대고 누우면 차가운 눈송이가 이마에 떨어졌다. 캄캄한 밤하늘엔 눈썹 모양 달이 떠 있었고 엄마는 따듯하고 부드러운 물속에 잠겨 내가 좋아하는 이야기를 들려주었다. 엄마가 나라에서 아빠를 만난 이야기, 아기 고양이었던 세리를 집으로 데려왔던 이야기. 나는 세리가 나의 언니라는 게 좋았고, 엄마가 나의 엄마라는 것이 좋았다. 다시 그때로 돌아갈 수 있다면. 돌아간 고양이가 빙 돌아 다시 오고, 엄마는 절대 아무 데도 돌아가지 않았으면.

### 메께라

동생이 태어났다는 아빠의 말을 듣고 나는 온몸에 힘이 빠졌다. 내 몸을 꽉 조이고 있던 끈이 스르르 풀리는 느낌이었다. 꽁꽁 언 몸으로 발끝부터 천천히 뜨거운 물에 잠기는 것처럼. 아기는 인큐베이터에 있고 엄마는 괜찮다는 아빠의 말이 바람 소리에 울려 잘 들리지 않았다. 괜찮다는 말을 한 번 더 듣고 싶었지만 나는 목구멍이 바늘 끝처럼 좁아져 아무 말도 나오지 않았다. 말할 필요가 없어서 말을 안 한다는 옥토끼가 보고 싶었다. 집을 떠나도, 바다를 건너 제주에 와도, 내 마음 한구석은 여전히 백한 살 같았고, 엄마는 나와 멀리 있었다.

전화를 끊고 나는 꾸모를 따라 집으로 가지 않고 물애기집 앞에 앉아 나뭇가지로 땅에 이름을 썼다. 남실이, 무실이, 종실이, 봉실이. 안나 여사는 자신의 언니들 이름을 말해주며 자기는 언니들과 다른 세련된 이름을 가져서 좋다고 했다. 나는 인큐베이터에 있는 아기를 생각했다. 물애기여도 이름이 필요했다. 정미소를 보며 혹시나 옥토끼가 나올까 한참을 기다렸지만 아무도 내 곁에 오지 않았다.

원숭이 또꼬망은 시빨강……

꼬리따기 노래를 아홉 번 부르고 나니 꾸모가 나를 데리러 왔다. 꾸모는 들어가서 짐을 싸라고 했다. 나는 꾸모의 말을 못 알아듣는 척했다. 아무하고도 작별 인사를 하고 싶지 않았다. 집에 돌아갔는데 또 가출하고 싶으면 어쩌지. 오 초가 흘렀는데도 아무도 날 반겨주지 않으면.

나는 땅에서 작고 까만 돌들을 집어 흙을 턴 다음 주머니에 가득 넣었다.

제주도에 작은 태풍이 온 날, 꾸모는 비행기가 뜰 수 있는지 소낭 앞에 서서 공항에 전화를 걸었다. 바람이 종이 끝처럼 날카롭게 불면서 가랑비가 내렸다. 옥토끼는 물애기집 앞에 서서 나에게 토끼 목걸이를 벗어 주었다. 그러면서 까만 돌담을 가리켰다. 내 선물인 줄 알았는데 아기의 선물인 것 같았다. 처음으로 옥토끼는 웃지도 않고 땅에 그림을 그리지도 않았다. 나는 옥색 토끼를 움켜쥐었다. 그러고는 옥색 목걸이 줄에 세리의 하트 목걸이를 꿰고 옥토끼의 목에 걸어주었다. 옥토끼가 풍선 터뜨리기를 하는 것처럼 나를 꽉 끌어안았다. 그대로 내 몸이 옥토끼 안으로 스며들 것 같았다.

안나 여사는 내 가방에 만 원짜리 세 장을 넣어주며 내 얼굴을 쓰다듬었다. 손에서 진한 세제 냄새가 났다. 날 끌어안는 가슴에선 김치찌개 냄새가 나는 것 같았다. 나는 숨을 크게 들이마셨다.

"소낭이 또 오라이!"

작별 인사가 싫어서 나는 안나 여사를 돌아보지 않았다. 대신 속으로 꼬리따기 노래를 불렀다.

원숭이 또꼬망은 시빨강……

세찬 바람이 꾸모의 구름머리를 흐트러뜨리던 오후, 나는 꾸모의 등에 업혀 오름을 내려왔다.

"우리 아기도 물애기죠?"

내가 묻자 꾸모가 숨을 헉헉 내쉬며 나에게 고개를 돌렸다. 꾸모 감자코가 내 이마에 닿을 것 같았다.

"이름이 있었으면 좋겠어요."

나는 소낭이란 내 이름을 꾸모가 지어줬다는 걸 알았다. 꾸모가 내 동생 이름도 지어줄까. 이응 소리가 나게. 소리 내면 둥근 마음이 떠오르게. 하지만 꾸모는 말없이 오름을 내려갔고, 느리고 느린 트럭을 타고 공항으로 갔다. 공룡 발바닥 나뭇잎을 지나 바닷길을 따라가며 나는 계속 꼬리따기 노래를 주문처럼 외웠다. 트럭에서 내리기 전에 여권 지갑 사이에 넣어둔 내 증명사진을 꺼냈다. 그리고 차에 달린 작은 거울에 꽂혀 있는 내 아기 사진 옆에 나란히 꽂았다.

맛있으면 빠나나, 빠나나는 길다, 긴 건 기차, 기차는 빠르다, 빠른 건 비행기, 비행기는 높다……

꾸모는 공항에서 헤어질 때 내 점퍼의 지퍼를 목까지 올려주었다. 그러면서 나에게 반으로 접은 종이를 건넸다. 제주농협이란 옥색 글자 위에 '오롬'이란 한글이 적혀 있었다.

"가서 엄마 아빠 줘라."

꾸모가 말했다. 내 동생 이름이라고 했다.

"오롬이 아니라 오름 아니에요?"

내가 묻자 꾸모의 짙은 눈썹이 가운데로 모였다.

"원래가 오롬, 오롬이 제주말이다."

"부오름?"

혹시나 해서 내가 한 번 더 묻자 꾸모가 자기 손바닥에 글자를 쓰며 말했다.

"오! 롬!"

"법이에요?"

"법이냐고?"

"네, 무조건 따라야 해요?"

내가 묻자 꾸모가 고개를 가로저었다. 그러면서 내 등을 출국장 쪽으로 떠밀었다.

하늘은 푸르다, 푸른 건 바다, 바다는 짜다, 짠 건 소곰, 소곰은 희다, 흰 건 토끼, 토끼는 뛴다,

나는 공항 복도를 걸으며 계속 노래 불렀다. 고개를 돌리면 옥토

끼가 두 개 남은 아랫니로 웃고 있을 것만 같았다. 오름 위 옴팡진 데 부는 듀공 바람이 아직도 귓가에 맴돌았다. 널따란 풀밭과 정미소, 파란색 물탱크와 개 조심 대문, 그 나무 문에 반쯤 박혀 옆으로 휘어진 녹슨 못, 잘못 들어가면 바다가 보이는 낭떠러지 방, 까만 돌을 쌓아 만든 물애기집, 달이 너무 가까워 토끼처럼 뛰면 달로 갈 수 있을 것 같은 밤, 물은 황금이고 바람은 공짜지만 씨줄과 날줄처럼 바람이 엇갈려 불면 옥토끼 할망의 옥색 치마가 훽훽 뒤집힌다.

메께라.

나는 언제든 그 오 초의 시간으로 갈 수 있다. 웅덩이에 빗물이 고이는 것처럼 내 마음의 옴팡진 곳에는 그곳의 기억이 고여 있으니까.

뛰는 건 공, 공은 둥글다, 둥근 건 지구!

사라진 것 같아도 눈을 감고 다섯을 세면 보이지 않는 존재들이 돌아온다. 바닷물이 구름이 되고 다시 빗방울로 떨어지는 것처럼. 안녕, 세리, 우리 할아버지랑 옥토끼 할망 만났어? 좋은 아침! 그렇게 앞발로 누르며 인사해줄 거지?

나는 내 동생 오름이가 잠들 때까지 꼬리에 꼬리를 무는 이야기를 들려준다. 초록색도 옥색이고 파란색도 옥색이란 걸 말해준다. 노래를 불러준다. 원숭이 또꼬망은 시빨강……

* 글 속의 '꼬리따기' 노래는《한국구비문학대계》(gubi.aks.ac.kr, 한국학중앙연구원)에 채록된 제주도 민요입니다.

제23회 이효석문학상

# 대상 수상작가 수상소감

김멜라

어려서부터 저는 악몽을 자주 꿨습니다. 잠을 자면서 큰 소리로 잠꼬대할 때가 많았고, 베개가 흠뻑 젖도록 우는 밤도 많았습니다. 꿈속에선 몸도 마음도 괴로워 저는 꿈이 나오는 길목을 커다란 돌로 막아놓고서 아무것도 새어 나오지 못하게 하고 싶었습니다.

〈제 꿈 꾸세요〉를 쓰면서 저는 처음으로 그 꿈의 어두운 길목을 제 의지로 찾아갔습니다. 혼자 들어갈 용기는 없어 '챔바'라는 친구를 만나 챔바의 목소리를 따라갔습니다. 챔바는 제가 도망치고 싶을 때마다 피식 웃을 수 있는 농담을 건네며 자신이 함께 있다는 걸 알려주었습니다.

저는 챔바가 소설이란 시간으로 제게 찾아온 이유를 생각합니다. 나쁜 꿈조차 꿀 수 없어 뜬눈으로 밤을 지새우는 사람, 불을 끄듯 아픔을 끌 수 없어 여윈잠에 뒤척이는 사람, 그렇게 바늘 끝처럼 이어지는 고통의 밤을 보내다 영영 깨어나지 않을 잠을 청하듯 어딘가로 돌아간 사람, 다른 세계에서 다시 깨어난 사람. 챔바는 그런 이를 찾아가 그 사람이 자기도 모르게 흥얼거리던 노래를 불러주며 함께 꿈속을 걸어줍니다. 눈밭을 헤매서라도 꼭 찾아가고 싶은 이들의 곁으로 데려가 줍니다.

이 소설은 그들이 건네는 인사입니다.

몹시 아파했던 한 사람이, 자신처럼 아파하는 누군가를 위해 고요하고 다정하게 건네는 밤의 인사. 아픔을 설명하고 괄호를 채우기보다 우선 편안히 잠들기를, 그래서 다음 날 아침 햇살과 함께 또 하루를 시작하길 바라는 아침의 인사.

좋은 꿈 꾸세요. 좋은 아침이에요.

그렇게 평범한 안부를 전하는 마음으로 이 소설을 썼습니다. 어제와 같은 오늘의 인사를 건넬 수 있는 것이 얼마만큼 큰 기쁨이고 축복인지를 잊지 않고 싶습니다. 떠난 이가 남은 이를 걱정하는 마음, 꿈에서라도 다시 보고 싶은 그리움, 그 두 마음이 만나 좋은 꿈을 만들었으면 좋겠습니다.

챔바의 노래와 괄호의 인사에 화답해주신 심사위원님들께 깊이 감사드립니다.

꿈꿀 수 없고, 잠들 수 없는 밤을 홀로 지새우는 분들에게 이효석 문학상의 기쁨과 영광을 돌립니다.

# 작품론

# 그리고 웃어주세요

전소영

문학평론가. 현재 홍익대학교 국어국문학과에서 현대문학을 강의하고 있다.

*

"그러니 당신은 기쁘게 내 꿈을 꿔주길."

방금 지나온 소설의 이 문장 안에 접혀 넣어진, 가없이 다감한 마음이 당신에게 도착하길 바라며.

**

기억의 서고를 열어볼까요.

이제 우리는 눈 내리는 풍경으로 걸어 들어가려 합니다. 한기와 온기에 번갈아 옷깃을 내어줄 수 있는 관대한 겨울이라면 좋겠습니다. 눈이 부실 만큼 농도 짙은 눈보라의 흰빛이 번져갈수록 사위의 모든 것은 곧 겨우 형체만 알아볼 수 있도록 지워질 것입니다. 익숙한 현실이 가려지는 이 낯선 정경. 만약 당신이 이로부터 뜻밖의 홀가분함을 건네받았다면 하나의 기대 때문이었을지도 모릅니다. 이 눈발에 뒤덮여 당신의 정체도, 당신을 부르는 이름도 숨길 수 있으리라는 작은 희망 말이지요.

먼 땅도 가까운 땅도 흰 눈이 덮어버렸고 도로의 아스팔트와 가로수 나뭇가지에도 소오복히 눈이 쌓였다. 배기가스와 꺼지지 않는 네온사인에 지친 나무들이 흰 눈을 덮어쓰고 쉬는 듯했다. 죽은 나도 저렇게 쉬고 있을까.

/

신호등 옆에 선 주목의 좁은 나뭇잎에 눈이 쌓여 있었다. 어디서부터 굴러온 건지 모를 플라타너스 낙엽 위에도, 밟고 올라서기 위해 전봇대에 박은 굵은 쇠못, 그 작은 못 머리에도 눈이 내려앉아 있었다. 자동차들은 유리나 합금 소재 같은 겉모습이 덮이고 지붕과 보닛으로 이어지는 형체만 알아볼 수 있었다.

눈 오는 광경 안으로 구태여 당신을 초대한 까닭은, 방금 우리가 함께 지나온 소설 속 '나'와 함께 서보기 위해서였습니다. 작중 언급에 따르면 삶이 끊어진 후 사람은 자신이 상상하는 장소에 도착한다고 하지요. 그런데 '나'에게 그곳이 바로 눈 오는 서울이었던 것입니다. 어디에나 공평하게 내려앉은 눈의 장막 아래 사람도 사물도 어렴풋한 형상만을 남기고 사라진 곳. 죽음으로 깨어난 '나'는 왜 그런 겨울의 풍광 안에 도착을 했을까.

이 질문을 놓지 않은 채로 소설에서 배음처럼 울리고 있는 '메기의 추억'이나 '오 수재너'를 흥얼거려봐도 좋겠습니다. 소설의 첫 페이지에 누벼진 노래에 관한 '나'의 기억은 우리에게 관계에 관한 진실 하나를 넌지시 들려줍니다. 바로 사람은 누구나 타인에게 "메기"나 "수재너"라는 것. 우리는 이따금 서로가 나에게 더없이 투명해진 존재가 될 수 있으리라고 기대하지만 그것은 실상 불가능에 가깝습니다.

애초에 사람이 고정불변의 주체가 아니며 자신도 모르는 사이에 변해가는 운동성을 지니고 있는 까닭입니다. 단적으로 지금의 우리는 어떤 예외도 없이 어제의 우리와 다르고 내일의 우리와도 다를 것입니다. 그런 나를, 나조차도 쉬이 알기 힘든 나를, 과연 외부에서 정의하는 일이 가능할까요. 내가 당신에 관해 속속들이 알고 싶어 아무리 마음을 앓아도 결국 나는/당신은 당신에게/나에게 이방의 상상을 남기는 "수수께끼"이자 "열기 힘든 경첩이 달린 단어"일 따름이지요. 그러고 보면 우리가 흔히 감당하곤 하는 관계에 대한 희망도 절망도, 근본적으로는 상대에 대한 이 '알 수 없음'으로부터 비어져 나온다고 할 수 있겠습니다.

그런데도 사람의 관점은 타인을 온전히 이해할 수 있다고 여기는 오만 안에 자주 정박되곤 합니다. 나의 정체성은 그런 타인의 시선에 노출되어 어느 때든 원하지 않는 방식으로 바뀌거나 왜곡될 위험에 처해 있지요. 때문에 일부러 타인 대신 고독의 손을 잡는 날도 있다는 사실을 당신도 모르시지는 않을 겁니다.

> 혼자 사는 30대 무직 여성이 된 이유를, 단단히 준비한 끝에 모아놓은 수면제를 삼키고 사흘 만에 깨어나 이렇게 끝낼 수는 없다며(어떻게 생과 사를 오간 사흘 동안 카드회사에서 보낸 이벤트 문자 외에 단 한 명의 연락도 못 받은 거지?) 그 누구도 나의 안녕을 궁금해하지 않는 세상. 이 악물고 살아주마, 그렇게 결심하고 급히 먹은 원 플러스 원 초코바에 목이 막혀 죽는 이 블랙코미디, 누구의 삶도, 어떤 죽음도, 다른 이에게 웃음을 불러일으킬 목적으로 존재하는 건 아니건만, 어째서 당사자인 나부터 쓴웃음이 나는 이 뒤엉킨 인과관계의 인을

그런 차원에서 사람은 생이 종결된 후에야 "비난도 칭찬도 아닌, 괄호. 판단 이전의 괄호", 즉 무엇으로도 정의되지 않는 빈 존재로 깨어날 수 있다는 소설의 설정은, 살아가는 내내 자신에 대한 속단에 포박당하는 사람의 서글픈 운명을 떠올리게 합니다. '나' 역시 그러한 이력을 지닌 인물입니다. '나'는 의도적으로 제 삶의 인과와 속내를 덜 발화하고 있지만, 굳이 행간을 읽으려 노력하지 않아도 우리는 '나'가 한 번은 타인의 시선에 유폐되었을 외로운 존재임을 알고 있습니다. 죽음으로 깨어난 그가 하필 일상을 흰 도화지로 만든 눈길 위에 선 것도 우연은 아니겠지요.

당신도 아시다시피 '나'는 그런 가혹한 삶으로부터 탈주를 감행했으나 첫 번째 시도는 완결되지 않았습니다. 두 번째엔 의지와 무관하게 삶을 등지게 되었습니다. 그러나 고독사였기 때문에 이러한 인과관계가 알려질 리 무방했고 "혼자 사는 30대 무직 여성"의 죽음에는 언제고 진실과는 거리가 먼 오인의 말들이 뒤따를지 모르는 상황이었습니다. 하여 '나'는 챔바와 함께 타인의 꿈으로 가는 여정을 시작합니다. '나를 타인의 시선에 섣불리 진열되지 않게 하려는' 의도를 간직한 채로.

그러고 보면 '나'는 분명 누구보다 밀도 높은 슬픔을 지닌 사람, 그렇기에 길손이 되기에 충분한 사람이라고 할 수 있습니다. 하지만 그의 감정은 물기를 머금어 묵직해진 채로 우리에게 건너오지 않아요. 오히려 설원 위에서 더 형형해지는 오페라 핑크처럼, 밴조에서 흐르는 금속성의 경쾌한 선율처럼, 달콤함이 쓴맛을 삼킨 커피처럼 우리를 내내 온화하고 부드럽게 감싸 안습니다. 이것이 이 소설이 지닌 아름다움의 진원지라고 단언해도 되겠지요.

***

달콤한 것을 좋아하시는지. 절반쯤 녹은 초콜릿이 공허한 가슴에 흘러내리는 느낌을, 갈라진 입술에 생크림이 배어드는 느낌을, 씁쓸한 과육에서 번져 나오는 조각난 단맛들을. 맛은 생물학적으로도 우리에게 중요한 무언가를 먹게 하는, 생존과 직결된 강렬한 충동의 신호여서 우리의 기억 어딘가에는 분명 그와 관련된 저마다의 감미로운 추억이 잠들어 있을 것입니다. 이 소설에서도 기억의 불을 밝히는 가장 확실한 스위치로 미각이 등장하지요. 그렇습니다. '나'는 음식을 매개 삼아 사랑하는 사람들의 꿈으로 진입하고자 하는데, 그때 재현되는 기억에 관한 섬세한 묘사가 소설 밖의 우리까지도 감각의 공동체로 만들어줍니다. 하여 우리는 어떤 방해도 없이 '나'의 과거를 향해 미끄러질 수 있어요.

그런데 막상 규희와의, 연인과의 과거를 되살린 '나'는 그들의 꿈으로 들어가기를 망설이고 주춤거리네요. 무언가 변명거리를 만든 끝에 몇 번의 기회를 그냥 지나쳐버리지요. 그 이유를 우리는 다음의 이야기로부터 발견할 수 있습니다.

> 새빨간 알핀로제. 이슬 먹고 피어 있는 꽃. 다스 오버랜야 오버랜. 베르네 산골 아름답구나.
>
> 한 소절을 들으면 뒤이은 가사와 멜로디가 떠오르는 건 내 상상이 아닌 습관이었다. (…)
>
> 나는 몰랐는데 내 상상은 어떻게 아는 걸까. 난 끝났는데 지금 여기서 뭘 하는 걸까. 죽었는데 아직도 뭐가 두려운 걸까. 죽어서도 죽지 않는 감정이 있다면 노래가 끝나도 혀끝에 맴도는 멜로디가 있다면 누군가의 꿈에 찾아가 어떤 말을 해야 한다면.

거듭하지만 '나'와 챔바의 여정은 '나'를 위해 시작된 것이었습니다. 고독사한 나를 "발견해 이 세상에서 조용히 물러나게 해달라는 부탁"을 하기 위해, 즉 자신의 죽음을 규정하는 일만큼은 타인의 손에 맡기지 않기 위해 친구와 연인, 엄마의 꿈에 깃들고자 했던 것이지요. 그런데 기억하는 일이 반복될수록 '나'는 세간의 오인으로부터 나를 구해내는 것보다 더 중요한 것이 잠복해 있다는 사실을 알아차립니다. 그것이 "죽어서도 죽지 않는 감정", "노래가 끝나도 혀끝에 맴도는 멜로디"라고 적혔어요. 설령 나의 흔적이 지워지더라도 세상에 남길 수 있는 마음이란 무엇일까. '나'는 처음에 이 마음의 정체를 헤아리지 못했지만 챔바의 꿈을 전해 들으며 비로소 그와 마주하게 됩니다.

> "맞아요. 엄만 그 꿈을 꾸고 복권가게에 갔어요. 자동으로 할까, 반자동으로 할까? 나한테 물어보려고 전화했는데 내가 안 받았죠. 나는 좋은 꿈을 만들어주고 싶었어요. 일어났을 때 웃게 되는 꿈. 복권을 사야 할 것 같은 꿈. 내가 돼지띠거든요.
>
> /
>
> 꿈을 꾸는 엄마의 마음과 그 꿈으로 간 내 마음, 그리고 우리 두 사람을 이어주는 챔바의 마음이 삼각뿔의 세 직선처럼 하나의 꼭짓점에서 만나고 있었다. 세 방향으로 뻗은 마음의 면들이 커피우유의 모습을 하고 내 손 위에 올려져 있었다. 그리고 나를

이곳까지 오게 한 마음, 나보다 어둡고 나보다 빛나는 슬픔이 삼각뿔 커피우유의 밑면처럼 우리를 떠받치고 있었다.

챔바의 회고에는 그가 '나'의 가이드가 된 이유가 갈무리되어 있습니다. 둘은 비슷한 무늬의 슬픔을 지닌 자, 상처받았으되 여전히 사랑을 담보한 내면의 소유자였지요. 슬픔에는 시민권이 있어 슬픈 사람에게는 동료 시민을 알아보는 눈이 있다고 합니다. 슬퍼하는 자신의 표정을 본 사람은 다른 이의 슬픈 표정을 알아차리고, 슬픔에 빠진 몸가짐을 지녔던 사람들은 타인의 같은 몸짓을 놓치지 않는다는 것이지요. 우리는 이제 길손-가이드 시스템의 본질을 알아차릴 수 있습니다. 길손이 된 자가 정말 바라는 것을 알려주기 위해 유사한 슬픔의 시민권자인 가이드가 채택되는 것. 그 챔바를 곁에 둔 다정한 배회의 끝에서 '나'는 하나의 결론에 다다릅니다.

나는 그대로 눈에 파묻혀 단숨에 지워질 수 있을 것 같았다. 그러고 보니 나는 죽어서도 쉬지 못했다. 이유를 찾느라, 인과관계의 인因에 매달리느라 죽음의 효과를 충분히 누리지 못했다. 나는 나라는 존재를 빈 괄호로 두고 싶었다. 이제 죽은 나를 발견해주길 원하지 않았다. 내 죽음의 경위와 삶의 이력들을 오해 없이 완결하고 싶지도 않았다. 대신 나는 나와 이어진 사람의 꿈으로 가 그들을 즐겁게 해주고 싶었다.

'나'는 "세상으로부터 고립"되었고 "누구도 나의 안녕을 궁금해하지 않"는 존재입니다. 그럼에도 불구하고 자신이 누군가의 악몽이나 자책의 계기로 남는 것만큼은 바라지 않습니다. 정체성이나 인과가 영영 타인들의 오해 밖으로 빠져나올 수 없다고 해도 말이지요. 대신 "나와 이어진 사람의 꿈으로" 기꺼이 건너가 "그들을 즐겁게 해주는" 꿈을 꿉니다. 당신이 괜찮아야 나도 잘 있을 수 있다는 마음. 이 마음의 정체가 거대한 슬픔을 정제하여 추출한 맑고 영롱한 사랑임을 우리는 알고 있습니다.

> 나는 메기라는 이름의 수수께끼를 누군가에게 묻거나 찾아보지 않고 풀리지 않는 매듭 그대로 두었다. (…) 잠결에 언뜻 들은 누군가의 고해성사처럼 밴조나 메기에는 비밀스러운 그림자가 드리워 있었고 나는 노래가 불러일으키는 미궁을 마음껏 헤맸다. 내 고향은 대한민국 무슨 시 무슨 구가 아니라 맑은 시냇물이 넘쳐흐르는 새빨간 알핀로제가 피어 있는 베르네가 아닐까. 다스 오버랜야 오버랜. 뜻도 모르는 이국 말을 흥얼대며 메기와 수재너가 '아름다운 베르네'로 떠나는 상상을 했다. 내 상상 속에서 메기는 다른 노래에 사는 수재너를 만나 밴조를 메고 알핀로제가 만발한 베르네로 향했다.

이쯤에서 소설의 처음으로 돌아가 밴조 연주를 다시 들어야 하겠습니다. 반복하자면 살아가는 내내 우리는 서로에게 "메기"나 "수재너"에 지나지 않을 것입니다. 이해한다는 오해 안에서 상대를 주시하겠고 타인 앞에서 완벽한 괄호가 될 기회란 아마 영원히 없겠지요. 그 사실에 절망하느라 시간을 소모할 수도 있겠으나 적어도 '나'가 제안하는 선택지는 그것이 아닙니다.

타인은 풀리지 않는 매듭이자 미궁이지만 그런 상대를 섣불리 판정하는 대신 마음의 좌표를 바꾸어 그의 행복을 소망할 수도 있다는 것. 그러면 자신도 좋으리라는 것. 말하자면 사랑을 받아서가 아니라 사랑할 수만 있다면, 그 누구의 삶도 무소용이 아니라는 것. 삶을 막 떠난 '나'의 이 전언을, 우리는 어쩐지 무방비의 마음으로 받아들게 됩니다.

시시각각 나의 앞에 출몰하는 타자를 어떻게 대할 것인가에 관한 고민은 문학의 오랜 주제였습니다. 무수한 답들, 또 정답 없음에 대한 사유가 이미 수다한 작품에 실렸고 여전히 실리고 있다는 사실은 이 화두가 결국 삶이 유구한 난제라는 의미도 되겠지요. 유례없는 팬데믹의 상황이 더해진 지금이라면 더더욱. 사랑과 돌봄 같은 단어가 마치 낡은 유물처럼 빛을 잃은 이 시절에 당신이 만일 타자에 대한 사유를 다시 시작하고자 한다면, 이 소설을 그를 위한 영점零點 삼아도 좋겠다는 생각입니다. 여기까지 함께해준 당신에게 '나'의 말을 빌려 안부를 전합니다. 당신이 잘 있다면 되었습니다. 나는 잘 있습니다.

****

저기 밤이 걸어오네요.

다행히도 삶이 늘 우리에게 매몰차게 구는 것만은 아니어서 어떤 혹독했던 시간도 결국 어둠에 자리를 내어주고 오늘의 뒤안길로 멀어지기 마련입니다. 이제 낮 동안 상념에 붙들려 있던 마음을 비워내고 풍요로운 꿈으로 채워 넣어도 좋겠지요. 소설 속 '나'는 죽음 이후에도 "대부분, 하던 걸 계속"하는 괄호의 운명을 따라, 밤이 자기 차례를 거르지 않듯 내내 사랑의 꿈을 빚어낼 것입니다.

그러니 혹여 오늘 하루가 너무나 소란했다면 당신도, 당신을 사랑하여 모든 것이 괜찮아질 수 있는 사람을 꿈에서 만나주세요. 그리고 웃어주세요.

✱ 이 글을 쓰며 론 마라스코, 브라이언 셔프의 《슬픔의 위안》(김설인 역, 현암사, 2019)과 존 매케이드의 《미각의 비밀》(이충호 역, 문학동네, 2017)을 참고했음을 밝혀둡니다.

## 대상 수상작가 인터뷰

# 채우기보다 비워두는 선한 마음들에 대하여

김유태

기자 및 시인. 서울대 국문과를 졸업하고 2018년 문예지 〈현대시〉 신인상으로 등단했다. 시집 《그 일 말고는 아무 일도 일어나지 않았다》를 출간했다. 매일경제신문 경제부, 금융부, 유통경제부를 거쳐 현재 문화부에서 문학과 영화 분야를 담당하고 있다.

©이충우 기자

죽음에 관해 인간이 본원적으로 품고 있는 감수성이란 이런 것이다. 두려움, 공포, 그리고 슬픔. 누군가와 작별한다는 사실은 언제나 슬픈 일이고 떠나는 이는 언제나 공포와 두려움 속에서 이승을 등진다. 유신론자든 무신론자든 죽음 앞에 선 인간은 늘 부정적인 감정이 든다. 죽음에 들러붙은 저 오래된 고통을 떼어내는 일은 불가능해 보이지만 김멜라 작가의 〈제 꿈 꾸세요〉에 깃든 따뜻한 상상력이라면 죽음이 불안한 사건만은 아닐 수 있지 않을까. 죽음이 슬픈 이유는 죽음 이전으로 되돌릴 수 없기 때문인데, 불가피한 불가역성 속에서 죽은 자가 산 자에게 따뜻한 마음을 전하는 단 한 번의 기회가 허락된다는 설정은 상상만으로도 두려움과 공포, 그리고 슬픔의 감정을 조금을 멀리해볼 수 있을 테니 말이다. 삶은 이미 죽음에 감염되어 있고, 인간은 누구나 자신에게 주어진 자기만의 죽음을 홀로 죽으며, 죽음이 없다면 인간조차 될 수 없다고 했던가.[*] 그럼에도 김멜라가 전하는 따뜻함이라면 이제 우리가 죽음을 그저 슬픈 눈으로만 쳐다보지 않아도 될 것만 같다.

2022년 8월 12일 이효석문학상 최종심에서 소설 〈제 꿈 꾸세요〉가 대상 수상작으로 결정되고 며칠 뒤 서울 충무로의 한 카페에서 김멜라 작가를 만났다. 그날의 차분한 대화를 한 줄씩 복기해 전한다. 한 작가의 떨리는 새 도약을 근거리에서, 그것도 가장 먼저 목격하는 과정은 참으로 값지고 감사한 보람임을 첨언해둔다.

Q. 김멜라 작가 님, 수상을 축하드립니다. 소설 〈제 꿈 꾸세요〉는 올해 이효석문학상에 심사위원 만장일치로 대상작으로 결정되었어요. 이례적인 일인데, 먼저 소감을 여쭙습니다.

여전히 실감이 안 나요. 어안이 벙벙하고 이 상이 정말로 나한테 온 게 맞나 싶고요. 오늘 인터뷰 오는 길에 이런 생각을 해봤어요. 과

* 블라디미르 장켈레비치, 《죽음에 대하여》(변진경 역, 돌베개, 2016)

거 소설가 최윤 선생님께서 이런 말씀을 하신 적이 있었거든요. "신은 우연한 마음으로 축복을 누구에게 주지 않으신다." 만약 지금 받게 된 이 상이 신이 내게 우연한 마음으로 주신 축복이 아니라면, 지금 주어진 이 상이 내게 어떤 의미가 있는 걸까 하는 그런 생각을 떠올렸어요. 수상은 개인과 그 작품에 돌아가지만 이효석문학상 수상이 단지 개인의 일만은 아니라고 생각하고 있어요. 개인의 성취와 보람과 기쁨을 넘어서서, 이 상에 어떤 의미가 있을지를 생각해보고 있어요.

Q. 〈제 꿈 꾸세요〉를 처음 착안한 계기는 무엇이었을까요.

힘든 마음으로 돌아가신 분들을 떠올리며 이 소설을 써야겠다고 생각했어요. 우리 주변을 돌아보면 어린 청소년들, 청년들, 노인들 가릴 것 없이 힘들게 떠난 분들이 적지 않잖아요. 혼자 돌아가시거나 힘든 선택을 하신 분들의 소식을 많이 들었는데, 대개 그런 경우 사람들은 망자가 왜 이런 선택을 했을까를 추측하고 또 추측합니다. 그런 추측은 대개 이런 평가로 이어져요. "이건 안 좋은 행동이다"라는 조용한 비난이랄까요. 옆에서 그런 상황을 보기만 해도 정말 제가 상처받는 느낌이었어요. 어떤 사람의 삶과 죽음에 대해선 언제나 많은 말들이 오고 가기 마련이지만 그런 상황이 생긴 경우 떠난 당사자를 판단하기보다는 비워뒀으면 좋겠다는 마음이 자주 들어요. 어떤 이유에서 그런 선택을 했는지를 궁금해하며 추측하지 말고 그렇게 죽음을 차가운 말들로 채우지도 말고 그저 비워두고 좋은 기억과 순간을 간직했으면 좋겠다는 마음이 〈제 꿈 꾸세요〉를 쓰게 했어요. 그러다가 떠난 사람이 남겨진 사람에게 좋은 기억을 주고 안부를 전하는 이야기를 써보고 싶었습니다.

Q. 소설 초반부에 미국 민요가 나옵니다. 우리에게도 익숙한 '메기의 추억'과 '오 수재너'인데 두 노래를 소설에 인용한 이유가 궁금해요. 아울러 김멜라 작가 님의 첫 소설집 《적어도 두 번》의 '작가의 말'에는 할아버지 두 분이 돌아가시면서 들으시거나 부르신 노래에 관한 개인적인 일화가 나옵니다. 죽음과 노래가 연결돼 있는 느낌을 독자로서 받았습니다.

두 노래에는 어디선가 떠나온 사람들이란 공통점이 내재돼 있기도 하지만, 소설에 인용한 '메기의 추억'에는 가사 "메기" 부분에서 멜로디의 낙차가 생기는 부분이 있기 때문이에요.* 작품에도 썼지만 멜로디의 기류가 확 바뀌는 지점이요. 하지만 "메기" 이후에도 이 노래의 멜로디는 끊어지지 않고 바로 이어져 계속되잖아요. 삶과 죽음도 이렇지 않을까 하는 생각이었습니다. 노래처럼 하나의 흐름으로 이어지는 것. 아울러 두 노래에는 떠나온 사람들의 심정이 담겨 있기도 한데 '오 수재너'만 봐도 "멀고 먼 앨라배마 나의 고향은 그곳"이란 가사가 지속적으로 반복됩니다. 수재너는 어디로 가는 걸까요. 밝

* "옛날에 금잔디 동산에 메기"와 "물레방아 소리 들린다 메기"에서 "메기"의 음이 낮아지는 지점을 말한다.

게 고향으로 갈 순 없을까 하는 느낌으로 소설을 썼어요. 외국 민요나 가곡은 이국적이면서도 뭔가 다른 상상력을 우리에게 불러일으켜요. 죽음과 노래의 연결성은 생각하지 못했던 부분인데 제게 죽음과 노래를 연결하는 무의식이 있던 게 아닌가 싶어지네요.

Q. 소설에 등장하는 귀여운 '챔바' 이야기를 하지 않을 수 없겠죠. 독창적인 상상력이 돋보였는데, 소설 속 챔바의 탄생 비화가 궁금합니다.

이번 소설은 죽음을 이야기하고 있고, 죽음은 언제나 다루기 힘든 이야기, 무거운 주제예요. 챔바라는 이름은 가상의 의성어 '챔바챔바'에서 왔어요. 어두운 길에 빠진 사람을 도울 때 응원하듯이 "챔바챔바" 발음해보면 재미있어요. (웃음) 챔바란 인물은 무심하면서도 엉뚱한 인물인데, 혼란에 빠진 사람을 안내하고 도와주는 캐릭터예요. 무거운 이야기와 어두운 분위기를 엉뚱한 말과 귀여운 행동으로 전환시켜 주는 거예요. 그런데 사실 챔바도 힘들었던 존재, 아픔을 겪은 사람이잖아요. 저는 소설에서 인물의 이름을 정할 때 공을 들이는 편이에요. 현실에서도 소설에서도 사람의 이름은 평생 동안 가장 많이 듣고 가장 많이 부르고 가장 많이 쓰는 단어잖아요. 그래서 이름이 정말 중요하다고 생각해요. 부모님이 지어주신 이름도 좋지만 살면서 가깝게 지내는 사람이 당사자의 특징이나 둘만의 관계에서 오는 느낌과 분위기를 담아 이름을 붙여 말해도 친근하게 느껴지고, 또 그 사람의 특징이 본명보다 더 잘 드러나는 경우도 있어요.

Q. 김멜라 작가 님의 작품 세계에 대해서 이야기해볼게요. 첫 소설집의 해설에서 김건형 평론가 님은 "얼어붙은 결정론적 세계를 깨뜨리는 방정식"이라고 김멜라 소설 세계를 평했습니다. 어떤 경계선에 놓인 사람들의 이야기들이 여러 단편에서 반복된다는 느낌을 받았습니다.

우리는 정상적이라고 생각하는 것들에 둘러싸여 살아가고 있어요. 하루의 일상과 타인의 시선에 많은 부분 억눌려 산다는 얘기예요. 일상 너머 시선을 넓혀, 조금 더 넓게 바라보거나 상상하면 그 좁은 현실에서도 숨을 쉴 틈이 조금은 생겨나요. 그러면 현실을 좀 더 받아들일 수 있게 되고 '나'와 다른 존재를 허용하거나 이해하는 시선을 가지게 돼요. 소설은 다른 세계를 상상하게 하고 보여주고 펼쳐나가는 장르이고 그런 본질 때문에 저는 소설 쓰기를 좋아해요. 성 정체성이나 삶과 죽음의 관계 등 이미 결정된 것들이 완전히 무언가로부터 단절된 것이 아니라 서로 연결돼 있었다는 걸 소설이라는 형식으로 표현하고 싶었던 것 같아요.

Q. 첫 소설집의 첫 번째 수록작 〈호르몬을 취줘요〉에선 성性규범의 경계에 선 인물이 나옵니다. 작년 이효석문학상 우수상 수상작이기도 한 〈나뭇잎이 마르고〉에는 장애와 비장애의 경계가 지워지고 있어요. 〈제꿈 꾸세요〉 역시 삶과 죽음의 경계에 선 인간이 나옵니다.

남성과 여성을 생물학적 규범으로 구분하고 있지만 반드시 생물

©이충우 기자

학적으로 나눌 수 없는 경우도 있어요. 한 예로 우리 몸의 호르몬 수치라는 것도 사는 동안 조금씩 바뀌는 것이고, 혈압을 재면 시간마다 조건마다 다르게 측정되는 것처럼 우리 존재는 사실 고정되지 않고 유동적인 경우가 많아요. 그럼에도 사회에서는 그 사람의 신분과 책임 관계가 고정돼 있어요. 이런 규범 때문에 서로가 서로를 억누르고 서로에게 고정된 잣대를 적용하려 드는 게 아닌가 자주 생각해요. 그래서 세상에 대한 의문을 던지는 질문을 쓰고 싶었고 그 결과물이 단편 〈호르몬을 춰줘요〉였어요.

다른 단편 〈나뭇잎이 마르고〉는 장애와 비장애에 대한 이야기예요. 장애를 가진 '체'라는 인물, 그 사람의 신체적 특성을 떼어내지 않고 한 존재로서의 체를 이야기하려 했어요. 체의 상대인 '앙헬'도 처음에는 체의 발음과 행동을 낯설어 하지만 나중에는 체가 짓는 웃음이 그 누구보다도 제일 자연스럽게 느껴질 정도로 친근해져요. 앙헬이 체를 받아들이는 과정, 체의 목소리가 낯설다가 아주 자연스럽게 들리고 이로써 그들이 교류하는 과정을 담고 싶었어요.

〈제 꿈 꾸세요〉는 앞서 이야기했지만 떠난 사람을 나쁘게 비난하는 말들을 생각하며 썼어요. 죽어서 떠난 사람이 그를 기억하게 될 산 자들에게 남기는 말들에 관한 이야기예요. 아직 끝나지 않았고 여전히 이어지고 있다고, 죽은 게 아니라 '깨어난' 것이라고 표현한 건 그 때문이에요.

Q. 과거 한 인터뷰에서 "의문을 제기할 때, 또 의문을 제기하는 사람이나 상황을 볼 때 소설을 쓰고 싶어진다"고 말씀하신 적이 있습니다. 김멜라 작가 님의 모든 소설은 모두 개별적인 하나의 질문일까요.

답을 내려 규정짓기보다는 질문을 던지는 상황을 좋아해요. 정확히는 질문 하나에서 시작해 질문으로 끝나는 소설을 쓰고 싶어요. 어떤 상황이나 사건을 당연하다고 여기지 않고 궁금증과 호기심을 가지려고 해요. 소설은 질문하는 하나의 장이라고 여기며 쓰고 있어요.

Q. 과거로 잠시 돌아가 볼게요. 왜 소설을 쓰게 되었는지, 또 소설에 일생을 걸어보기로 한 계기는 무엇이었을까요.

문예창작학과를 다녔고, 처음에는 시를 썼어요. 학교나 도서관에서 책을 읽는 것이 좋았고요. 시를 읽고 소설을 읽고 평론을 읽다 보면 문학이 주는 안온함 같은 걸 느끼게 돼요. 세상 어디에서든 그것이 내게 가장 맞는 듯했어요. 책을 가까이 했지만 소설을 처음 쓴 건 한참 지나서였어요. 서른한 살쯤이었어요. 문예창작학과를 다녔으니 소설에 익숙하긴 했지만 소설가가 되어야겠다는 생각을 애써 한 건 아니었어요. 당시에는 저만을 위해 글을 썼던 것 같아요. 소설이라는 형식을 떠나서 내 안의 뭔가를 풀어내야 하는 시기가 있었기 때문이에요. 이후 서른두 살에 등단했어요. 소설을 쓰면서 '어떻게 하면 다른 사람이 읽을 수 있을 만한 텍스트가 될까'를 늘 고민했어요. 등단 이후에도 청탁이 많은 작가는 아니었어요. 저 혼자 느리지만 계속 부딪히며 써 왔어요. 독자란 존재를 생각하고 소설을 쓰는 게 어떤 의미인지, 책 한 권을 위해 많은 자원이 필요한데 나 개인을 떠나서 공적인 영역에서 어떤 유용한 의미가 될 수 있을지를 고민해요. 여전히 그런 고민 속에서 쓰고 있어요.

Q, 소설쓰기는 작가에게 어떤 자유를 줄까요. 단편 한 편을 끝내고 느끼는 기분을 자유라는 한 단어로 표현할 수 있을까요.

소설을 쓰기 전에는 상상만으로도 충만하지만 정작 글을 쓰다가 잘 풀리지 않을 때는 이런 생각을 해요. 아주 거대한 세계에 바늘구멍을 하나 내는 소설쓰기라는 작업이 작가로서의 내게 수많은 자유와 숨 쉬는 기쁨과 해방감을 느끼게 한다고. 물론 자유를 느끼게 한다고 해서 작업 과정이 모두 자유로운 건 아니에요. 쓴다는 건 두려운 일이에요. 제가 말하고자 하는 바를 잘 표현했을까 하는 두려움

같아요. 자유와 두려움, 쓸 때는 저 두 감정이 동시에 다가오곤 해요.

Q. 오래 전 이효석문학관에 들러 봉평막걸리를 마시고 낮잠을 잤던 기억에 관한 글을 읽은 적이 있어요. 이번 이효석문학상 수상은 감회가 새로울 듯해요.

학과에서 답사를 함께 갔어요. 점심으로 메밀전과 봉평 막걸리를 마시고 이효석문학관 언덕에 올라 하늘을 향해 누워 낮잠을 잤었어요. 친구들과 자유 시간에 언덕에 누워 탁 트인 하늘을 바라보는데 기분이 정말 좋았어요. 개인적으로 강원도의 자연을 정말 좋아하기도 하고 갈 때마다 포근한 느낌이 들어요. 그런 추억이 깃든 상을 받게 되어 기쁩니다.

Q. 마지막 질문입니다. 작가 님의 본명은 김은영이에요. 처음 소설을 쓰던 시절의 김은영과 지금 소설로 독자를 만나는 중인 김멜라는 얼마나 같고 또 얼마나 다를까요.

소설을 쓰며 느끼는 감정은 과거의 김은영이나 현재의 김멜라나 똑같다고 생각해요. 다만 과거에는 저를 표현하고 싶은 마음이 컸다면 지금은 조금 달라요. 이제 제가 소설이라는 형식으로 글을 썼을 때 세상에 어떤 이로움이 있는지, 또 그 글이 독자들에게 어떻게 다가갈 수 있을지를 늘 고민해요. 그러기 위해선 저라는 사람을 자꾸 돌아보게 돼요. 제가 쓰는 소설보다 더 나은 사람이 될 수는 없다고 생각하지만, 그 소설로부터 동떨어진 인격체로 살기는 어려울 거예요. 소원이 있다면 글과 사람이 같이 나아지는 작가로 기억되고 싶어요.

제23회 이효석문학상 · 우수작품상 수상작

# 포기

김지연

2018년 문학동네신인상을 수상하며 작품활동을 시작했다. 장편소설 《빨간 모자》, 소설집 《마음에 없는 소리》가 있다. 제12회, 제13회 젊은작가상을 수상했다.

전화를 끊기 전 별 기대 없이 어디야? 하고 물으니 민재는 고동이야, 지금 고동에 있어, 하고 대답했다. 고동이라니, 그게 도대체 어딘데, 하고 묻기 전에 민재는 그럼, 잘 지내, 말해버리고는 내 대답은 기다리지 않고 작별 인사를 했다. 하지만 전원 버튼을 잘못 눌렀는지 전화는 끊어지지 않았다. 민재야, 민재야, 불러도 들리지 않는 것 같았고 휴대폰은 이미 주머니 속인지 바스락거리는 소리가 크게 났다. 옆에 누가 있었는지 민재는 그 사람과 대화를 시작했지만 단어의 낱낱을 모두 들을 수는 없었다. 나는 어떤 힌트를 발견하고 싶은 사람처럼 멀게 들리는 소음에 귀를 기울였다. 누가 웃음을 터뜨리는 소리가 희미하게 들렸을 때에야 죄책감을 느끼며 전화를 끊었다. 다시 전화를 걸어볼까 고민했지만 미선 씨, 잠깐만, 하고 나를 부르는 팀장의 목소리에 나중으로 미뤘다. 그리고 오후 내내 팀장이 지시한 일을 처리하느라 민재의 일은 잊었다. 퇴근 후 엘리베이터에 올라타서

1층 버튼을 꾹 누를 때에야 다시 떠올랐다. 민재는 오랫동안 내 단축번호 1번을 차지하고 있었고 그건 우리가 헤어진 지금까지도 마찬가지다. 어떻게 해제하는지 방법을 까먹었기 때문인데 찾아봐야지 했다가도 나중으로 미뤄버렸다. 나중으로 미루는 버릇 때문에, 너는 될 일도 안 될 거야. 그렇게 말한 사람은 민재였다. 나를 비난하는 투는 아니었다. 다만 민재는 그 버릇으로 인해 내가 계속 평범하게 사는 것을 감당해야만 한다고 덧붙였다. 그런가. 나중으로 미루지만 않았으면 뭔가 더 특별한 삶을 살 수도 있다는 걸까. 하지만 아무리 생각해봐도 내가 나중으로 미룬 것들은 아주 사소한 것들로 그 일들을 일찌감치 했다고 해서 엄청난 변화가 있었을 것 같진 않다. 그리고 감당해야 하는 쪽은 평범한 삶보다는 특별한 삶이 아닌가. 그때나 지금이나 나는 민재에 대해 아는 것이 별로 없다.

고동은 아무래도 지명일 터였다. 약속 장소로 향하는 지하철에서 고동을 검색해보았지만 너무 많은 고동이 나와서 민재가 있다는 고동이 어딘지는 여전히 알 수 없었다. 어떤 고동도 서울 토박이인 민재와는 연고가 없는 곳이었다. 대부분의 고동은 로드뷰도 확인할 수 없는 산골 마을이었다. 아마 충동적인 선택이었을 것이다. 그렇지 않고서야 난생처음 들어보는 고동 같은 곳에 갔을 리가 없다. 아니면 같이 간 사람이 있는 것일까? 도대체 왜 그런 짓을 한 걸까? 골똘하다가 내릴 곳을 지나칠 뻔했다.

호두는 출구 앞에 서 있다가 나를 발견하고 손을 흔들었다. 늘 지압용 호두알을 두 개 가지고 다니기 때문에 붙은 별명이었고 마침 본

명도 도영호여서 잘 어울린다고 생각했다. 호두는 만나자마자 민재 연락 받았냐? 하고 물었고 나는 고개를 끄덕여놓고는 일단 뭘 좀 먹고 이야기하자고 식당으로 호두를 끌고 갔다.

"그래서, 민재 지금 어디래?"

자동으로 돌아가는 양꼬치 화로에서 눈을 떼지 않으며 호두가 물었다. 나를 기다리느라 밖에서 오랫동안 늦가을 바람을 맞고 서 있어서인지 볼이 발갛게 상기되어 있었다.

"요즘엔 다 자석으로 돌아가나 봐. 옛날엔 홈에 맞물려 돌아가는 거였는데. 더 옛날엔 손으로 돌려줘야 했고."

"왜 딴소리야."

"다들 참 열심히 산다, 그치?"

"도대체 뭔 소리냐고."

"고동에 있대."

"거기가 어딘데."

"나도 몰라."

호두는 더는 아무 말이 없었다. 폰을 꺼내 고동이 어디인지를 찾아보는 것 같았다. 하지만 나처럼 인터넷 검색만으로는 민재가 있다는 고동이 어딘지 알아낼 수 없을 것이다.

"여기, 이런 데 다 전화해보자. 보니까 다 시골 같은데 민재 같은 애가 나타났으면 동네 사람들도 알겠지."

호두는 고동 마을 회관의 전화번호를 검색해 내게 보여주었다.

"일단 리스트를 만들어 보자. 너 노트북 갖고 왔어?"

호두는 의욕적이었다.

"이걸 다?"

"왜, 바빠?"

나는 고개를 저었다. 금요일 저녁이었고 우리에게 시간은 많았다. 오늘 못 한 일은 내일, 내일도 못 하면 모레 하면 된다. 월요일부터는 출근을 해야 하니까 못 하겠지만 기다렸다가 다시 또 주말에 하면 된다. 물론 주말마다 쉬지도 못하고 이 미친 짓을 반복해야 한다고 생각하면 머리가 아팠다. 다른 삶을 팽개치고 주말마다 민재만 쫓을 수는 없었다. 호두의 손 안에서 호두알 두 개가 돌아가는 소리가 들렸다. 하루 종일 무언가 그림을 그려대는 호두는 작업을 끝내고 나면 손마디가 쑤시기 때문에 근육을 풀려고 호두알을 굴린다고 했다.

"일단 먹고 나가서 카페 같은 데서 하자."

내 말에 호두는 호두알 굴리는 것을 멈췄다. 호두알을 주머니에 넣고는 젓가락을 들었다. 튀긴 땅콩 한 알을 겨우겨우 집어 입으로 가져가려고 했지만 입속으로 들어가기 전에 놓쳐 테이블 아래로 굴러 떨어졌다. 나는 내 앞쪽으로 굴러온 땅콩을 질끈 밟았다. 신발을 떼자 납작해진 땅콩이 보였다.

가게 안은 왁자지껄했다. 마스크를 쓰고 체온을 측정하고 방역 패스를 제시하고 통과했으니 더 마음껏 굴어도 된다는 투였다. 아니, 그전에도 식당에서는 다들 크게 거리낌이 없었다. 먹기 위해서는 마스크를 벗어야 했고 입을 크게 벌려야 했고 그때 함께 온 사람과 이야기하는 것까지는 누구도 뭐라 하지 않았다. 나도 마음을 놓았다.

감염될 리가 없다는 생각이 들었다. 딱히 운이 좋다거나 유달리 건강해서라기보다는 그냥…… 점점 무감해진 것 같았다. 일평생을 이렇게 어딘가 갈 때마다 체온 측정을 해야 할지도 모른다는 생각, 새로 만난 누군가와 같이 뭔가를 먹을 만큼 친해지기 전까지는 하관을 보지 못한 채로 살아갈지 모른다는 생각도 종종 했다. 그런데, 그래서, 그게 뭐……라는 생각이 들 만큼 현실 감각이 없어지고 있었다.

가게는 역에서 멀지 않아 열차가 지날 때마다 뎅뎅뎅 울리는 경적이 잘 들렸다.

"너는 너무 태평해."

"애쓰고 있는 거야."

"너네 헤어진 건 맞지?"

나는 바보 같은 질문에는 대답하고 싶지 않아서 물끄러미 호두를 보았다. 호두도 그걸 느꼈는지 얼른 다른 말을 꺼냈다.

"나 양꼬치 처음 먹어본다."

그 말에는 나도 얼른 대꾸할 말이 생각났다.

"뭐? 29년을 살면서 양꼬치도 안 먹고 뭐 했어."

"어릴 땐 몰랐지. 그땐 가게가 많지도 않았던 것 같은데. 대학 때는 그냥 싸구려 술집만 다녔고. 취직해서는 돈 벌기 바빴고, 그리고 또……."

호두는 말을 잠깐 멈췄다. 나는 이어질 말을 알 것 같았다. 괜히 물었다고 생각했다. 이즈음의 대화는 무엇으로 시작하든 민재에 대한 원망으로 끝났다.

"민재 때문이야. 민재가 내 걸 다 가지고 가버려서."

"호두야……."

"네가 미안해할 건 없어. 넌 아무 잘못 없어."

호두는 내가 할 말을 잘 알겠다는 듯 미리 나를 용서해주었다. 하지만 내가 하려던 말은 그런 게 아니었다. 억지 부리지 마. 민재 잘못이 아니야. 고작 양꼬치 하나에도 민재를 핑계 삼지 마. 그게 다 민재 탓은 아니라고. 하지만 그렇게 말할 수가 없었다. 호두가 민재를 알게 된 것은 나 때문이고 민재에게 2천만 원을 빌려준 것도 민재보다는 나를 믿었기 때문이다. 그러니까 당연히 내가 해야 할 말은 미안해, 였을지도 모른다. 그런데도 그 말은 입에서 나오지 않았는데 호두는 그 말을 이미 들은 셈 쳤다. 매사 지레짐작하는 호두 때문에 우리 사이에는 사과와 용서가 오갔고 다행히 크게 사이가 나빠질 일도 없었다. 그런 식으로 오해가 쌓여서 돈독해졌다. 하지만 그 기반은 오직 오해이므로 어느 날엔가는 우리도 식상한 드라마 속 대사처럼 너답지 않게 왜 그래! 나다운 게 뭔데! 하고 서로 싸우게 되지 않을까. 그런 생각을 하며 나는 고개를 끄덕였다. 맞아, 나는 미안해하지 않을 거다. 나는 아무 잘못이 없다.

잘못한 사람은 민재다. 민재는 여기저기서 돈을 조금씩 빌린 다음에 사라졌고 이따금씩 내게만 연락했다. 헤어진 다음이었기 때문에 나는 그 전화를 어떤 의미로 받아들여야 하는지 잠깐 헷갈렸다가 이쪽의 동태를 살피려고 했을 때 그냥 제일 만만하게 찾을 수 있는 사람이 나였을 거라는 결론을 내렸다. 우리는 서로에게 빚진 것도 없고 나쁘게 헤어지지도 않았다. 누군가 신고를 했다면 어렵지 않게 민재를 잡을 수 있었을 거라고 생각한다. 휴대전화는 대체로 꺼져 있었지만 내게 전화를 걸 때면 늘 민재의 번호가 떴다. 통장이나 카드도 그대로 쓰는 것 같았다. 경찰에 신고하면 그런 것쯤은 쉽게 추적이 가능하지 않나. 하지만 아무도 민재를 신고하지 않았다. 몇십만 원부터 100만 원, 200만 원씩 그렇게 큰돈을 빌린 것이 아니었기 때문일지도 모른다. 가장 많이 빌려준 사람이 호두였다. 호두도 민재를 신고할 생각은 없었다. 하지만 신고를 않는 것은 액수 때문이 아니라 돈을 빌려준 사람들이 다 한 번씩 민재에게 신세를 진 적이 있었기 때문인지도 모른다. 민재의 자취방에서 거의 반년을 숙식한 사람도 있었다. 그가 빌려준 돈은 15만 원이었다. 호두가 취업이 되지 않아 갈팡질팡하고 있을 때 민재는 게임 회사에 다닌다는 사람을 소개시켜줬고 그게 인연이 되어 취직까지 했다. 게임 캐릭터를 그리는 일이었다. 호두는 힘들긴 한데 일이 마음에 든다고 했다. 그런 신세들 때문에 그들에게 민재는 아직까지 완전히 나쁜 사람은 아니었다. 내게 전화를 걸어 민재가 돌아왔냐고 물어볼 때도 있었지만 돈을 돌려받을 수 있을지 궁금해서라기보다는 그저 민재가 잘 지내는지 확인하고 싶은 것 같았다. 그에 관해서는 나도 아는 것이 없어 아무런 대답을 할 수 없었다. 잘 지내고 있는 걸까? 도대체 왜 그런 짓을 벌인 걸까? 크게 돈이 필요한 것도 아니지 않았나? 그러니까 민재는 평소에 그런 기미가 전혀 없었다. 적당히 예의 바르고 웬만한 사람과 두루두루 잘 지내는 사교적인 사람이었고 돈에 쪼들린다는 인상도 없었다.

그래서 다들 의심 없이 돈을 빌려주었을 것이다. 민재는 그 돈을 가지고 잠적해 버렸다.

호두에게 신고를 하는 게 어떻겠냐고 넌지시 물은 적도 있었다. 호두는 잠깐 고민하더니 그렇게까지? 하고 되물었다. 그렇게까지 해야 하는 거 아닌가. 하지만 호두는 그렇게까지 할 수는 없다고 말했다. 나는 우리가 할머니와 할아버지에서 아버지와 고모로 이어졌을 유전자를 나누어 받았음에도 닮은 점은 거의 없다는 걸 깨달을 때마다 의아해지곤 한다. 호두의 여자친구 보미는 이런 이야기를 들으며 성격은 환경이 더 중요하지 않나, 말했다. 하지만 우리는 유년기도 함께 보냈다. 고모가 결혼한 지 10년 만에 이혼을 하고 다시 일을 시작하면서부터 호두는 우리 집에서 살면서 우리 엄마 손에 자랐다. 고모는 보험 일을 하면서 번 돈을 거의 우리 집에 생활비로 바쳤기 때문에 엄마도 큰 불만은 없었던 것 같다. 엄마는 호두를 싫어하면서도 좋아했는데 어쩌면 나보다 공부 잘하고 예의 바른 호두가 너무 마음에 들어서 자신의 친아들이 아니라는 사실이 싫었는지도 모른다. 그런 이야기를 다 들은 후에 보미는 더더욱 같은 환경이었을 수가 없지 않나, 말했다. 호두에게는 내가 있었다는 점이, 나에게는 호두가 있었다는 점이 돌이킬 수 없는 변인이었다. 나는 그런 것들을 다 헤아릴 수는 없었다.

호두 말고도 민재를 찾는 사람이 있었는데 우리 팀장이었다. 지난봄에 팀장은 80쪽짜리 사업설명서를 디자인해줄 사람을 찾고 있었고 내가 민재를 소개했다. 헤어질 작정을 하고 있었을 땐데 그래도 아직 갈팡질팡하는 마음이 있었던 것 같다. 민재는 잘 다니던 회사를 그만두고 외주를 받아 편집디자인 일을 했는데 그즈음에는 들어오는 일이 거의 없었다. 그러고 보면 내색은 않았지만 돈이 없어 고생하고 있었는지도 모른다. 알아차리지 못한 것은 나뿐이었는지도 모른다. 민재의 포트폴리오를 마음에 들어 한 팀장은 그에게 일을 맡겼다. 초안까지는 별 무리 없이 일이 진행되었는데 몇 가지 수정 사항을 요구하려고 했을 때 민재는 이미 사라진 지 오래였다. 그때 나도 팀장을 통해 민재가 연락이 되지 않는다는 것을 처음 알았다. 소개한 사람이 나였으니 사과를 해야 했겠지만 그때도 나는 사과하지 않았다. 계약은 두 사람 사이에 일어난 일이었다. 선택은 팀장이 했다. 다행히 민재가 원본을 넘겨주고 갔기 때문에 일은 빠르게 다른 디자이너에게 인계되었다. 그런데도 팀장은 민재를 꼭 찾고 싶어 했다. 선금으로 작업비를 받은 후에만 일을 하겠다던 민재의 주장이 놀랍게도 받아들여진 탓에 수정 세 번을 포함한 비용이 모두 지급되었기 때문이다. 팀장은 그 일부를 꼭 돌려받아야 한다고, 그 때문에 잠도 제대로 못 자고 있다고 말했다. 그래 봤자 100만 원도 안 되는 돈이었다.

"민재 찾아도 돈은 못 받을지도 몰라."

"나도 그럴 거라고 생각해."

호두는 담담히 내 말을 인정했다.

"그럼 찾아서 뭘 하게."

"그냥. 한 대 때려주기라도 하려고."

"그게 무슨 소용이 있어."

아무 소용도 없는 일이다. 그런 걸 호두라고 모를 리가 없었다. 돈을 받을 수 없으리라는 것도 호두는 나보다 먼저 알았을 것이다. 그래서 한 대 때려주는 쪽으로 마음을 정해버렸는지도 모른다. 어릴 때부터 더부살이를 해서인지 호두는 눈치가 빨랐다. 뭐든 나보다 반박자 빨리 알아챘다. 때문에 나는 청소년기를 보내는 내내 내가 꽤 둔한 사람이라고 생각했는데 커서 보니 무난한 편이었다. 젤 가까운 비교 대상이 늘 호두였던 탓에 나를 오해했던 것이다.

"아프겠지?"

"뭐?"

"내가 민재 때리면 말이야. 민재 엄청 아프겠지."

"넌 힘도 별로 안 세잖아."

"탄다, 먹자. 그냥 먹으면 되는 거야?"

호두는 난생처음이라는 양꼬치를 잘도 먹었다. 나는 호두가 뭐든 잘 먹어서 좋았다. 하지만 그것 역시 오해였는데 호두는 뭐든 필사적으로 먹었을 뿐이다. 고모가 신신당부했기 때문이었다. 때때로 휴일을 고모와 둘이 보낸 다음 손을 잡고 우리 집으로 돌아오는 길에 고모는 호두에게 늘 이렇게 말했단다. 외삼촌 집에 가서도 어리광을 부리면 아주 멀리 보내 버릴 거야. 바다 너머로. 외국으로. 내 생각엔 그건 협박이고 아동 학대였는데 호두는 그런 얘기를 할 때도 담담했다.

어떤 종류의 불운 때문이었는지 그렇게 말한 고모는 일찍 죽었다. 호두와 내가 고등학교도 졸업하기 전이었다. 직업에 충실했던 덕분인지 호두 앞으로 꽤 많은 보험금이 남은 모양이었는데 아빠가 주식에 투자하겠다고 가로챘다. 물론 맡아둔다는 명목이었지만 야금야금 써 버렸다. 키워준 값을 운운하기엔 호두가 크는 내내 고모는 많은 돈을 우리 집에 보냈다. 그 값들은 그 시절에 다 정산되었을 것이다. 고모의 유산을 아직 완전히 다 날리지는 않은 것 같은데 여전히 호두의 몫은 아니다. 들고 있어 봤자 쓰기밖에 더하겠냐며 아빠가 호두의 결혼 자금으로 묶어두겠다고 한 모양이고 호두는 아직 결혼 생각이 없다. 호두는 그 돈을 받아서 원룸이라도 구해 나가 살고 싶지만 우리 부모님께 그런 얘기는 하지 못했다. 하지만 집을 나가고 싶어 땀띠가 날 지경인 건 나도 너무 잘 알고 있었고 보증금으로 쓰려고 악착같이 모으던 돈을 모두 잃었으니 돌아버릴 만도 했다. 민재를 찾는 일에 실패하고 끝끝내 돈을 되찾는 일도 가망이 없어 보이면 호두는 우리 부모님 앞에서 그 돈을 돌려달라는 말을 할 수밖에 없을 것이다. 그때는 나도 열렬히 호두의 편을 들 것이다. 애초에 아빠가 먼저 돌려주는 편이 낫겠지만 아빠는 그런 배려를 할 줄 아는 사람이 아니다. 자식한테도 정 붙일 줄을 모르는 사람이었고 돈이라면 조카 것까지 다 빼앗으려고 하는 사람이었다.

양꼬치를 다섯 개쯤 먹을 때까지도 밖은 환했다. 우리는 양꼬치 1인분을 더 추가하고 하얼빈도 한 병 주문했다. 호두는 한 잔만 마셔도 머리끝부터 발바닥까지 새빨개지지만 아무리 마셔도 혀가 꼬이지는 않았다.

"때리면 아프겠지."

했던 말을 하고 또 하는 주사가 있는 줄은 몰랐다.

"때리면 아플 거야. 그치, 미선아."

나는 대꾸하지 않았다. 호두가 원하는 건 건성으로 하는 맞장구일 뿐이라는 걸 잘 알면서도 그랬다. 나는 가끔 내가 너무 냉정하다는 생각을 하곤 하는데 그건 아빠의 나쁜 점을 쏙쏙 빼닮는 방향으로 자랐기 때문이다. 그 유전자는 고모에게도 갔을 것이다. 호두는 가끔 나에게 넌 우리 엄마 닮았어, 하고 말했다. 그게 왜 호두에게는 안 갔는지 궁금하다.

호두는 한참이나 민재가 갔을 만한 고동을 다 찾아서 전화를 해봐야 한다는 둥, 민재를 만나면 한 대 때려줄 거라는 둥의 이야기를 하다가 끝에 가서는 때리면 아플 거라는 말만 반복했다. 당연하지. 맞으면 아프다. 나는 호두의 머리통을 손바닥으로 살짝 쳤다.

"어때, 아파?"

"안 아프다."

불이 사그라지는 숯을 한 번 갈아달라고 부탁을 해 새 숯에 남은 양꼬치를 모두 구웠다. 뱅글뱅글 돌아가며 앞뒤로 구워지는 양꼬치를 보다가 문득 창 쪽으로 고개를 돌렸는데 밖은 너무 캄캄해서 창에 비친 내 얼굴만 보였다.

"밖에 춥겠지?"

"때리면 아프겠지."

뎅뎅뎅, 하는 소리와 함께 또 열차가 지나갔다. 나는 호두가 민재를 때리지 않았으면 했다.

나는 민재와 한 달간 함께 지낸 적이 있었다. 대학생이었을 때, 민재의 자취방에서였다. 언제까지고 머물러도 된다고 했지만 자취방은 좁았고 잡동사니들로 어수선했다. 겨울 이불도 하나뿐이었다. 다행히 우리 사이가 아주 좋을 때였고 나는 두 달만 신세를 지면 됐다. 겨울 방학 동안 알바를 하기로 한 회사가 집과는 너무 멀어서 그나마 좀 가까운 민재네 자취방에서 지내기로 한 것이었다. 부모님도 내가 친구네서 지내겠다 하니 별말이 없었다. 우리는 사소한 일에서 자주 부딪혔다. 먹고 난 다음 왜 설거지를 바로 하지 않는지 바닥에 떨어진 머리카락을 왜 눈에 보이는 대로 치우지 않는지 다 마른 빨래를 왜 건조대에서 걷지 않고 내버려두는지 다 쓴 휴지를 왜 새로 채워놓지 않는지 등 대부분 청소와 관련된 문제였다. 나는 설거지가 쌓여 있는 건 참을 수 없었지만 머리카락은 그럭저럭 참을 만했다. 민재는 그 반대였다. 그럼에도 설거지를 많이 만드는 건 민재고 머리카락을 많이 흘리는 건 나라서 서로를 조금씩 미워하게 됐다. 그런 식으로 우리의 인내심이 바닥나기 전에 나는 그 집을 나왔다.

그런 사소한 것만 빼면 민재는 나와 지내는 게 좋다고 했다. 좁은 집에서 한 이불을 덮고 자는 것이 불편할 만도 한데 민재는 좋다고 했다. 왜 좋은지 그 이유도 상세히 설명해주었다. 나는 민재가 해주는 세세한 설명을 들으면서 왠지 말이 안 되는 이유들도 납득하게 되는 순간이 좋았다. 그때 민재가 설명해준 이유는 이랬다. 혼자 잘 때면 자기도 모르게 이불을 뒤집는다고 했다. 분명 가지런히 덮었는데 아침에 깨고 보면 겉면을 덮고 있다든가 머리 쪽이 발 쪽으로 가 있든가 한다는 것이다. 별거 아닌 일이었지만 그때마다 짜증이 났다. 옷을 뒤집어 입은 것처럼 성가시고 신발의 좌우를 바꿔 신은 것처럼 밤새 불편한 것도 같았다. 그것은 가짜 기억인지도 모른다. 잠들었을 때는 몰랐다가 아침에 뒤집어진 이불을 확인한 다음에야 떠오르는 불편이었으니까. 민재는 둘이서 한 이불을 덮고 자면 그런 일이 없다는 것을 내 덕에 처음으로 알았다고 했다. 그게 좋았다고 했다. 그 이야기를 들은 뒤로 나는 이불의 가지런함에 더 신경 썼다. 아침에 눈을 뜨면 이불이 바로 되어 있는지, 뒤집히지 않았는지, 프릴의 위치가 올바른지를 살펴보았다. 언제나 예외 없이 똑발랐고 오늘도 민재는 내가 좋겠구나 안심이 됐다.

하지만 민재가 제외해 버린 사소한 것들은 함께 사는 두 사람 사이에서는 도저히 뺄 수가 없는 것이어서 몇 번씩이나 얘기하고 다투면서 서로를 고쳐보려고 했지만 잘 되지 않았다. 별것 아닌데도 견딜 수가 없었다. 우리는 잘 맞지 않았다. 우리가 계속 만났다면 결국 누군가가 체념해야 했을 것이다. 그것은 아무래도 내가 됐을 것이고 그 체념들은 어디 안 가고 내 안에 차곡차곡 쌓여 있다가 이상한 일로 폭발했을 것이다. 민재는 왜 내가 사소한 일에 화를 내는지 이유를 알아차리지도 못할 것이다. 그건 애초에 체념한 내 잘못이다. 체념하는 대신 미워하면서 헤어졌어야 했는데. 나는 그렇게 생각해버릴 수밖에 없었고 어느 날 같이 자고 일어난 다음에 어째서인지 이불이 뒤집어진 것을 보고는 민재와 헤어져야겠다고 결정했다. 그러면서도 당장 말하지는 못했는데 우선 민재가 일 때문에 바빴고 그다음엔 내가 바빴다. 민재의 할머니가 돌아가셨고 그것과 연관된 일인지 민재는 이사를 했다.

정신없는 일들이 모두 끝난 다음에 민재를 만나서 헤어지자고 말했을 때 민재는 혹시 이것도 나중으로 미룬 일 중 하나냐고 물었다. 나는 솔직히 그렇다고 대답했다. 민재는 역시 넌 그 버릇 때문에 될 일도 안 된다며 희미하게 웃었다. 그때는 그게 무슨 의미인지 알 수 없었다. 그 며칠 전에 호두를 만나 돈을 빌렸다는 것, 호두는 망설이다가 미선이 남자친구니까 빌려준다며 돈을 건넸다는 것을 그때는 몰랐다. 호두는 왜 내게 묻지도 않았던 것일까. 자존심 때문에, 남자끼리 하는 부탁인데, 그런 말들 때문이었다고 한다. 나는 정말 그런 게 지긋지긋했다. 민재와 헤어졌다는 사실 역시 미루고 미루다가 민재가 사라진 다음에야 호두에게 알려줬는데 그때 호두의 이야기를 듣고 민재가 한 말이 무슨 뜻인지 알았다. 나는 나중으로 미루는 버릇 때문에 될 일도 안 될 것이다. 그로 인해 평범하게 사는 것을 감당해야 한다. 내가 상상한 평범한 삶이라는 건 웬만한 게 다 충족된 삶이었다는 것도 나중에 깨달았다. 집이 있고, 차가 있고, 1년에 한두 번 해외여행을 가고, 함께 갈 애인이나 친구나 가족이 있고, 그런 게 평범한 거 아닌가 생각했었다. 그런 게 평범하던 시절도 있었는지 모르겠지만 더 이상은 아니었다. 그건 아주 어렵게 얻을 수 있는 특별한 삶이었다. 내가 평범하게 산다는 거, 보통의 수준으로 산다는 거, 하고 말하면서 상상했던 수준들도 다 보통 이상의 것들이었다. 민재가 말한 평범한 삶이란 불운과 함께하는 삶이었다. 살면서 한두 개의 불운이란 게 없을 수가 없으니까 그거야말로 평범했다. 평범하게 살고 싶다고 함부로 말하지 말아야지, 그날 호두가 민재의 휴대 전화로 끝없이 통화를 시도하다가 끝내 울어버리는 것을 보고 그런 생각을 하고 말았다.

연거푸 맥주 세 병을 마신 호두는 민재를 찾기 위해 전화할 곳의 리스트를 만들자는 계획은 잊어버린 것 같았다. 대신 검색해서 나온 전화번호로 닥치는 대로 전화를 걸기 시작했다. 여보세요. 거기 고동이죠? 민재 있나요? 민재 몰라요? 제 사촌의 남자친구, 아니 전 남자친구인데 제 친구이기도 하고, 제 돈을 2천, 아니, 그러니까 민재가 있나요, 없나요? 없다고요? 정말 없다고요? 왜 없어요? 거기 고동인데 민재가 왜 없어요? 나는 호두의 전화를 참고 듣다가 세 번째의 통화에서 휴대 전화를 빼앗았다. 돌려달라고 잉잉거리는 호두에게 나중에 정신 차리면 주겠다고 말하고 내 가방에 넣어두었다. 호두는 아직 전화할 데가 많은데, 중얼거리면서 남은 양꼬치를 먹었다.

호두는 양꼬치를 다 먹은 다음 집에 들어가기 전에 술을 깨야 하니까 좀 걷자고 말했다. 미세먼지가 심한 날이어서인지 생각보다 그리 춥지는 않아서 우리는 외대앞역의 철로를 건너 천천히 외대까지 걸어갔다. 외대 운동장을 한 바퀴 돌고 난 다음에 집으로 가려고 했는데 호두가 그래도 술이 안 깬다고 해서 의릉까지 또 걸었다. 의릉까지 가는 길은 어둡고 낡고 낮고 작은 건물의 술집들이 많아서 밤에 혼자 걸어본 일이 없었다. 호두는 점점 술이 깨기는커녕 더 취기가 오르는지 때리면 아프겠지, 같은 말들을 반복했고 나와 걸음을 맞춰 걷지도 않았으며 지나가는 사람에게는 일부러 어깨를 부딪히려는 것만 같았다.

"길이 좁아서 그래."

의릉에 도착해서는 안에 들어가겠다고 우겼다. 나는 마음대로 하라고 한 다음에 의릉 앞 작은 공원의 벤치에 앉았다. 어두웠는데도 산책을 나왔는지 사람들이 제법 있었고 대부분은 노인이거나 개를 기르는 사람이었다. 나는 내게 다가와 내 구두에 코를 대고 킁킁거리는 치와와 한 마리를 쓰다듬어 주었다. 주인은 보이지 않고 목줄은 벤치에 묶여 있었다. 나중에 보니 근처에서 줄넘기를 하던 사람이 주인이었다. 그는 자기 몫의 운동을 마친 다음 치와와를 쓰다듬는 내게 눈인사를 하고는 치와와를 끌고 갔다. 문득 돌아보니 호두는 보이지 않았다. 전화를 걸었더니 내 가방 안에서 벨 소리가 울려서 나도 참 바보다 싶었다.

나는 계속 기다릴까 찾으러 갈까를 두고 벤치에 앉아 고민했다. 그 사이에 온갖 개들이 내게 다가왔다가 주인의 손에 이끌려 사라졌다. 다들 개를 키우네, 개가 참 많다, 개는 참 좋지. 나도 빨리 독립해서 개를 키우고 싶다는 생각이 드는가 하면 부모 집에 붙어 있을 수 있을 때까지 붙어 있어야 한다는 생각도 들었다. 한참 개 구경을 하고 있자니 공원 앞에 있던 작은 가게가 영업을 마친 듯 불을 껐다. 그제야 나는 자리에서 일어나 의릉 쪽으로 갔다. 호두가 의릉 안에 들어가지는 않았을 것이다. 정확히는 몰랐지만 모든 유원지는 여섯 시가 운영 마감이었다. 거기에서 일하는 사람들도 퇴근을 해야 하니까 특별한 일이 아니라면 마땅히 그래야 한다고 생각했다. 그러니까 정상적인 방법으로 들어갈 수 없을 것이다. 정상적인 방법이 아니라면 들어갈 수 있다.

나는 능 입구 주변을 한참 서성였다. 호두가 혹시 다른 데 쓰러져 있진 않나 하고 구석구석을 살펴보기도 했다. 혹시 먼저 택시를 타고 집에 간 것은 아닐까 싶어 집에도 전화를 해보았다. 이제 들어갈 거야, 말하니까 엄마가 영호랑 같이 있니? 하고 물어서 나는 그렇다고 해버렸다. 어디 가서 호두를 찾아야 하나, 호두는 사라진 걸까, 보미한테 전화를 걸어볼까, 주저할 때 문자가 왔다. 민재였다.

호두 좀 말려.

뭘 말리라는 것일까. 의아해하며 의릉 안을 슬쩍 들여다보았을 때 검은 그림자가 그 안을 뛰어다니는 것이 보였다.

매표소에는 사람이 없었고 의릉으로 들어가는 문은 닫히지 않은 채였다. 얼핏 보면 완전히 닫힌 것 같았는데 사람이 지나갈 만한 틈이 있었다. 그 틈으로 몸을 구겨 넣어 안으로 들어가보니 미친개처럼 능 주변의 잔디 위를 뛰어다니고 있는 호두가 보였다. 들어가면 안 되는 거 아닌가 싶었지만 호두를 잡아야 하니까 어쩔 수 없었다. 모든 책임을 호두에게 전가하고 호두를 쫓아 나 역시 뛰기 시작했다.

"안 돼, 호두야! 이리 와."

술에 취한 호두는 잘 뛰지도 못했지만 하도 예상 밖의 방향으로 달려가서 잡힐 듯 잡히지 않았고 나 역시 호두를 잡고 싶기도 했고 아니기도 했다.

"호두야, 제발. 미친 짓 그만하고 이리 와."

우리가 한참을 잔디 위를 휘젓고 다닐 때 능 위쪽에서부터 사람 그림자 하나가 나타나 우리 쪽으로 내려왔기에 나는 얼어 버렸다. 짧은 머리의 남자였다. 공익 근무 요원 같은 제복을 입고 있는 것도 같았다. 아마도 관리인이 아닐까 싶었는데 나는 우리가 쫓겨날 것이라고 생각했다. 벌금을 물게 될지도 몰랐다. 하지만 그는 천천히 걸어서, 달려가는 호두의 길을 막지 않도록 잠시 멈춰 서기도 한 다음에 입구로 걸어갔다. 밖으로 나가는 그를 보고 있을 때 호두는 지쳐서 잔디 위에 쓰러졌다. 나는 마침내 호두를 잡을 수 있었다. 호두를 일으켜 세우려고 했는데 술에 취해서 내가 감당할 수 있는 무게가 아니었고 호두는 오히려 대자로 뻗어버렸다.

"호두야, 일어나. 방금 지나간 사람 못 봤어? 우리 곧 쫓겨날 거야."

"저 사람이 문 열어줬어."

"저 사람이 누군데?"

"글쎄, 여기 직원인가. 들어가도 된댔어. 한 번쯤은 누가 야밤에 여기를 휘젓고 다니면서 고성방가하는 걸 보고 싶었대."

"너 소리는 별로 안 질렀잖아."

내 말이 끝나기가 무섭게 호두는 소리를 질러댔다. 별안간 웃음이 터졌다. 에라이 모르겠다 싶어 나도 호두 옆에 누웠다. 까슬까슬한 잔디가 목덜미에 닿았다. 고기 냄새가 밸까 가방에 넣어두었던 목도리를 꺼내 얼굴을 덮었다. 쓰쓰가무시열에 걸리면 어쩌지 잠깐 걱정했는데 나도 술을 아예 안 마신 건 아니어서 점점 더 에라이 모르겠다라는 심정이 되어 호두와 같이 소리를 질렀다. 호두는 노래도 불렀다. 안녕하신가요 요즘 밤에 잠을 잘 못 자는 것 같네요 오늘 하루는 어땠어 우린 더 잘 될 거야 바빠도 건강해야 돼. 호두는 정말 노래를 못 불렀다. 나는 호두의 노래를 듣고 웃다가 또 소리를 질렀다. 호두의 노래도 점점 이상한 괴성이 되었다. 우리는 금세 지쳐서 아무 소리도 안 내고 숨이나 쉬면서 가만히 누워 있었다. 사방에 빛이 너무 많아서인지 밤하늘은 그다지 깜깜하지 않았고 별도 안 보였다.

"호두야, 우리 이렇게 누워 있어도 될까. 오늘 미세먼지 나쁨이던데."

"그럼 그렇게까지 나쁘지 않은 거잖아."

그것도 틀린 말은 아니었다. 늘 매우 나쁨이거나 최악이거나 했으니까. 나쁨 정도야 감당할 수 있지. 내가 호두의 말에 설득되어 고개를 끄덕이며 공기를 맘껏 들이마시고 있을 때 호두가 가만히 잠꼬대하듯 말했다.

"믿을 수 있다고…… 믿었어. 친구니까."

"배신은 원래 친한 사이라서 가능한 거잖아."

내 말에 호두는 웃었다. 씨발, 하고 욕도 했다. 나는 목도리로 호두의 얼굴을 덮어버렸다. 호두는 그걸 치우지 않고 가만히 있다가 으아아악으악 박민재 개새끼! 소리를 질렀다. 목도리 때문에 소리가 멀리 퍼져 나가지는 않고 웅웅 울렸다. 답답해 보여 목도리를 치워줄까 했는데 호두가 붙들고 놓지 않았다. 호두는 내 목도리를 입에 악 물고 최대한으로 소리를 질렀다. 한참을 으악으아악 소리를 지르고 있을 때 다른 소리가 끼어들었다.

“이제 그만해요.”

언제 다가왔는지 아까 지나갔던 사람이 우리 곁에 서 있었다. 그는 그렇게만 말하고 다시 돌아갔다. 우리도 몸을 일으켜 집으로 가기로 했다. 택시를 탈까, 했는데 호두가 여전히 걷고 싶다고 말해서 우리는 집까지 천천히 걸어갔다.

다음 날 호두는 자신이 아끼는 호두알을 잃어 버렸는데 혹시 어디서 흘린 것일지 짐작이 가느냐고 문자를 보내왔다. 지금 어디냐고 물으니 잠시 뒤 똑똑, 하고 호두가 내 방 문을 두드렸다.

“들어와.”

문을 열고 들어온 호두는 잠에서 덜 깨 여전히 침대 위에 누워 있는 나를 벽 쪽으로 밀어붙이고 내 옆에 드러누웠다.

“호두알, 못 봤어?”

“못 봤는데. 의릉에서 흘린 거 아냐? 난 목도리 잃어 버렸어.”

“아, 그런가. 찾으러 가야 되나.”

“그걸 찾으러 간다고? 그냥 새로 사. 내가 사줄게. 목도리도 싸구려야. 새로 사면 돼.”

“그거 모형 아니고 생호두인데.”

“그럼 그냥 아무거나 사면 되겠네.”

“잔디밭에서 흘렸을까?”

“그렇지 않을까? 너 진짜 미친 애처럼 뛰어다녔어. 오만 고동에 다 전화할 기세였고.”

나는 민재에게 받은 문자도 보여주었다.

호두 좀 말려.

호두한테 전화 그만하라고 해.

내가 있는 곳은 어떻게 안 거야?

나는 호두가 그 문자를 보면 당장 자신의 통화 내역을 뒤져 또다시 전화를 할 거라고 생각했다. 호두가 전화한 곳 중 한 군데에 민재가 있다는 명확한 증거였으니 말이다. 그런데 호두는 문자를 물끄러미 보고는 내게 폰을 돌려주었다. 그리고 딴소리를 했다.

"그거 거기서 자라면 어떡하지."

"뭐가?"

"호두."

"그럴 리가 있냐."

나는 웃었다. 호두에서 어떻게 호두가 자라, 하는 생각에서였는데 호두에서 호두가 자라는 건 당연한 일이었다. 침대에 누운 채로 '호두 싹' 하고 휴대폰으로 검색을 해보니 호두가 지압을 하려고 들고 다녔던 그 호두로 싹을 틔운 사람들의 글이 쏟아져 나왔다.

"진짜 자라면 어떡하지."

"웃기겠다. 어느 날 의릉 잔디밭 한가운데서 호두나무가 자라기 시작하는 거야."

우리는 웃으면서도 아마 자주 잔디를 관리할 테니 호두가 싹을 틔운다고 해도 금세 뽑혀 나갈 것이라고 결론을 지었다. 하지만 어제 만난 그 사람과 이야기가 잘 되면 제법 자랄 때까지 내버려둘지도 모른다고 호두가 말했다.

"그 사람 되게 따분해 보였거든."

"그냥 평범해 보이던데."

"그게 그거 아냐?"

"그런가."

그건 아주 같기도 하고 아주 다르기도 했다. 왜 그런지 민재였다면 아주 세세한 이유를 댈 수 있었을 것이다. 그런 면에서 민재는 평범하지 않았다. 하지만 모두의 돈을 가지고 도망쳐 버렸다는 점에서 결국 평범했다.

"고동엔 전화할 거야?"

"고동이 어딘데?"

"민재 있는 곳."

"그게 어디 고동일 줄 알고."

"어제 전화한 곳 중 한 군데 아냐?"

"글쎄. 그렇게까지?"

호두는 어제 자기가 한 이야기는 다 잊은 것 같았다. 우리는 남은 주말에 이불 빨래를 하며 보냈다. 잘 마른 이불은 이불장에 넣고 겨울에 쓸 두툼한 이불을 꺼냈다. 이제 완연한 겨울이었다. 월요일에 호두는 민재에게 사기죄로 신고하겠다고 문자를 보냈다.

*

호두는 집을 나갔다. 보미가 보증금을 내고 호두가 월세를 내기로 했다. 하지만 둘 사이는 오래가지 못했다. 대신 헤어진 다음에도 그 집에서 2년 계약 기간을 채우며 함께 살았다. 보미는 다니던 회사를 그만두고 잠시 쉬고 있을 때라 월세를 낼 여력이 안 됐고 호두는 다른 집을 구할 보증금이 없었다.

"영원히 함께하자는 말 같은 건 아무짝에도 쓸모가 없고 우리가 구둣방에서 사이좋게 파 온 도장을 들고 부동산에 나란히 앉아 찍은 계약서 한 장만 쓸모가 있었어."

호두는 술에 취해서 중얼중얼했다. 호두는 술을 마실 때마다 주사가 바뀌었다. 나는 그 계약서를 본 적이 있다. 시작하는 날짜와 끝나는 날짜가 명시되어 있고 그 기간 동안의 가격이 명쾌하게 드러나 있는 계약서였다. 호두는 민재와도 연락했다고 했다. 매달 얼마씩 갚겠다는 각서를 쓰고 공증까지 받은 우편을 주고받았다. 공증을 받지 않은 각서는 크게 효력이 없기 때문에 어쩔 수가 없었다.

"그렇게까지?"

내가 묻자 호두는 고개를 끄덕였다. 지압용 호두는 모형으로 바꾸었다. 다음에 잃어버리면 어디에서 또 자라는 게 아닐까 걱정하고 싶지 않기 때문이라고 했다. 민재가 보낸 편지에는 고동리라는 주소가 쓰여 있었다. 호두도 나도 '리'라는 단위의 행정 주소가 아직 남아 있는지 몰랐다. 호두도 나도 모르는 게 너무 많았다. 해가 쌓여도 알게 되는 거라곤 모르는 게 또 있었다는 사실뿐이다. 의릉에서는 호두나무가 자란다는 소식이 없었다. 다음에 찾아갔을 때는 그 직원을 만나지 못했다. 어쩌면 직원이 아니었던 게 아닐까. 호두와는 그런 이야기를 주고받았다. 아빠는 호두에게 약속한 결혼 자금을 반만 돌려주었다. 나머지는 진짜 결혼할 때 주겠다고 했다. 고모가 그렇게 하라고 유서를 남겼기 때문이라는데 사실인지는 알 수 없었다. 아빠는 이미 고모 유언의 반을 어겼는데 완전히 다 어길 수는 없다고 했다. 이렇게 자기 멋대로 하는 걸 보면 아마 그런 유서는 없을 것이라고 우리는 생각했다. 진짜 제멋대로지, 진짜 싫다, 그런 얘기를 주고받았다. 호두는 아빠에게 그거 공증받은 유서냐며 자기에게도 보여달라고 했다는데 아빠는 그 말을 듣고 뒷목을 잡았지만 엄마는 이제 호두도 다 커서 자기 앞가림을 하는 애가 됐다며 깔깔 웃었다.

민재는 착실히 호두의 돈을 갚고 있다. 그 돈이 어디에서 나오는지는 호두도 나도 몰랐다. 그렇지만 갚고 있으니 됐다, 고 했다.

"돈이 제일인 세상에서 그거만큼 확실한 안부 인사가 어딨어."

가끔 하루 이틀씩 늦고, 어쩌다 일주일, 때로 보름이 늦을 때도 있지만 안부 인사는 계속되었다. 호두는 쓸데없는 걱정도 했다.

"민재가 다 갚으면 어쩌지?"

"뭘 어떡해. 고기 파티 하러 가자. 양꼬치 실컷 먹자."

"그때는 민재가 잘 지내는지 어떻게 알지?"

알 수 없을 것이다.

"그럼 나중에는 매달 천 원씩만 갚으라고 해."

민재의 완납을 영원히 나중으로 미뤄버리면 안부를 확인할 수도 있다.

"다 갚고 나면 만날 수 있지 않을까?"

"민재 만나고 싶어?"

호두는 잘 모르겠다고 말했다.

"전처럼은 못 보겠지? 하긴 너랑도 헤어졌고."

나는 민재를 다시 보고 싶지는 않았다. 아무래도 상관없었다. 그런데도 나는 민재가 호두에게 보낸 편지에 쓰인 주소로 한 번 찾아간 적이 있다. 마치 다른 연대인 것처럼 여겨지는 시골이었고 그런 곳에 민재가 있다는 것이 믿어지지 않았다. 민재를 만나지는 못했다. 고동은 생각보다 큰 곳이었다. 민재와 만날 약속을 하고 간 것도 아니었고 전화를 걸어볼까 하다가 관두었다. 민재가 여전히 고동에 있는지도 알 수 없었다. 그냥 고동이라는 난생처음 들어보는 이름을 가진 장소에 한번 가보고 싶었고, 가봤으니 됐다.

남몰래 우려했던 대로 민재의 안부 인사는 완납되기 전에 끝이 났다. 민재 쪽에서 아무런 통보도 없이 일방적으로 끊은 것이다. 이번엔 좀 많이 늦나 봐, 생각했던 호두는 두 달 세 달 소식이 없자 또 배신당한 기분이었지만 이번엔 그냥 포기해 버렸다. 그건 정말 원하지 않던 포기였다. 하지만 해야만 했다.

나는 요즘도 간혹 아침에 눈을 뜨면 이불이 제대로 되어 있는지 확인한다. 그때마다 나는 혼자 잠자리에 들어도 이불을 뒤집는 일이 없는 인간이라는 것을 새삼 깨닫는다. 이불을 개면서 더는 만나지 않는 친구가 어디에서 무엇을 하며 살아가고 있는지 잠깐씩 궁금해한다. 아무한테도 말할 수 없었던 사정은 조금 나아졌는지, 모두에게 상처를 주며 잠적해야만 했던 일에서는 벗어났는지, 무슨 일을 하며 사는지, 잘 지내는지, 건강한지, 아픈 덴 없는지, 아무리 고심해봐도 나로서는 그런 질문들에 답을 내릴 수 없고 그 답을 알 수 있을 사람들 몇몇이 그의 곁에 있기를 바랐다가도 이내 그렇게까지 할 필요는 없다고 생각하고 고개를 저어버린다.

* 소설 속에 나온 노래 가사는 위아더나잇의 '서로는 서로가'에서 빌려왔습니다.

제23회 이효석문학상 · 우수작품상 수상작

# 아주 환한 날들

백수린

©신나라

2011년 〈경향신문〉 신춘문예에 단편소설 〈거짓말 연습〉이 당선되어 등단했다. 소설집 《폴링 인 폴》《참담한 빛》《여름의 빌라》, 짧은 소설집 《오늘 밤은 사라지지 말아요》, 중편소설 《친애하고, 친애하는》 등을 펴냈다. 젊은작가상, 문지문학상, 이해조소설문학상, 현대문학상, 한국일보문학상 등을 수상했다.

"마음을 찬찬히 들여다보세요."

강사가 말했다. 강의실엔 사람이 거의 없었다. 비가 와 결석생이 있는 탓도 있었지만 원래 수강생이 적은 수업이었다. 강의실엔 그녀까지 여섯 명이 앉아 있을 뿐이었는데, 모두 강사보다 나이가 많았다. 평생교육원에 신설된 수필 쓰기 수업을 같이 듣는 일곱 명의 수강생 중 50대 주부 한 명—일찍 결혼해 아들들이 벌써 장가를 갔다고 했다—을 제외하면 나머지 여섯 명은 모두 그녀처럼 일흔이 넘은 노인들이었다. "그것도 전부 다 영감탱이들이야." 얼마 전 그녀의 집에 찾아온 사위에게 수업에 대해 이야기하며 그렇게 말했을 때 사위는 무엇이 웃긴지 "장모님은 늘 재미있으세요." 하며 웃었다. 국문학을 전공했고 소설집 한 권과 산문집 한 권을 출간했다는 강사는 체구가 작았고 거의 소녀처럼 보였다. "제가 강의를 처음 해 보는데, 저를 보고 계신 분들이 대부분 어머니 아버지뻘이시니 긴장이 되네요." 수업이 시작되던 한 달 전, 강사는 주로 노인들로 구성된 수강생에 당혹한 듯 수업 소개를 하다가 몇 번이나 말을 더듬었다.

"오늘도 아무것도 안 쓰셨네요."

짐을 챙겨 맨 마지막으로 강의실을 빠져나가려는데 강사가 그녀에게 말을 건넸다.

"쓸 말이 안 떠올라서요."

딸만큼 어린 강사는 그녀의 대답에 다음엔 꼭 쓸 이야기가 떠오를 거라고 말하고는 웃었다. 과연 그럴까. 그녀는 의심쩍었지만 이러쿵저러쿵 대화를 이어 나가기가 귀찮아 굳이 반박하지 않았다.

"뒤풀이는 또 안 가세요? 같이 가면 좋을 텐데."

강사와 같이 강의실을 빠져나오자 건물 입구 쪽에 서 있던 수강생 무리 중 50대 여자가 그녀에게 다가서며 말을 붙였다. 수강생들은 수업이 끝나면 근처의 백반집에서 저녁을 사 먹는 듯했다.

"집에 가 봐야 해요."

"혼자 사신다고 하셨던 것 같은데 집에 기다리는 사람이라도 있어요?"

여자는 아쉬운 기색으로 그녀에게 물었다.

"그래요."

사람은 아니지만 굳이 그걸 말할 필요는 없었다.

한 달 전부터 수필 쓰기 수업을 듣고 있긴 하지만 지금까지 단 한 편의 글도 쓰지 않았다는 생각을 하면 그녀는 솔직히 돈이 아까웠다.

강사는 그녀가 자기를 골탕 먹이기 위해 그런다고 생각할지도 모르지만 그건 절대 아니었다. 나처럼 번듯한 어른이 대체 왜? 그런 오해를 살 바엔 강사에게 사실은 글 쓰는 일엔 눈곱만큼의 관심도 갖고 있지 않을 뿐이라고 말해 주는 게 나을지도 몰랐다. 수필 쓰기 수업이 수요일 오후 3시에 개설되지만 않았더라도 그녀는 그 수업을 신청하지 않았을 것이다. 여섯 달 전에는 같은 시간대에 건강 수지침 수업이 열려 그녀는 다른 노인들과 수지침과 압진봉의 사용법에 대해서 배웠다. 1년 전에는 여행 영어 회화 수업에서 '여기 티켓이 있습니다' 같은 표현들을, 그보다 더 전에는 생활 인터넷 수업에서 필요한 정보를 검색하거나 물건을 사고 승차권 같은 걸 예매하는 법을 배웠다. 그녀가 수요일 3시에 개설된 수업만을 듣는 건, 그렇게 정했기 때문이다. 남편이 죽고 홀로 지켜 오던 과일 가게를 체력이 부쳐 6년 전 아예 접은 이후 그녀는 자신의 일과를 아주 정교하게 짜 놨다. 매일 정해진 일정대로 라디오를 들으면서 청소를 했고—월요일 오전엔 화장실, 화요일엔 베란다, 수요일엔 냉장고 이런 식으로— 점심을 먹고 나면 또 정해진 일정에 따라 외출을 했다. 동네 슈퍼에서 할인 품목을 문자메시지로 알려 주는—팽이버섯 네 봉지 1,000원, 수미감자 한 봉지 1,250원, 돈앞다리 한 근 6,000원— 월요일 오후엔 장을 보러 갔고, 화요일엔 상가 안에 위치한 실내 수영장에서 아쿠아로빅을 했다. 정해 놓은 시간의 외출이 끝나면 곧장 집으로 돌아와 매일 밤 끓여 두는 결명자차를 한 잔 마신 뒤 저녁 식사를 준비했다. 설거지를 하고 나면 그다음엔 천변에 나가 1만 보씩 걸었고, 집에 돌아와 매일 밤 연속극을 봤다. 잠자리에 들기 전엔 예능 프로그램을 봤는데 한국어를 잘하는 외국인들이 나오는 퀴즈 프로그램이나 옛날 가수들이 나와 노래를 부르는 경연 프로그램을 보는 경우가 많았다. 토요일과 일요일 중 하루는 딸과 통화를 하며 짧게 안부를 주고받았다. 주로 거는 쪽은 그녀였는데, 다섯 번 중 한 번꼴로 딸이 걸어올 때도 있었다.

사람들은 그녀가 혼자 산다는 사실을 알고 나면 종종 안쓰러워했지만 그건 잘못 생각하는 거였다. 남편이 죽은 이후 그녀는 화장실이 막히면 배관공을 부르고, 바퀴가 나오면 슬리퍼로 죽이고, 직접 구입한 실내용 사다리를 타고 올라가 형광등의 전구를 갈아 끼우며 살아왔다. 그녀는 뭐든지 스스로 해결하며 살았는데 그 점에 대해서는 다소간 자부심을 느꼈다. 혼자 집에 있으면 그녀는 누군가를 뒤치다꺼리하거나 누군가로부터 귀찮은 잔소리를 들을 필요가 없었고, 솔직한 마음을 말했다는 이유로―머리가 어떠냐고요? 돈이 아깝네요. 자르기 전이 더 나았는데― 뜻하지 않은 비난을 받을 일도 없었다. 솔직한 건 그녀의 천성이었지만 그것 때문인지 사람들은 종종 그녀를 대하기 어려워했다. 그녀는 사람들과 어울리는 것에 서툴렀는데 그건 어린 시절 그녀가 겪었던 일들 때문일지도 몰랐다. 서른이 다 된 나이에 돌봐야 할 동생이 주렁주렁 달린 남자에게 시집을 가게 되었을 때, 그녀의 오빠와 남동생은 남편에게 큰 빚을 진 사람들처럼 굴곤 했다. 맞선 자리에서 그녀가 남편에게 했던 말―아, 조금 걸으면 안 될까요? 엉덩이에 종기가 나서요―을 듣고는 더욱 그랬다. 그게 그렇게 고마운 일인가? 남편은 선량한 편이었지만, 그에게 필요했던 건 밥을 차려 줄 사람이었으며, 무엇보다도 그녀는 그가 자신을 사랑하지 않는다는 걸 알았다.

그녀는 마침내 찾아온 평화에 대체로 만족하고 있었다. 평생 동안 장사를 하며 사람들 사이에서 부대끼며 살아온 그녀에게 혼자 있는 시간은 아늑했고, 그건 평생교육원에서 돌아와 식탁 의자에 앉은 채 오후의 햇살이 거실 마룻바닥 위에서 넓게 퍼져 있는 걸 보고 있는 지금도 마찬가지였다. 평온하고 고요한 혼자만의 시간. 햇빛 사이로 지난 몇 달간 그녀가 정성껏 가꾼 나리꽃의 꽃망울이 조금 벌어져 있었다. 반가운 마음에 그녀는 자리에서 일어섰다.

"드디어 꽃이 피었네."

그녀가 소리 내어 말했고, 그러자 날카로운 새의 울음소리가 들려왔다. 거실 한구석에 세워 둔 새장 속의 앵무새가 내는 소리였다. 털이 연두색인 작은 앵무새.

"아, 시끄러워."

그녀가 한숨을 쉬듯 말했다. 매번 사라져 있길 바랐지만 그건 언제나 그 자리에 있었다.

사흘 전 앵무새를 가져온 건 사위였다.

"오랜만에 장모님이 뵙고 싶어서요."

명절이나 어버이날도 아닌데 누군가가 집에 찾아온 건 정말 너무나도 오랜만의 일이라 그녀는 허둥댔다. 어깨가 좁고 웅숭그린 체격의 사위는 그녀가 그러거나 말거나 거실에 앉아 직장 생활과 새로 이사한 서울 근교의 나날들에 대한 이야기를 했다.

"인서랑 애들은?"

"집사람은 아이들 데리고 도예 체험하러 갔어요."

그녀의 딸과 사위 사이엔 아이가 둘 있었는데, 인서는 둘째가 초등학교에 입학한 것에 맞춰 육아휴직 중이었다. 사위는 혼자 온 걸 변명이라도 하듯 학교에서 아이들 숙제로 요구하는 체험 활동이 너무 많다는 이야기를 늘어놓았다. 이야기를 들으면서도 그녀의 정신은 온통 사위가 가져온 새장에 팔려 있었다. 새장 속에는 앵무새 한 마리가 있었는데 그녀가 앵무새를 실제로 본 건 그때가 처음이었다.

"그런데 그건 웬 앵무새인가?"

얼마간의 시간이 흘렀을까, 결국 궁금증을 참지 못하고 그녀가 물었다. 그러자 사위는 다소 곤란하다는 듯 쭈뼛대더니 말했다.

"아, 이거요. 아이들이 크니까 자꾸 동물을 기르고 싶다 해서요."

"그럴 때지. 인서도 어릴 때 학교 앞에서 병아리를 사 와서 닭이 될 때까지 기르고 그랬어."

장사를 마치고 집에 들어서면 그녀를 향해 돌진하던 닭들이 떠올랐다. 나무로 된 사과 궤짝 속에서 기르던 닭들. 그 당시 그녀의 가족이 살던 곳은 시장에서 멀지 않은 곳에 위치한 신축 빌라였다. 닭똥 냄새 때문에 민원이 자꾸 들어와 곤란한데 인서가 너무 애지중지해 큰 골칫거리였던 닭들.

"애들은 개나 고양이를 사 달라 하고 집사람은 안 그래도 일이 많은데 개든 고양이든 돌볼 여력은 없다고 단호해서요."

"그래서 앵무새를 산 게로군."

그녀는 이제 사정을 다 이해했다는 뜻으로 고개를 끄덕였다. 개나 고양이를 대신해 아이들에게 금붕어나 햄스터 같은 걸 사 주는 건 흔한 일이었다. 앵무새라고 안 될 건 없지. 그리고 관심이 없어진 앵무새에게서 눈길을 거두고 화제를 바꾸려는데 사위가 느닷없이 말했다.

"장모님, 사실은 장모님께 이 앵무새를 좀 맡아 달라고 부탁하려고 왔어요."

"그게 무슨 소린가?"

사위가 하는 말을 도무지 따라갈 수가 없었다.

"좋아할 줄 알고 앵무새를 기껏 샀는데 애들이 만지다가 쪼이고는 무섭다고 기겁을 해서요. 그런데 인서는 키우기로 결정하고 데려왔으니 책임감 없이 버릴 순 없다고 난리고."

사위는 그녀의 눈길을 피해 고개를 숙인 채 말했다.

"버릴 수는 없다지만 이걸 내가 어떻게 맡아?"

"딱 한 달만요. 그때까지 애들이 앵무새랑 살 수 있도록 인서랑 제가 준비를 하기로 했어요. 그림 같은 것도 보여 주고, 앵무새 카페 같은 데도 데려가고요. 그러고도 안 되면 그때는 다른 주인을 찾아볼게요. 딱 한 달만 부탁드려요."

사위가 말했다.

"자네 어머니는 어쩌고?"

“저희 어머니는 애들 봐주시느라 바쁘잖아요. 그리고 어머니보다는 아무래도 혼자 사시는 장모님이 더 적적하실 테고요.”

그녀는 사실 조금도 적적하지 않았다. 적적하다니, 대체 왜? 결명자차를 마신 컵을 씻으며 그녀는 생각했다. 조금 더 단호하게 거절했어야 했어. 새장 속에서 앵무새는 시도 때도 없이 시끄럽게 울어 댔고, 그때마다 그녀는 그렇게 후회했다. 인서가 아니었다면, 결코, 결단코 그녀가 앵무새를 떠맡았을 리는 없었다. 하필 그때 어린 인서가 “엄마, 닭들 다 어쨌어?” 하고 울먹이던 얼굴이 떠오르지만 않았더라면. 황토 찜질 팩을 허리에 댄 채 침대에 누워 있다가 새장 안의 물그릇과 사료 그릇을 채워 주지 않은 게 생각나 허둥지둥 일어나며 그녀는 또 한 번 생각했다. 하지만 학교에 다녀왔더니 닭이 없어졌다며 목 놓아 울다 “난, 엄마가 진짜 싫어.”라고 말하던 아이의 얼굴은 떠올라 버렸고, 그녀는 얼떨결에 사위에게 “한 달이면 되는 거지?”라고 말하고 있었다.

장마가 늦어지고 있었다. 그녀는 인터넷으로 주문한 옥수수를 쪄서 냉동실에 얼려 두었다가 매일 하나씩 데워 먹었고, 무농약으로 키웠다는 열무를 두 단 사다 물김치를 만들어 국수를 말아 먹었다. 초파리들이 수시로 생겨서 꽉 차지 않은 쓰레기봉투를 내다버리기 위해 집 밖으로 평소보다 더 자주 나가야만 하는 계절이었다. 앵무새가 집에 온 지 일주일이 되어 가도록 딸이 전화 한 번 하지 않는 게 괘씸해 그 주 토요일에는 그녀가 딸에게 전화를 걸었다.

"어떻게 지내니?"

"그냥 그럭저럭 지내죠. 엄마는요?"

"나도 그렇지 뭐."

몇 살 때부터 딸이 꼬박꼬박 존댓말을 하기 시작했을까?

"애들도 잘 있지?"

"잘 있죠."

딸의 짤막한 답을 듣자 갑자기 섭섭함이 밀려왔고, 그녀는 콱 죽고 싶어졌다. 지난 주말에 딸이 같이 오지 않고 사위만 보낸 것도 틀림없이 엄마가 꼴도 보기 싫어 그런 거였을 거라는 생각이 들었다. 딸은 그녀에게 뭔가 부탁해야 할 때는 언제나 사위를 시켰다. 딸이 그녀에게 존댓말을 쓰기 시작한 게 열세 살 때부터였는지 열다섯 살 때부터였는지 그 시점이 정확히 기억나지는 않지만, 그들의 사이가 틀어진 것은 그즈음부터였을지도 몰랐다.

언젠가부터 딸과 전화를 끊고 나면 그녀는 몸 쓰는 일을 찾아야 했다. 오이를 10킬로그램씩 사다가 오이지를 담그거나, 베란다 화분들을 싹 다 분갈이했고, 그렇지 않으면 찬장의 냄비들을 모조리 꺼내어 베이킹소다로 박박 닦는 식이었다. 마음이 심란해지면 몸을 쓰는 건 장사할 때부터 그녀의 몸에 밴 습관이었다. 매상이 앞집 과일가게보다 떨어지거나 진상 손님을 만나 목청 높여 싸우고 나면 그녀는 락스를 물에 풀어다가 가게의 선반과 소쿠리들을 닦았다. 그럴 때면 남편은 뭘 그렇게 속을 썩느냐며 혀를 찼다. 그런 모습을 보면 그녀는 더욱 부아가 치밀었다. 남편은 결혼 전부터 트럭을 몰고 다니며 과일을 팔았으면서도 다세대주택 밀집 지역의 재래시장에서는 과일을 정해 놓고 사려고 찾아오는 손님보다는 채소를 사러 나왔다가 싼 과일이 눈에 띄면 덤처럼 한두 개 집어 가는 손님이 더 많다는 것도 끝내 모르는 사람이었다. 그런 이들을 대상으로는 최상품의 망고나 멜론을 갖다 놓기보다는 10원이라도 더 싼 사과나 포도를 떼어 와야 이익이 남는다는 걸 일찌감치 깨달은 건 그녀였다. 가게 안쪽의 과일까지 팔기 위해선 계산대를 매장 가장 깊은 곳에 놓아야 한다는 걸 생각해 낸 것도. 늘 선비처럼 뒤로 한 발 물러서던 남편 대신 건물주에게 싫은 소리를 듣고, 사람들과 10원, 20원을 흥정하며 그녀가 가게를 키웠다. 다른 사람이 하는 야채 가게 옆에 조그맣게 매대 하나를 빌려 과일을 팔던 데서 시작해 간판을 내건 과일 가게를 차리기까지 꼬박 7년이 걸렸다. 그 가게에서 번 돈으로 그녀는 집을 샀고, 딸아이를 대학에 보냈다. 새벽마다 과일 상자를 옮기느라고 허리가 아프고 퇴행성관절염 때문에 수술받은 무릎이 쑤셨지만 딸이 대학에 붙었을 때는 너무 기뻐 파스를 붙인 채로 가게 안에서 콧노래를 불렀다.

그날 저녁, 그녀는 천변에 나가는 대신 수필을 쓰기 위해 식탁에 앉았다. 계속 아무것도 안 써 가는 게 좀 민망하기도 했지만, 솔직히는 그날따라 주말 천변에 나가기가 싫었기 때문이었다. 주말에는 천변에 가족이나 연인들이 너무 많았다. 그녀가 정해 놓은 일정을 어기는 건 6년 만에 거의 처음이었다. 그녀는 노트를 펼친 채 턱을 괴고 앉아 있었고, 앵무새가 부리로 새장을 탁탁 건드리는 소리가 났다. 하지만 식탁에 아무리 앉아 있어도 뭘 써야 할지는 도저히 알 수가 없었다. 수업 시간에 강사는 여러 가지 책들을 추천해 주었고, 수강생들에게 느낀 점을 말해 보라고 했다. 그녀는 강사가 추천해 준 책들을 모두 읽었는데 어떤 것들은 도저히 이해가 가지 않았고 어떤 것들은 왜인지 설명할 순 없지만 마음에 들었다. 그다음에 수강생들은 자유 주제로 한 편씩 써 간 수필들을 돌아가면서 읽고 의견을 나눴다. 그녀를 뺀 다른 수강생들은 뭔가를 잘도 적어 왔는데 대부분 어린 시절 눈깔사탕을 훔쳤던 일이나, 종로3가 창녀촌을 처음 지나가 봤을 때의 경험 같은 것들이었다.

여름 저녁이라 창문을 열어 놓아서 옆집에서 이웃들이 싸우는 소리가 들려왔다. 그러자 거실에 있는 앵무새가 새장 안에서 자지러지듯 소리를 질렀다. 앵무새를 맡게 된 이후 그녀의 신경에 거슬리는 것은 한두 가지가 아니었다. 사위가 일러 준 대로, 놓고 간 사료를 담아 주고 나면 앵무새는 눈 깜짝할 새에 밥그릇을 엎었고 때때로 가슴팍의 깃털을 뽑아 놓기도 했다. 그 바람에 새장 주변은 치워도 치워도 곡식이나 깃털로 너저분했다. 그것 말고도 귀찮은 일이 많았지만 그녀가 가장 곤혹스러웠던 건 앵무새가 툭하면 비명을 지른다는 사실이었다. 앵무새가 비명을 지를 때면 그녀는 민원이 들어오지 않을까 조마조마했다. 늦은 시간 텔레비전이라도 켜면 새장 안에서 졸고 있던 앵무새는 잠에서 깨어나 그 소리에 질 수 없다는 듯 더욱 악을 썼는데 그러면 넌더리가 났다. 그녀는 리모컨을 찾아 티브이 볼륨을

높일 때마다 귀머거리 노인네가 된 것만 같은 기분이 들었다.

또다시 수요일이 되어 그녀는 수필 쓰기 수업에 갔다. 사흘 동안 고민했지만 끝내 아무것도 쓰지 못해서 결국엔 빈손으로 갔다. 강사가 성의 없다고 오해할까 봐 남의 글에 대해 돌아가며 한마디씩 이야기할 때는 그녀도 의견을 냈다. 그러고도 마음이 찝찝해 수업이 끝난 후 모든 수강생들이 빠져나가길 기다렸다가 강사에게 "써 보려 하긴 했는데 정말 쓸 말이 안 떠올랐어요." 하고 말했다.

"괜찮아요. 너무 초조하게 생각하지 마세요."

다른 수강생들은 벌써 뒤풀이에 갔는지 복도에는 아무도 없었다. 그들은 같이 건물을 빠져나와 나란히 횡단보도 앞에 서서 신호가 바뀌기를 기다렸다. 바로 옆에서 본 강사의 얼굴은 그녀의 딸처럼, 더 이상 아주 젊지는 않았지만 여전히 아직은 삶에 대한 불안으로 초조해 보이는 얼굴이었다.

"선생님은 엄마랑 사이가 좋아요?"

강사는 그녀의 질문에 어리둥절한 표정이었다.

"평범한 것 같은데요."

평범이라. 마침 신호가 바뀌었고, 각자 길을 건넜다.

앵무새가 이상하다는 걸 눈치챈 건 그 주 금요일이었다. 먹이를 주어도 도통 줄지가 않고 새장 안이 조용하다 싶었는데, 앵무새가 가슴팍의 깃털을 엉망으로 뽑아 놓은 채 꼼짝도 않고 졸기만 했다. 영 이상해 그녀는 다음 날 아침 동네 동물 병원 전화번호를 인터넷에서 검색해 전화를 걸었다. 앵무새의 상태에 대해 전해 들은 수의사는 앵무새가 아플 때 나타나는 증상과 거의 일치한다고, 하지만 자기네 병원에서는 새를 치료하지 않는다고 말했다.

"아니, 앵무새도 동물인데 왜 안 된다는 거예요?"

하는 수 없이 그녀는 인터넷을 한참 더 검색한 후 40분이나 떨어진 곳의 동물 병원으로 택시를 타고 가야만 했다. 동물 병원의 문을 열자마자 개들이 요란하게 짖었다. 20분 정도 대기실에서 기다린 끝에 만난 젊은 의사는 앵무새를 기르는 방식에 대해 이것저것 묻더니 말했다.

"죄송하지만 그렇게 키우시면 안 돼요."

말투는 정중하지만 그가 비난하고 있다는 걸 그녀는 알아챘다.
"앵무새는 관심을 많이 필요로 하는 동물이에요. 하루에 몇 번씩 새장 밖에 꺼내 주셔야 해요. 놀아도 주셔야 하고요."

"놀아 주라고요?" 그녀가 물었다.

"안 그러면 외로워서 죽어요."

죽는다고? 울음 터뜨리는 어린 딸의 얼굴이 그녀의 눈에 선했다. 죽더라도 내가 데리고 있는 동안에는 안 되지. 그래서 그녀는 집에 돌아온 후 돋보기를 찾아 끼고 앵무새에 대해서 검색하기 시작했다. 앵무새 키우는 법. 앵무새랑은 어떻게 놀까. 앵무새 발톱 관리법 같은 것들을. 생수보다는 수돗물이 미네랄과 무기질을 섭취할 수 있어 좋다거나 간식을 주 2~3회 정도 주는 게 적당하다는 걸 그녀는 그런 식으로 배웠다. 이제 그녀는 하루에 한 번이 아니라 두 번 물과 사료를 갈아 주었고 한 시간마다 새장을 열어 새가 거실 바닥을 걸어 다닐 수 있게 해 줬다. 새는 20분마다 한 번씩 똥을 싸 댔으므로 새를 꺼내 놓고 나면 휴지를 들고 다니며 새가 지나간 자리를 닦아야 했다. 불행 중 다행인 것은 앵무새가 아직 날지 못한다는 것이었지만 조그만 앵무새는 놀랄 만큼 재빨랐다.

"왜 이렇게 피곤해 보이세요?"

그다음 주 평생교육원에 갔을 때 강사가 그녀에게 걱정스럽게 물었다.

"극성스러운 손주가 생겼거든요."

모든 일은 고역이었다. 일주일 만에 살이 3킬로그램이나 빠졌고, 초저녁만 되어도 잠이 쏟아졌다. 거실 바닥 전체엔 온통 곡식의 껍질과 노란 솜털이 나뒹굴어 그녀는 하루에도 몇 번씩 청소기를 돌려야 했고, 여름이라 거실에 깔아 둔 돗자리며 잠깐 바닥에 내려놓았던 돋보기의 안경테와 리모컨 버튼이 부리에 쪼여 너덜너덜해졌다. 몇 번이고 그녀는 사위에게 전화를 걸어 당장 새를 데려가라고 말하는 상상을 했다. 정말로 걸지는 않았다.

그런데 며칠이 더 지나자 믿기 힘든 일이 그녀에게 일어났다. 그러니까 앵무새가 귀여워 보이기 시작한 것이다. 처음엔 밖으로 꺼내 주려고 새장 앞에 다가서면 횃대에 앉아 있던 새가 고개를 오른쪽으로 갸웃한다는 걸 알아챘는데 그게 제법 귀엽게 보였다. 가끔은 머리를 들이밀기도 했다. 머리를 쓰다듬어 달라는 뜻이라는 걸 눈치채는 데는 시간이 조금 더 걸렸다. 개도 고양이도 아닌 주제에. 하지만 그녀는 손을 뻗어 조그만 정수리를 만져 줬다. 그러면 새가 그녀의 손바닥 가장 옴폭한 곳에 머리를 비벼 왔고, 그 감촉이 놀랄 만큼 부드러웠다. 그러던 어느 날, 돗자리가 깔린 거실 바닥에 누운 채 책을 보다가 깜박 잠에 들었는데 깨 보니 앵무새가 그녀의 배 위에 올라와 있었다.

"어머나, 이게 무슨 일이야?"

새장을 분명히 잠갔는데. 앵무새가 스스로 새장 문을 열고 나온 거였을 텐데 그 사실이 잘 믿기지는 않았다. 큰일 날 뻔했잖아. 자칫하면 깔아뭉갰을 수도 있었다고 생각하니 심장이 쿵하고 내려앉았다. 하지만 새는 그저 배 위에서 기분 좋게 졸고 있을 뿐이었다. 작은 털실 뭉치처럼 고개를 파묻고 몸을 웅크린 채. 완전히 무방비한 상태로. 그녀가 누군가를 해칠 수 있으리라고는 꿈에도 상상하지 않는 것처럼.

"장모님, 죄송한데요, 한 달만 더 부탁드려도 될까요?"

약속한 한 달보다 한 주 더 늦게 사위가 전화를 걸어와—딸이 아니라 또 사위였다!— 우물쭈물하며 말했을 때 그녀는 괜찮다고 했다.

"한 달 정도는 더 맡을 수 있어."

그녀는 인터넷으로 새장을 새로 구입했고—사위가 가져온 새장은 조금 커다란 이동장으로 앵무새가 살기엔 너무 비좁다는 걸 많은 블로그와 카페 등을 통해 알게 됐다— 해바라기씨와 사과를 간식으로 앵무새에게 주었으며, 앵무새용 공을 사다가 놀아 주었다. 목욕을 좋아하는 앵무새를 위해 일주일에 두 번씩 커다란 그릇에 물을 받아 주었고, 목욕을 하고 나면 감기에 들지 않도록 드라이어기로 꼼꼼히 말려 주었다. 사회성을 길러 주기 위해 앵무새 카페에 데려가면 좋다는 이야기를 읽고는 주소를 검색해 두었지만, 그곳에서 전염병에 걸려 오는 경우도 많다는 글을 보고는 데려가지 않아 천만다행이라며 안도했다.

녹음이 눈부신 계절이었다. 하늘은 푸르고 구름 한 점 없었다. 낮엔 찌는 듯이 무더웠지만 저녁이 되면 천변은 아직 서늘해서, 사람들은 해 질 녘에 산책을 나섰다. 늘 그래 왔던 것처럼 그녀 역시 설거지를 마친 후 천변으로 나갔다. 포장된 산책로 한쪽에는 보랏빛 쑥부쟁이가 여기저기 고개를 들이밀고 있었고, 하천을 따라 무성히 난 물풀 사이로 풀벌레 소리가 들렸다. 주민들을 위해 산책로에 마련된 운동기구와 벤치마다 사람들이 북적였고, 활기가 넘쳤다. 연인들, 노부부, 유아차를 밀고 거니는 사람들이 그녀를 스치며 지나갔다. 그녀는 누군가와 통화가 하고 싶어졌지만 딸은 받지 않았다.

전화를 끊고 걷는데 집에 있을 앵무새가 떠올랐다. 외출했다 들어오면 꺼내 달라고 횃대 위에서 부산히 왔다 갔다 하며 재촉하는 앵무새. 손가락을 내밀면 앙증맞은 발로 검지와 중지 사이를 계단처럼 걷고, 소파에 앉아 연속극을 보고 있노라면 그녀의 옆에 오겠다며 오르지도 못하는 소파 위를 기어오르려고 안간힘을 쓰는 앵무새. 며칠 후, 그녀는 앵무새를 데리고 산책을 나왔다. 인터넷에서 검색한 바에 따르면 하네스에 묶어 산책을 시키는 방법과 새장에 넣은 채 산책을 시키는 방법 두 가지가 있다고 했는데, 하네스를 묶어 본 적이 없었기 때문에 그녀는 휴대하기 좋은 초소형 이동장을 구입하는 쪽을 택했다. 인터넷에서 본 대로 새가 놀라지 않도록 이동장의 삼면을 수건으로 덮고 천변을 걸었다. 유아차를 밀거나 개를 하네스에 묶고 걷는 사람들과 나란히 걷는 기분이 퍽 좋았다. 그렇게 걷다 보면 앵무새는 호기심 어린 눈으로 주위를 둘러봤고, 신나서 이따금씩 소리를 질렀다. 그러면 사람들이 뒤를 돌아봤고 앵무새와 걷는 그녀를 발견한 뒤 신기한 듯 킥킥대며 지나갔다. 앵무새 산책시키는 할망구는 처음 보나 보지?

사람들이 그렇게 자신을 보고 웃을 때면 어릴 적 그녀는 숨고만 싶었다. 스스로가 이 세상과 제대로 조화를 이루지 못하고 떨어져 나온 부스러기처럼 느껴졌으니까. 어렸을 때 그녀는 강진에 있는 할머니 집에서 살았는데, 그녀의 엄마는 훗날 당시 형편이 너무 어려워 애들을 다 데리고 있을 수가 없어서 그랬다고 말했다. 오빠는 장남이니까 보낼 수 없었고, 남동생은 아직 엄마 손을 타야 하는 나이라 데리고 있어야만 했다고. 그 집에서 그녀는 백부네 식구들과 초등학교에 입학할 때까지 살았다. 어릴 적 생각만 하면 그녀는 아이들에게 놀림받던 일이 가장 먼저 떠올랐다. 그녀가 서울말을 쓰고, 무엇보다 얼굴에 움푹 팬 수두 흉터가 가득했기 때문이었다. 백모는 그녀가 긁지 말랬는데 너무 긁어 그렇게 흉이 졌다고 했다. 수두는 사촌 언니들과 그녀가 동시에 걸렸지만 흉은 그녀에게만 남았다. 옆집의 춘식이 삼촌은 그녀가 처음으로 사랑한 남자였다. 아이들이 놀리면 혼내

주고 수두 자국이 있어도 예쁘다고 그녀에게 말해 준 유일한 사람이었다. 달을 봐 봐, 옥미야, 달도 겉이 움푹 패어 있지만 저렇게 빛나고 아름답잖니. 춘식이 삼촌은 여름에 친구들과 무등산에 놀러 갔다가 급류에 휩쓸려 죽었다.

앵무새와 같이 천변을 따라 걷다 보면 이상하게 가마득히 잊고 있던 옛 기억들이 자꾸만 그녀를 찾아왔다. 이튿날 산책할 때는 중학교 시절 친구였던 점선이 생각이 났다. 얼굴이 까맣고 보조개가 귀여웠던 점선이. 말린 낙엽 뒤에 편지를 써서 건네주던 점선이. 점선이는 하숙집 딸이라 그 집에 놀러 가면 언제나 대학생 오빠들이 있었다. 난생처음 그녀와 점선이를 동대문에 생긴 실내 아이스링크에 데려간 사람들도 그 오빠들이었다. 가슴이 벅차오를 만큼 넓고 웅장했던 아이스링크. 그곳에서는 모두가 추위 따윈 아랑곳 않은 채 얼음 위를 미끄러지고 또 미끄러졌다. 넘어져도 몇 번이고 다시 일어서던 몸들. 땀에 젖은 채 겁 없이 내달리던 젊음. 영원할 것 같던 그 시절도 결국엔 다 사라졌다.

딸 또래의 여자가 열 살 정도 되어 보이는 여자아이의 손을 잡고 조심조심 징검다리를 건너는 모습이 보였다. 인서가 5학년인가, 6학년이었을 때의 일이 떠올랐다. 잠을 자지 않고 그녀가 집에 돌아오길 기다리던 아이가 그녀의 앞을 가로막더니 물었다. "엄마, 다음 주 운동회 날에만 가게 쉬고 학교에 와 주면 안 돼?" 하지만 그녀는 쉴 수 없었다. 하루도 쉴 수가 없었지, 하루를 쉬면 과일이 다 뭉개져 버리고, 그러면 피아노 학원비를 내줄 수가 없는데. 딸아이와 균열이 생긴 건 그때였을까? 돌이켜 보면 딸아이의 마음이 멀어질 만한 순간은 많았다. 녹초가 되어 자고 있는데 딸아이가 깨우면 그녀는 귀찮게 좀 하지 말라고 소리를 질렀다. 과일 트럭이 다른 차들의 통행을 방해하고 있으니 빼라는 경비원과 핏대를 높여 가며 싸우는 걸 본 딸이 그녀더러 창피하다고 말했을 때는 그녀도 너무 창피하고 분해 뺨을 때렸다.

그녀의 아이, 엄마 너무 창피해, 엄마는 왜 그렇게 무식해, 했던 아이가 아이를 낳을 때, 그때 그녀는 혹시라도 딸이 잘못될까 봐 얼마나 불안하고 겁이 났던가. 산부인과로 딸을 보러 갔을 때는 얼굴의 실핏줄이 다 터진 딸이 아빠가 있었으면 좋아했을 거라 말하며 울어 그녀도 눈물이 찔끔 났다. 남편은 대장암이었다. 똥이 안 나온다고, 안 나온다고 하도 그래서 변비약 정도는 알아서 사 먹으라고 남편에게 화를 냈는데 알고 보니 내시경이 안 들어갈 정도로 이미 암이 커져 있었다. 남편이 죽고 1년 만에 태어난 손녀딸은 사위를 꼭 닮았고, 3년 만에 태어난 손자는 딸을 빼닮았다. 아이들은 손을 가누지도 못하더니 금세 손을 들어 그녀를 가리켰고, 눈 깜짝할 새 그녀가 뺨을 갖다 대면 얼굴을 쓰다듬었다. 그녀의 뺨을 사랑스럽게 어루만지던 딸처럼. 그녀는 아이들이 자라나는 걸 가까이에서 보고 싶었지만 아이를 매일 돌보고 매일 저녁 딸과 밥을 같이 먹는 건 그녀가 아니라 딸의 시어머니였다. 딸은 한 번도, 단 한 번도 그녀에게 아이를 맡아 달라 부탁하지 않았다.

그러던 어느 날이었다. 그날따라 하늘이 청명해 그녀는 늘 유턴하는 지점을 지나쳐 조금 더 걸었다. 한참을 걷다 보니 어느새 감파래진 하늘 위로 둥글고 새하얀 보름달이 떠 있었다. 수술을 두 번이나 한 무릎이 아파 와 그녀는 벤치를 찾아 앉았다. 그녀 앞을 지날 때마다 크고 작은 개들은 서로를 경계하며 으르렁거리거나, 반갑다는 듯이 서로에게 달려들었다. 사나운 개들이 앵무새를 공격할까 봐 걱정돼 그녀는 엉덩이를 조금 움직여 뒤쪽으로 앉았다. 선선한 바람이 맨살을 내놓은 팔뚝 위를 부드럽게 스쳤다. 물 흐르는 소리가 기분 좋게 들려왔다.

"너도 바깥 구경이 하고 싶지?"

그녀는 천천히 이동장의 잠금쇠를 풀었다. 아직 날 줄 모르지만 놀랄 만한 상황이 생기면 본능적으로 날아가 버릴 수도 있다고 인터넷에서 글을 읽은 적이 있어 그녀는 그때까지 새를 한 번도 바깥에서 꺼낸 적이 없었다. 앵무새를 목련 송이처럼, 조금만 힘을 주면 망가지는 봄날의 목련 송이처럼, 두 손 가득 조심스럽게 들어 무릎 위에 올려놓자 새가 그녀의 웃옷 속으로 파고들었다. 처음 나와 본 세상이 무섭다고 멀리멀리 날아가는 대신, 그녀의 품속으로.

"아이고, 간지럽잖아."

너무 간지러워 웃음이 났다. 한번 터지자 웃음이 계속, 계속 나왔다. 똑같이 연하늘색 원피스를 맞춰 입은 여자아이 둘이 발레를 하듯 빙글빙글 춤을 추며 지나가다가 삐이익- 소리에 앵무새를 발견하고는 "언니, 이거 봐. 앵무새야." 하며 그녀의 곁으로 다가왔다. "한 번만

만져 봐도 돼요?" 아이들은 앵무새를 조심스럽게 만지더니 까르르 웃음을 터뜨리고는 가던 길을 다시 갔다. 아주 환한 밤, 자그마한 여자아이가 약간 더 큰 여자아이 뒤를 대롱대롱 매달리듯 걷는 뒷모습을 보는데 이번에는 조금 다른 기억이 그녀의 머릿속에 떠올랐다.

이 역시 그녀가 백부네 살던 시절의 기억이었다. 그 동네는 배수시설이 좋지 않아 비만 오면 홍수가 나곤 했다. 비가 쏟아지면 할머니와 백모가 허둥지둥 빨래를 걷고 평상에 널어둔 시래기와 무말랭이 같은 것들을 걷었다. 이따금씩 대청마루까지 흙탕물이 차면 그녀보다 아홉 살이 많은 사촌 언니가 그녀를 업었다. 언니 등에 업혀 그녀가 언니 무서워, 하면 언니는 그녀를 업은 채 뜸북뜸북 뜸북새 노래를 불렀다. 마을을 집어삼킬 듯 차오르는 흙탕물이 무섭다가도 언니 등에 업혀 노래를 듣고 있으면 더 이상 무섭지가 않았는데. 어떻게 이런 것들을 까맣게 잊었을까. 앵무새를 품은 채, 환한 달이 하천 위로 기다랗고 빛나는 띠를 그려 놓은 걸 보며 그녀가 노래를 흥얼거렸다. 뜸북뜸북 뜸북새 논에서 울고 앵무앵무 앵무새 밭에서 울지. 천변을 따라 우거진 달뿌리풀의 은빛 물결이 바람이 불 때마다 찰랑거렸다. 하천 건너편의 10대 아이들이 맨다리를 물가 쪽으로 내놓은 채 아이스크림을 먹고 있다가 그녀와 앵무새를 발견하고 반갑게 손을 흔들었다. 그러자 앵무새가 화답하듯이 고개를 내밀고 노래를 불렀다. 그녀는 앵무새의 연둣빛 머리를 조심스럽게 쓰다듬으며 속삭였다.

"자, 이제 같이 집으로 돌아가자."

사위에게 연락이 왔다. 그녀가 진공청소기로 바닥에 떨어져 있는 곡물 껍질을 빨아들인 후 콩국수를 해 먹으려고 냄비에 물을 받고 있던 중이었다. 사위의 목소리는 밝았다. "장모님 드디어 데리러 갈 수 있어요."

앵무새가 갔다. 그녀는 일상을 되찾았다. 월요일엔 동네 슈퍼에서 채소를 샀고, 수요일엔 평생교육원에 갔다. 저녁을 먹고 설거지를 한 후엔 결명자차를 끓이며 텔레비전을 보았고 다 본 후에는 가스 불을 끄고 잤다. 모든 게 변함없었지만 그녀는 천변에는 한동안 나가지 못했다. 천변의 모든 풍경들이 그녀의 마음을 흔들어 놓았다.

무더위가 꺾이고, 태풍이 한차례 몰려오더니 일교차가 커지고, 나뭇잎들은 시들어 갔다. 딸과 사위는 날 수 있게 된 앵무새의 사진과 동영상을 이따금씩 그녀에게 보내 주었지만 그마저도 점점 뜸해졌다. 라디오를 들으며 대청소를 하던 그녀가 서랍장 안쪽에서 수필 쓰기 수업에 들고 다니던 노트와 강의 계획서를 발견한 것은 긴 시간이 흐른 후 어느 겨울의 일이었다. 내다 버릴 것들을 한데 모으다가 그녀는 마지막이란 생각으로 노트를 펼쳐보았다. 갈피에 끼어 있던 아주 작은 연노란 빛 솜털 하나가 그녀의 무릎 위로 떨어져 내렸다.

그날 밤 그녀는 평소처럼 텔레비전을 보다가 잠자리에 누웠지만 좀처럼 잠을 이룰 수 없었다. 잠이 오지 않아서 한참을 침대에 누워 뒤척이며 앵무새를 생각했고, 또 조금 더 많이 생각했다. 그러다 새벽 3시쯤 되었을 때 그녀는 자리에서 일어나 서랍장을 열었다. 그리고 미처 버리지 못한 노트를 꺼내어 식탁 앞으로 갔다. 커튼을 치지 않은 거실 유리창 너머로 고요함이 감도는 먹빛이 가득 들어찬 게 보였다. 마른 바람이 가늘어진 나뭇가지들을 흔들고 지나가는 소리만 간간이 들렸다. 그녀는 자리에 앉아 빈 페이지를 펼쳤다. 무언가가 쓰고 싶었지만 무엇을 써야 할지는 알 수 없었다. "마음을 들여다보세요." 강사는 수업 시간에 그렇게 말하곤 했다. 글을 쓰기 위해선 마음을 들여다봐야 한다고. 하지만 마음을 들여다보는 건 너무 무서운 일이지, 너무 무서워.

그녀는 식탁에 앉아 앵무새, 라고 써 봤다. 앵무새가 갔다, 라고 쓰려다 가 버렸다, 고 썼다. 앵무새가 가 버렸다, 는 문장을 보자 너무 고통스러워 그녀는 눈을 감아야 했다. 눈을 감자 주위가 캄캄해졌다. 어두운 강물 속처럼. 그녀는 길을 찾기 위해 물풀을 헤치는 사람처럼 눈을 감은 채 기억들 사이를 헤쳐 지나갔다. 그리고 마침내는 그 시절로 되돌아갈 수 있었다. 어디선가 갑자기 나타나 빼꼼 그녀를 바라보던 앵무새, 어깨에 올려놓으면 가만히 앉아 그녀와 같이 연속극을 보며 그녀의 목에 보드라운 부리를 비비던 앵무새, 화초에 물을 주기 위해 그녀가 양동이 가득 물을 담아 뒤뚱뒤뚱 걸어가면 그 뒤를 총총총, 발소리를 내며 따라오던 작고 작은 새가 아직 그녀에게 있던 시절로. 사람들은 알까. 잠에 들면 앵무새의 그 조그마한 발이 더 따뜻해진다는 걸. 그녀 옆에서 졸던 앵무새가 잠에서 깨어나 저만치 가 버린 뒤, 그녀가 주름진 손을 펼쳐 새가 앉았던 자리를 가만히 만져 본 적이 있었다. 마룻바닥은 새가 닿았던 자리만큼의 크기로 따스했다. 그러고 보면 그 시절, 그녀에게는 틀림없이 앵무새가 전부였다.

앵무새에게도 그녀가 전부였고.

어떻게 그런 일이 일어날 수 있었을까? 작지만 분명한 놀라움이 그녀의 늙고 지친 몸 깊은 곳에서부터 서서히 번져 나갔다. 수없이 많은 것을 잃어 온 그녀에게 그런 일이 또 일어났다니. 사람들은 기어코 사랑에 빠졌다. 상실한 이후의 고통을 조금도 알지 못하는 것처럼. 그리고 그렇게 되고 마는 데 나이를 먹는 일 따위는 아무런 소용이 없었다.

제23회 이효석문학상 · 우수작품상 수상작

# 아무도

위수정

©문학과지성사

1977년 부산에서 태어났다. 2017년 〈동아일보〉 신춘문예에 중편소설로 등단했고, 소설집 《은의 세계》가 있다.

어머니는 오지 않았다. 내가 수형과 별거하기로 했다고 통보했을 때 어머니는 놀란 눈을 했다가 입을 다물지 못하다가 이유를 물었다. 아니지. 놀란 눈이나 다물지 못한 입은 볼 수 없었다. 전화로 말했으니까. 그런데도 어머니의 표정이 기억에 남아 있는 것은…… 착각이겠지. 그때가 아니라 과거의 언젠가 보았던 표정이겠지.

아버지는 아마 어머니에게 들었을 것이다. 구체적인 이유는 수형에게 들었을 것이고. 며칠 후에 내가 집을 나와 원룸을 구해 이사하는 날, 아버지에게서 연락이 왔다. 짐도 많지 않았고 좋은 일로 하는 이사도 아니어서 아무도 부르지 않았다. 아버지는 주소를 물었고 나는 순순히 답했다. 아버지는 내게 많은 것을 묻는 사람이 아니었기에 무언가 물을 때면 그냥 넘어가기 힘들었다.

한참 짐 정리를 하고 있는데 초인종이 울렸다. 인터폰으로 아버지 얼굴을 보았을 때에는 작게 한숨을 쉬었다. 아버지는 크리스피크림

도넛 상자를 들고 서 있었다. 나는 웃지 않을 수 없었다. 아버지 당뇨 조심해야 되잖아. 내가 봉투를 받아 들며 말했다. 응, 대리 만족 하려고.

어머니는?

나 혼자 왔어.

아직도 화가 안 풀렸나 보네. 나는 도넛을 포장째 냉장고에 넣으며 말했다. 아니야, 스크린 골프 갔어. 그리고 아버지는, 희진아, 도넛 지금 먹어. 하나만 먹어. 나는 커피를 내려 아버지와 작은 테이블을 사이에 두고 마주 앉았다. 그렇게 작지는 않네. 아버지는 실내를 한번 둘러보고 말했다. 햇빛도 잘 들고. 잘 골랐어. 나는 고개를 끄덕이며 수긍했다. 회사 근처라서 좋아. 우리는 별 의미 없는 말들을 골라 대화를 이었다. 이번 여름은 너무 더웠는데 이제 곧 가을이고, 금방 연말이 되겠지. 올겨울에는 또 얼마나 추울까. 그러면서 나는 아버지가 본론을 꺼내기를 기다렸다. 정말 하고 싶은 말은 따로 있을 텐데. 맛있어? 포크로 도넛을 잘라 입에 넣는 내게 아버지가 물었다. 아버지도 한 입만 드실래? 아버지는 고개를 저었다. 한 조각은 괜찮지 않을까? 나는 포크로 도넛 조각을 찍어 내밀었다. 나는 아버지가 여전히 고개를 젓거나, 아니면 못 이기는 척 포크를 받아 들 줄 알았다. 그런데 아버지는 입을 벌렸다. 나는 좀 놀랐지만 아무렇지 않은 듯 아버지의 입에 도넛을 넣어주었다. 빵을 받아먹은 아버지는 금방 입맛을 다셨다. 이게 이렇게 달았냐. 아버지는 마치 쓴 것을 먹은 사람처럼 얼굴을 찌푸렸다. 속세의 맛이지. 나는 웃었지만 조금 슬펐고 그건 아버지도 마찬가지였을 거라 생각한다.

내가 이제 그만 가시라고 해도 아버지는 굳이 팔을 걷어붙이고 청소를 돕겠다고 나섰다. 여기 아버지가 도울 게 뭐가 있겠어. 나는 짜증을 숨기지 못했다. 그런데 아버지는 내 말이 들리지도 않은 것처럼 어디서 수세미를 찾아 들고 주방 타일을 닦기 시작했다. 이거만 닦고. 자세히 보니 지저분하다.

아버지는 부엌 청소를 마치고 화장실 청소를 한 후 짜장면과 탕수육을 주문해 이른 저녁까지 먹고 돌아갔다. 아버지는 남의 집에 오래 있는 사람이 아니었다. 부모님은 내가 사는 곳에 와도 간단하게 식사나 차를 함께한 후 서둘러 돌아가기 바쁜 사람들이었다. 그것이 그들이 생각하는 예의였다. 나는 이분이 오늘 왜 이러시나, 의아해하다가 나중에는 그냥 포기했다. 언젠가는 가시겠지, 하고.

아버지가 돌아간 후 나는 소파에 누워 잠이 들었다. 기묘한 꿈을 꾸었다고 생각했는데 눈을 뜨자마자 내용은 잊고 찜찜한 기분만 남았다. 실내는 이미 어두웠다. 간혹 자동차와 오토바이 지나가는 소리가 들렸다. 문득 내가 더 이상 수형과 살지 않는다는 사실이 실감되었다. 어제까지 수형과 같은 집에서 생활했는데 오늘은 이런 집에 홀로 누워 있다는 것이 낯설었다. 그냥 돌아갈까. 역시 잘못한 걸까. 그러나 물어볼 사람이 없었다. 불을 켜면 괜찮을 거야, 생각했지만 몸을 일으키지 않았고 한참을 그대로 누워 있었다. 그러면서 나는 수형이 아닌 다른 사람을 떠올렸다. 그 사람의 무엇이 아니라 그냥 그 사람 자체를. 마치 어떤 영화 속 캐릭터를 떠올리듯. 그것만으로도 시간이 잘 갔고 그러다 그와 나누었던 대화들, 말할 때의 표정, 웃음소리, 체온…… 그런 식으로 내가 점점 더 외롭고 고통스러워진다는 것을 이미 알고 있었다. 그러나 나는 생각을 그대로 두었다. 이러려고 집을 나온 거니까.

나는 일상을 살아갔다. 출근을 했고 회사에서 동료들과 함께 식사를 하고 잡담을 나누었다. 날씨에 대해, 아파트 시세와 요즘 잘 나가는 주식 종목에 대해, 지겨운 전염병에 대해, 살인 사건과 불륜에 대해. 인간 같지 않은 것들에 대해. 그러나 사랑에 관한 이야기는 나누지 않았다. 종종 야근을 했고 정해진 날짜에 월급을 받았다. 그리고 돈을 쓰는 데 성실했다. 경조사를 챙겼다. 세금을 내고 장을 보았다. 술과 안주를 샀다. 그러한 일상에서 수형을 떠올렸다. 수형과 지난 11년간 함께하던 일들이었으니까. 집을 나온 것을 잊고 무의식적으로 수형과 살던 집으로 가다가 돌아온 적도 있었다. 밤에는 홀로 술을 마시며 음악이나 영화를 틀어놓고 창밖이나 텔레비전 화면을 바라보았다. 그럴 때에는 수형이 아니라 그 사람을 생각했다. 친구를 만나지 않은 지는 꽤 되었다. 그들의 물음에 거짓말을 하고 싶지도, 솔직하게 말하고 싶지도 않았다. 제대로 된 말이라는 걸 할 마음이 없었던 것 같다. 아니, 말을 제대로 할 자신이 없었다는 편이 더 맞는 말이겠지.

문제는 주말이었다. 생각이 넘쳐흘러 무슨 짓을 저지를지 모르겠다는 두려움이 들었다. 그래서 술을 마셨다. 어느 주말인가, 밤새 술을 마시고 잠이 들었다가 눈을 떠보니 일요일 오후 3시였다. 겨우 몸을 일으켜 욕실 세면대 앞에 섰는데 코피가 났다. 코피를 보는 순간 현기증이 일어 주저앉았다. 나는 주저앉은 김에 한번 울기로 했다. 코피가 멈출 때까지 소리 내어 울었고 뜨거운 물로 샤워를 했다. 욕실에서 나와 집을 둘러보니 거대한 쓰레기통 안에 있는 기분이었다. 나는 천천히 청소를 시작했다. 그리고 쓰레기를 버리러 밖에 나갔다가 다시 집으로 올라가기가 싫어서 그대로 슬리퍼를 끌고 산책을 나갔다.

처음 달리기를 시작했던 밤을 기억한다. 금요일 밤이었고 내게는 똑같은 하루였다. 퇴근 시간이 가까웠을 때 아버지에게서 전화가 왔다. 받을까 말까 망설이는 사이 전화는 끊겼다. 나는, 일하는 중. 왜요? 라고 문자를 보냈다. 그러자 아버지는, 저녁 같이 먹을까? 엄마 모임 가서. 나는, 바쁜데, 라고 썼다가 지우고 시간과 장소를 정했다. 아버지는 집 근처의 한우 전문 식당에서 나를 기다리고 있었다. 아버지는 오늘 주식 단타로 50만 원을 벌었다며 꽃등심과 전골을 주문했다. 아버지도 어머니랑 같이 골프 다니지. 운동하셔야죠.

나랑 잘 안 맞아. 사람들이랑 몰려다니는 거.

어머니도 전에는 그랬던 거 같은데.

그랬지. 그런데 지금은 너무 좋아하니까. 엄마 거기서 버디순이로 통한다.

버디순이? 아버지는 싫지 않아?

뭐가?

아니, 거기 아저씨들도 많을 텐데.

나는 농담처럼 말했다가 아차 했다. 국자를 들고 끓지도 않은 전골을 괜히 저었다.

그럼 좋지 뭐.

나는 전골을 젓던 손을 멈추고 아버지를 바라보았다. 좋다고?

이 나이에 뭐. 즐겁게 살아야지.

아버지는 눈빛과는 다른 말을 하고 있었다. 아버지.

응?

아버지 백내장 있어?

응. 그런데 나도 운동해. 러닝. 몰랐나?

식사를 마치고 가게를 나선 후에도 아버지는 돌아가기 싫은 눈치였다. 아버지, 나 집에 가서 마저 일해야 해서. 아버지는, 그래, 그래, 하고 당연하다는 듯 수긍했다. 함께 걷다가 배스킨라빈스 간판이 보였고 아버지가 걸음을 멈추었다. 엄마 사다 줘야겠다. 나는 먼저 갈까 하다 마지못해 아버지를 따라 가게로 들어갔다. 아버지는 어머니 몫의 아이스크림을 주문하고는 내게도 골라보라고 했다. 괜찮다고 하는 내게 아버지는 굳이 작은 사이즈의 아이스크림 케이크를 포장해서 손에 쥐여주었다.

집에 돌아오자 피곤함과 졸음이 밀려와 소파에 누웠다. 수형은 내가 화장을 지우지 않은 채 누워 있으면 클렌징 티슈를 가져와 꼼꼼하게 얼굴을 닦아주곤 했다. 수형은 부지런했다. 성실한 사람이지, 수형은. 그리고 그 사람도. 나는 성실한 사람에게 끌리나. 수형의 손이 내 얼굴에 닿기를 기다렸다. 희진아, 방에 들어가서 자자. 수형은 화가 나 있었다. 우리는 목소리만 들어도 알았다. 나한테 화났어? 화났지? 그런데 나는, 미안하다고 말하기가 싫어. 그렇게 말하고 싶지가 않아. 수형은 대답이 없다가 나지막이 내 이름을 불렀다. 박희진.

임수형, 내 이름이 왜 희진인 줄 알아? 박태희와 정연진의 딸이라서 희진이래. 아버지와 어머니의 이름에서 한 자씩 따서 지었대. 징그럽지? 네 이름은 누가 지었다고 했지? 돈 주고 지었댔나? 나는 부모님의 얼굴을 떠올리며 자리에서 일어났다. 이것은 꿈도 현실도 아니었다. 밤 11시가 넘어가고 있었고 속이 더부룩했다. 좋아하지도 않는 소고기는 괜히 먹자 그래서.

나는 슬리퍼를 끌고 집을 나섰다. 편의점에서 소화제와 간단한 음료를 사서 밖으로 나와 몇 발짝 걷는데 빗방울이 떨어졌다. 비가 오는구나, 했는데 곧이어 굵은 빗줄기가 머리를 때렸다. 사람들이 뛰기 시작했다. 나는 굳이 뛸 필요가 없었지만 사람들을 따라 뛰기로 했다. 슬리퍼를 신은 데다 봉지까지 들고 있어서 속도는 나지 않았다. 마지막으로 뛰어본 적이 언제였더라. 잠깐 뛰었을 뿐인데 숨이 찼고, 그게 좋았다. 집에 들어와서 차가운 탄산수를 마셨다. 창밖으로 비가 세차게 내리는 것이 보였다. 휴대폰을 들어 그 사람에게 거의 한 달 만에 메시지를 보냈다. 우리는 서로 연락하지 않기로 했는데. 각자 생각해보기로 했는데. 상대가 연락이 없다면 정리한 것으로 이해하자고 했는데. 온 힘을 다해 참고 있었는데. 나는 안부를 썼다가 지웠다. 연락하지 않기로 했지만, 이라고 썼다가 또 지웠다. 그리고 주소만 보냈다. 나는 혼자 안절부절못하다가 운동화를 꺼내 신고 밖으로 나왔다. 휴대폰은 일부러 두고 나왔다.

나는 빗속에서 달리기를 했다. 동네를 돌아 나가면 남산 둘레길이 멀지 않았다. 늦은 시간인 데다 비까지 와서 인적이 드물었다. 나는 천천히 달리다가 숨이 차면 걷는 것을 반복했다. 그러다 전력 질주를 했다. 몸이 뜨거워졌고 전력 질주 후에 숨을 토해내는 순간이 괴로워서 좋았다. 달리는 동안에도 나는 그를 생각했다. 아니, 사실은 언제나 그를 생각했다. 그를 생각하거나, 그를 생각하지 말아야 한다는 생각을 하거나. 둘 중 하나였으니까. 집으로 돌아가면 그에게 답이 와 있을까. 집으로 돌아오는 길에 비는 멈추었다. 서울에는 이제 장마가 없어. 스콜만 있지. 다들 그렇게 말했다. 차가운 바람이 이마를 식혀주었다. 빌라 계단을 올라가는데 몸이 떨렸다. 이제 여름이 끝났다는 것을 알았다.

집에 도착하자마자 휴대폰을 켜보았다. 메시지가 와 있어서 심장이 뛰었다. 그러나 그건 아버지에게서 온 문자였고 나는 기운이 쏙 빠졌다. 잘 들어갔지? 비 한번 대차게 온다.

노인네가 잠도 없이. 속으로 아버지에게 욕을 했다. 번지수가 잘못되었다는 걸 알았지만 상관없었다. 아버지에 대한 원망의 힘으로 샤워를 하고 술을 마셨다. 동병상련. 의식적으로 피하고 싶었던 그 오래된 단어를 결국에는 끄집어냈다. 아버지는, 나를 그렇게 생각하는 거겠지. 그런 짐작이 확신이 되었고 나는 이해할 수 없는 혐오감에 사로잡혀 쉽게 진정하지 못했다. 소주를 맥주 컵에 따랐다. 내가 소주 두 병을 비울 때까지 그에게서는 아무런 연락이 없었다. 주소를 알려주었지만 당장 그가 오리라고 기대하지 않았다. 다만, 한마디라도. 거절의 말이라도 괜찮은데. 뜬금없이 주소를 보낸 내 잘못인가.

고등학교 1학년 때였다. 나는 아버지가 다른 사람과 함께 있는 것을 본 적이 있다. 시험 기간이 끝나 부모님 몰래 학원을 빼먹고 친구들과 쇼핑몰에서 영화를 보고 집으로 가던 길이었다. 〈해피투게더〉. 장국영은 여자보다 더 예뻐. 야, 엉덩이 잡는 거 봤지. 둘이 진짜 사귀는 거 같지 않냐. 장국영 게이래. 이런 말들을 나누면서. 그러다 나는 아버지를 보았다. 아버지의 뒤통수와 어깨를, 그 낯익은 자세를. 아버지 옆에는 여자가 있었다. 여자가 얼굴을 돌렸고 순간 나는 낯선 얼굴을 보았다. 그 환한 표정을. 나는 반사적으로 아버지를 피했다. 피했다고는 하지만 고작 고개를 돌렸을 뿐이었다. 친구들은 수다를 떠느라 정신이 없어서 나의 당황한 모습을 보지 못했다. 그 찰나의 순간 나는 아버지가 몸을 돌려 나를 발견하는 일이 없기만을 간절히 바랐다. 둘은 대로변에 서 있었다. 손을 잡거나 팔짱을 낀 것도 아닌데 의외의 장소에서 아버지를 보았다는 것이, 그 여자가 어머니가 아니라는 사실이, 민소매 원피스에 긴 머리의 젊은 여자라는 사실이 내게는 충격이었다. 나는 옆 친구의 어깨에 가능한 한 얼굴을 숙인 채 둘을 지나쳤는데 한참 걸어가서도 뒤돌아볼 수가 없었다. 아버지와 눈이 마주칠까 봐. 그대로 서서 당황한 얼굴로 나를 보고 있을까 봐. 그날 아버지는 자정이 넘은 시간에 돌아왔다. 어머니는 아버지가 회식으로 늦는다고 무심하게 말했다. 그즈음 어머니는 밤에 잠이 잘 안 온다고 했다. 밤만 되면 몸이 뜨겁다고. 이유 없이 화가 난다고. 정말 이유가 없어? 내가 조심스레 물었다. 엄마는, 응. 진짜로. 그냥 아무 생각도 안 나고 다 싫어.

아버지는 언제나 단정했다. 술에 취해서도 실없는 소리를 하지 않았고 회사에서 성실하게 돈을 벌어왔다. 여름휴가가 되면 우리는 매년 함께 여행을 다녔다. 내가 그 장면을 목격한 이후로도 아버지는 똑같은 모습이었다. 어머니와 간혹 다투기는 했지만 함께 걸을 때면 어머니는 언제나 아버지에게 팔짱을 꼈고.

나는 종종, 아버지와 여자가 함께 서 있던 장면을 떠올렸다. 그리고 납득하려고 애썼다. 그저 회사 부하 직원이거나 우연히 만난 대학 후배거나. 내가 너무 어려서 뭘 잘 몰라서 오해한 거라고. 어른들의 생활을 몰랐을 때니까. 한동안 예민했던 나도 대학을 가고 연애를 하면서 부모님의 삶에 점점 무심해졌다. 그러나 간혹, 아빠, 그때 그 여자 누구야? 하고 천진한 눈빛으로 물어보고 싶은 마음이 들었다. 하지만 나는 결국 묻지 못했다. 손을 잡지 않았어도, 그저 나란히 서 있기만 했어도 그 둘이 평범한 관계가 아니라는 걸 나는 본능적으로 알았던 것 같다. 차라리 그때 아빠, 여기서 뭐해, 라고 말할걸. 같이 집에 가자고 할 걸, 하고 후회도 했다. 왜 나는 그때 내가 잘못한 것 마냥 숨기 바빴을까. 그러다가도, 아니야, 내가 오해하는 걸 거야, 하며 고개를 흔드는 것의 반복.

시간이 흐르면서 나는 엄마, 아빠라는 말 대신 어머니, 아버지라는 호칭을 쓰기 시작했다. 그렇게 부르는 것이 편한 나이가 되었다.

술에 취해 깜빡 잠이 든 나는 꿈에서 수형을 만났다. 수형은 땡볕에서 땅을 파고 있었다. 바지를 무릎까지 걷어 올렸고 맨발이었다. 자기 거기서 뭐 해? 내가 묻자 수형이 나를 돌아보며 말했다. 개구리가 없어. 개구리가. 수형의 손에 갈색 개구리가 들려 있었다. 그건 개구리 아니야? 내가 물었다. 이거, 이거는 맹꽁이야. 저거는 두꺼비고. 개구리를 찾아야 하는데, 없어. 수형은 절박하게 말하며 맨손으로 맹렬하게 진흙 더미를 뒤졌다. 나는 수형이 장난을 친다고 생각했다. 나를 놀리는 거라고. 그래서 웃을 준비를 하고 있었는데 수형이 너무 간절해 보였다. 자기 덥지 않아? 땀이 너무 많이 나는데. 수형은 내 말이 들리지도 않는 듯, 없어, 이것도 아니야. 개구리가 없어, 라는 말만 반복했다. 나는 그를 도와주려 자리에서 일어났다. 개구리는 뭐 하려고? 물어보려는데 현기증 때문에 다시 자리에 주저앉았다. 땅이 빙글빙글 돌았다. 나는 안간힘을 써서 그에게 몇 발짝 다가갔다. 자기야, 나 너무 어지러운데. 걸을 수가 없는데. 나 좀 봐봐, 수형 씨. 그러나 수형은, 개구리가 없어, 개구리가.

눈을 떴을 때, 나는 개구리를 잊었다. 두꺼비나 맹꽁이도. 다만 어떻게 꿈에서 그렇게 어지러울 수 있는 것인지, 물리적으로 어지러움을 느낄 수 있는 것인지 의아했다. 무슨 병에 걸린 게 아닐까. 뇌에 문제가 생긴 건가. 그런데 현실의 나는 숙취로 인한 두통과 갈증으로 괴로웠다. 누가 물을 좀 가져다줬으면. 애드빌 한 알도. 수형 씨. 남편을 불렀다가 천천히 몸을 일으켰다. 이럴 때에 수형이 떠오르는 건 어쩔 수 없는 건가. 관성이란 집요한 것이어서 항상 함께였던 이가 없을 때 느끼는 허전함이 때때로 고통스러웠다. 그러나 나는, 이러려고 나온 것이니까.

새벽빛이 희미하게 거실을 밝히고 있었다. 나는 두통약이 없다는 것을 깨달았다. 냉장고를 열어 물을 찾는데 물도 없었다. 있는 게 없네, 있는 게 없어. 이런 걸 집이라고 할 수 있어? 나는 홀로 중얼거렸다. 물은 냉장고가 아니라 식탁 위에 있었다. 미지근한 물을 달게 마신 후 식탁 의자에 앉아 멍하니 벽을 바라보았다. 그 사람에게도 아이가 있다. 큰아이가 중학생이라고 했던가. 아이가 있다는 건 어떤 느낌일까. 그는 아내의 질에서 자신의 DNA를 받은 아기가 나오는 장면을 보았을까. 탯줄을 자르며 피냄새를 맡았을까. 두려웠을까. 함께 손을 잡고 감격했을까. 나도 당신과 공유할 무언가가 있으면 좋겠다. 우리 둘만이 가질 수 있는 것. 우리가 나누었던 말들이나 미소나 잠깐의 체온 같은, 각자의 기억 속에서 변형되는 그런 것 말고. 둘 중 하나가 잊으면 증명 불가능한 그런 것 말고. 눈에 보이고 만질 수 있는 무언가를. 나도 그런 걸 갖고 싶다. 나도.

머리는 무거웠고 차가운 게 먹고 싶었다. 입안이 얼얼할 정도로 차가운 것. 나는 습관처럼 냉동실 문을 열었다. 얼음을 얼려놨던가. 얼음이 있을 리가 없겠지. 이런 걸 집이라고 할 수가…… 그런데 아까 아버지가 사 준 아이스크림 케이크 상자가 보였고, 그제야 그게 선물처럼 여겨졌다. 나는 아이스크림 상자를 꺼냈다. 핑크색 리본을 풀고 스티로폼 상자를 열었는데 하얀 김이 올라왔다. 하트 모양의 작은 케이크가 보였다. 나는 케이크를 꺼내기 위해 손을 넣었다. 시원하다고 생각하는 순간 손등이 따끔했다. 드라이아이스가 아직 남아 있었던 모양이었다.

나는 조리대 앞에 선 채로 아이스크림을 퍼먹었다. 너무 차가워서 머리가 찌릿했지만 아이스크림을 입안으로 계속 밀어 넣었다. 달고 차가운 것이 이렇게 좋을 때도 있구나. 그러나 연달아 서너 스푼을 삼켰더니 얼얼함 때문에 맛이 잘 느껴지지 않았다. 그래도 나는 인상을 쓴 채로 꾸역꾸역 아이스크림을 다 먹어치웠다. 혀와 목구멍이 마비된 듯했다. 수형과 나는 아이스크림을 즐기지 않았다. 아이스크림을 사본 것이 언제인지 기억나지 않을 정도로. 그런데 아버지는 아직도 내가.

어릴 때 부모님과 투게더 같은 걸 나눠 먹은 기억이 있다. 어머니는 체리쥬빌레를 좋아했지. 아버지는 주로 사 오는 역할을 담당했고. 아버지는 약속도 잘 지키는 편이었다. 그러나 적극적인 사람은 아니었다. 어머니가 그런 말을 하는 것을 간혹 들은 적이 있다. 사람이 뭐랄까, 믿을 만은 해요. 그런 남자 잘 없어. 아니, 남자건 여자건 잘 없잖아요? 그게 중요해. 성실하고. 간혹 입 꾹 다물고 있을 때는 열불 나긴 하지만.

어머니가 말한 믿을 만한 사람이라는 건 어떤 의미였을까? 거짓말을 하지 않는다? 아니면, 엉뚱한 짓을 하더라도 완전무결하게 숨기고 어떤 상처도 주지 않을 사람이라는? 떠나지 않을 거라는? 그렇다면 아버지는 어머니와 가장 가까웠을까. 믿었을까. 깊이 사랑한다고. 그런 것만이 진정한 사랑이라고. 그 사람도 자신의 아내와? 그렇다면 나와 수형은? 깊은 관계라는 건 오래 함께 살아 서로 손을 놓지 못하는 사이를 말하는 건가. 그 익숙함의 관성에서 벗어날 수 없게 되는 걸까. 거울 속의 나처럼 당연히 보여야 하는 존재로서. 안온한 일상의 풍경으로서…… 아직 술이 덜 깼나. 상자 안에서 하얀 김이 스멀스멀 올라오는 것이 보였다. 나는 상자 안에 손을 넣었다. 그리고 종이 봉지를 손에 쥐었다. 조약돌만 한 것이 잡혔다. 손바닥이 서늘하게 차갑다가 따끔한 통증이 느껴지는가 싶더니 금방 뜨거워졌다. 입술을 깨물며 참아보았다. 그러나 어느새 손바닥이 찢어지는 것처럼 아팠고 그제야 급히 손을 뺐는데 드라이아이스 봉지가 손에 붙어 떨어지지 않았다. 나는 싱크대로 가서 물을 틀어 손을 담갔다. 봉지는 물에 닿아도 금방 떨어지지 않고 하얀 연기만 천천히 뿜어냈다. 이러다 손을 못 쓰게 되는 건 아닌가 두려웠다. 그러나 봉지는 잠시 뒤에 떨어져나갔고 손바닥이 붉게 부풀어 올랐다. 너무 아파서 신음이 나왔다. 기묘하게도 두통은 사라졌고 믿음이니 사랑이니 하는 생각도 들지 않았다. 오로지 손바닥의 통증만이 나를 지배했고 나는 그 통증 때문에 울었다. 서랍을 뒤지며 구급상자를 찾았다. 집을 나온 후 처음으로 정상적인 생활인이 된 기분이었다. 발바닥에 닿는 바닥의 감촉이 비로소 실감되는.

다음 날에도 통증 때문에 잠에서 깼다. 드라이아이스가 닿았던 부분이 벌겋게 물집이 잡혀 주먹을 쥘 수가 없었다. 나는 옷만 대충 챙겨 입고 근처 병원을 찾았다. 나이가 지긋한 의사는 내 손을 보고도 아무런 표정의 변화가 없었다. 그 표정을 보자 나도 마음이 가라앉았다. 통증도 줄어든 것 같았다. 모르고 드라이아이스를 잡았어요. 의사는, 소독합시다. 그리고 드레싱을 시작했다. 소독액이 닿았을 때는 반사적으로 움찔했다. 그래도 화상에 비해서는 덜 아플 거예요. 조직이 이미 좀 죽어서.

죽었어요? 그런데 이게 화상이 아니라구요? 엄청 뜨거웠는데.

이건 동상. 뭐, 증상은 비슷한데.

되게 뜨거웠는데. 불에 덴 것처럼.

그게, 너무 차가워서 뜨겁다고 느끼는 겁니다.

얼마나 갈까요?

좀 걸립니다. 어떻게, 오래 잡고 계셨나 봐요.

네?

항생제 드시고 드레싱 받으러 서너 번 더 오세요.

의사는 대수롭지 않다는 듯 말했다. 진료실을 나오다 나는 의사에게 물었다. 흉 질까요? 의사는 키보드를 두드리다 말고 나를 바라보았다. 감염 안 되게 조심하세요.

삼키면 죽나요? 내 말에 의사의 미간이 살짝 찌푸려지는 것을 보았다.

일단 구강에서 붙어버립니다.

나는 고개 숙여 인사를 하고 진료실을 나왔다.

수형의 어머니 생신 기념 식사 모임이 다음 주 주말에 있었다. 수형이 자신의 식구들에게는 별거 사실을 알리고 싶지 않다고 했었고 나는 동의했다. 시간이 지나도 내 마음에 변함이 없다면 그때 가서 알려도 좋지 않겠냐고 말하는 수형에게 그마저도 싫다고 할 수는 없었다. 그래서 중요한 가족 모임에는 함께 참석해야 했다. 그것까지 계산에 넣지는 못했는데.

수형은 집 앞에서 기다리고 있었다. 내가 조수석에 타자 수형이 웃으며 말했다. 오랜만이네. 나도 그를 따라 웃었다. 응, 그렇네. 그러나 우리는 서로의 눈을 제대로 쳐다보지 못했다. 나는 그에게 잘 지냈냐고 물으려다 입을 다물었다. 어색한 공기가 우리 사이를 맴돌았다. 서로 말을 고르는 동안 떠도는 잠깐의 침묵이 낯설었다. 수형은 말끔한 슈트를 입고 있었지만 얼굴이 까칠했다. 손을 들어 그의 얼굴을 쓰다듬고 싶었는데 그럴 수가 없었다. 가자. 내가 짐짓 밝게 말했고 그는 고개를 끄덕였다.

손은 왜 그래?

밴드를 붙인 손을 본 수형이 물었다. 어, 좀 데었어.

어쩌다?

응, 그냥…… 근데 자기, 너무 차가워도 불에 덴 것처럼 뜨거운 거 알아? 그걸 구분을 못한대, 우리가.

드라이아이스?

아네.

알지. 그런데 어쩌다?

어쩌다.

나는 수형에게 무의식적으로 자기, 라고 한 게 마음에 남았다. 우리는 식당에 도착할 때까지 별다른 대화를 나누지 않았다. 식당에는 이미 수형의 어머니와 여동생 부부가 우리를 기다리고 있었다. 수형의 어머니는 은빛 원피스를 입고 테이블 중앙에 앉아 우리를 맞았다. 어머님, 생신 축하드려요. 아가씨도 잘 지내셨죠? 나는 반가운 얼굴로 인사를 건넸다. 고맙다. 수형의 어머니는 웃으며 우리 둘의 얼굴을 살폈다. 일이 힘들지. 올여름 너무 더웠어. 응, 엄마. 너무 더웠지. 수형이 대답했다. 서은이는 안 왔어? 수형이 동생 부부에게 물었다. 이제 중 3이라고 사적으로 바쁘시대. 그래도 외숙모한테 꼭 안부 전해주라고. 서은이가 올케언니 좋아하잖아. 나는 웃는 것 말고는 할 게 없었다. 그래도 할머니 생신인데. 수형이 말했고 수형의 어머니는, 며칠 전에 집에 왔었어. 생일이 뭐 대수라고. 요즘 세상에. 수형이 너는 희진이 잘 좀 멕여야겠다. 하나밖에 없는 내 며느리 얼굴이. 참, 안사돈한테 선물 고맙다고 전하고.

나는 그렇게 임수형 가족의 일원으로서 식사를 했다. 전에는 당연하게 받아들였던, 나를 부르는 다양한 호칭이 이토록 견고하게 나를 묶고 있었다니. 싫다는 마음은 없었다. 다만 하나씩 다르게 불릴 때마다 나는 나로부터 조금씩 멀어졌다. 나의 생활과 나의 마음이 이렇게나 서로 멀 수도 있구나, 생각하며 그들과 함께 있는 동안 밝은 얼굴로 앉아 있는 나를, 또 다른 내가 무감하게 바라보고 있었다. 나는 나를 잊고 싶었다. 고개를 돌려 수형을 보았다. 그는 여전히 나와 눈을 맞추지 않았다. 그도 나와 비슷한 마음일까. 그렇겠지. 나는 미안

함과 죄책감을 느꼈다. 그러나 사과를 하는 대신 나는 웃기로 했다. 어머님, 오늘 너무 멋지세요. 나는 수형의 어머니에게 할 수 있는 가장 밝은 목소리로 말을 걸었다. 이러려고 여기 온 것이니까.

모임이 끝난 후, 수형은 나를 집 앞까지 바래다주었다. 오늘, 고마웠어. 수형이 말했다. 이런 건 아무것도 아니야. 내 말에 그가 나를 바라보았다. 아무것도 아니라니?

알잖아. 중요해 보여도 실은 아무것도 아니라는 거. 어려운 것도 아니고.

……그래도 나는 좋았어. 고맙고.

네가 고마울 일이 아니야. 약속을 못 지킨 건 나니까.

약속? 무슨 약속?

결혼했잖아. 우리가.

아…… 희진아. 그거야말로 정말 아무것도 아니야. 아무것도.

9월 말이 되자 달리기하기 좋은 날씨가 찾아왔다. 나는 밤이 되면 달리기 위해 나갔다. 처음에는 뛴다고 하기에도 민망한 수준이었는데 점점 뛰는 시간이 늘어났다. 폐가 아플 정도까지 뛰다가 멈춰 서서 숨을 내뱉는 그 순간이 기다려졌다. 집에 돌아와 샤워를 하고 맥주 한잔을 마시면 잠이 잘 왔다. 내가 달리기를 한다는 사실을 안 아버지는 러닝화를 사들고 찾아오기도 했다. 내 발 사이즈는 어떻게 아셨어?

엄마가 알던데? 아버지는 이번 주에 함께 러닝을 할 수 있는지 물었다. 나는 바로 답하지 못했다. 그러나 아버지 역시 많은 망설임 끝에 꺼낸 말이라는 것을 알았다. 너 바쁘면 됐고. 아니 거기 코스가 좋다고들 그래서.

약속한 날이 되었고 아버지는 트레이닝복에 러닝화 차림으로 차에서 내렸다. 소위 가을장마로 불리는 시즌이라 전날에는 하루 종일 비가 내렸다. 여름 장마는 완전히 없어진 거 같은데. 우리는 산책로를 향해 천천히 걸었다. 비가 내린 다음 날이라 한층 더 선선한 바람이 불었다. 나는 그냥 내 맘대로 뛰어요. 아버지는 답답할 수도 있어. 산책로에 다다라 우리는 함께 달리기 시작했다. 시간이 지날수록 우리는 말이 없어졌고 각자 내뱉는 숨소리만 들렸다. 아버지는 잘 달렸다. 달리는 모습을 보면 노인 같지 않았다. 아버지는 자신의 나이를 어떻게 느낄까. 믿기지 않겠지. 결국 우리는 자신이 믿을 수 없는 나이에 들어서게 되니까. 예외 없이. 나는 아버지의 뒷모습을 보며 뛰었다. 기온은 높지 않았지만 달리다 보니 금방 땀이 났다. 나는 이미 숨이 턱까지 차서 한계에 도달했는데 나 때문에 아버지의 달리기를 멈추게 하고 싶지 않았다. 그러나 더 이상 숨을 쉴 수 없을 것 같은 순간이 왔고 나는 최대한 소리를 내지 않으려 애쓰며 천천히 멈춰 섰다. 아버지는 조금씩 멀어져갔고 나는 아버지의 모습을 바라보며 힘겹게 숨을 토해냈다. 아버지, 돌아보지 말고 뛰어. 계속 가세요. 멀리. 나는 속으로 간절하게 외쳤다. 그러나 아버지는 금방 뒤돌아보았고 나를 향해 뛰어왔다.

내 앞에서 아버지는 제자리 뛰기를 하며 웃었다. 아버지 대단하다. 내가 여전히 헐떡이며 말했다. 너도 생각보다는 괜찮네. 아버지는 규칙적으로 숨을 내쉬었다. 우리는 천천히 걸어 산책로를 내려왔다. 너도 스마트 워치를 사. 아버지는 자신의 시계를 보여주며 우리가 얼마나 달렸는지 알려주었다. 3.9킬로미터, 31분. 고작 30분 지났다고? 와, 말도 안 돼. 그런데 아버지는 좀더 뛰어야 하지 않아? 그러나 아버지가 혼자 달릴 거라는 생각은 들지 않았다. 확실히 여기 공기가 좋네. 아버지는 스트레칭을 하며 말했다. 아버지가 다음에도 함께 달리자고 하면 어쩌나, 어떻게 거절을 하나 생각하다가, 아버지 동네도 공기 좋은데 뭐. 나는 겨우 그런 대답으로 내 본심을 전했다.

달릴 때는 몰랐는데 걷다 보니 화단에서 기어 나온 지렁이들이 곳곳에 눈에 띄었다. 나는 지렁이를 밟지 않기 위해 바닥을 보며 걸었다. 지렁이들은 더듬이 같은 그런 센서가 없나 봐. 왜 이렇게 기를 쓰고 죽으려고 나오는 걸까. 멍청하게 엉뚱한 데로 계속 가잖아. 내가 속상하다는 듯 말하자 아버지가 웃었다.

너, 어릴 때 기억 안 나? 지렁이 보이면 소금 집어다가 뿌렸어.

내가?

응. 소금 뿌리면 지렁이가 아주 난리를 치면서 죽잖아.

그렇지. 맞아. 내가 그랬어.

넌 그게 재밌다고 비 온 뒤에는 매번 소금을 집어서 밖에 나가기 바빴어.

왜 안 말렸어?

걱정했지. 애가 왜 저렇게 잔인한가. 우리가 잘못 가르쳤나, 하고.

그런데 엄마가 그냥 두라더라고.

엄마가?

응. 엄마가.

아버지는 어머니 말을 잘 듣네.

아버지는 집에 들르겠다는 말 없이 바로 차를 타고 돌아갔다. 나는 아버지의 차가 시야에서 사라질 때까지 서서 지켜보았다. 주스라도 한잔하고 가시라고 했어야 했나.

그 사람에게서 연락이 온 것은 그로부터 며칠 뒤였다. 아직도 그 주소가 유효한 거냐고 물었다. 나는 그렇다고 답했다. 그는 마지막으로 보았을 때와 변함없는 모습이었다. 마치 우리 사이에 아무 일도 없었다는 듯 웃으며 인사했다. 집이 아늑하고 예쁘네요.

나는 그가 가져온 와인을 땄다. 술을 마시며 우리는 그간의 안부를 묻고 각자의 회사 생활과 최근에 본 영화와 전염병의 추이와 전기 차와 북극곰에 대해 이야기를 나누었다. 사랑에 관한 이야기는 하지 않았다. 나는 취기가 돌았고 어느 순간 그가 도대체 여기서 왜 이런 말들을 하고 있는 것인지 의아해졌다. 나는 말을 하는 그의 입술을 바라보았다. 희진 씨, 취했어요? 그가 물었고 나는 시선을 옮겨 그의 눈을 보았다. 안 취했다고 말하면 취한 건가요. 그는 또 웃었다. 여기에 왜 왔어요?

나도 모르겠어요.

이제, 어떡할까요?

희진 씨, 나는…… 아내를, 가족을, 사랑하거든요.

그래서요?

나는 자리에서 일어났다. 어지러웠다. 내가 테이블을 잡은 채 눈을 감고 서 있자 그가 다가와 나를 잡았다. 괜찮아요? 나는 그의 얼굴에 손을 대어보았다. 우리 섹스할래요? 나의 말에 그의 눈빛이 흔들렸다. 머뭇거리는 그에게 입을 맞추었다. 그의 혀가 내 입술에 닿았다. 나는 입술을 뗐다. 나는 이러려고 집을 나온 거예요. 그런데, 왜 나를 볼 때마다 아내 얘기를 하는 거죠? 그건 당신 아내한테 해야 하는 말이잖아요.

나는 그의 상처받은 얼굴을 보았다. 한참 후에 그가 입을 열었다.

희진씨, 나는 1999년으로 돌아가고 싶어요.

낙엽이 지나 했는데 어느새 눈이 내리고 있었다. 손바닥의 상처는 갈색 흉터를 남겼지만 크게 거슬리지는 않았다. 시간이 지나면 점점 희미해지겠지. 나는 중고 마켓에서 스마트 워치를 샀고 달리기를 계속했다. 저렴한 가격에 샀다고 좋아했는데 시계 기능만 정상이었다. 어느 날에는 9.1킬로미터를 23분에 뛰기도 했고 심박수가 8bpm으로 표기되는 날도 있었다. 처음에는 화가 났는데 나중에는 그게 재미있었다. 어제는 우사인 볼트로 오늘은 좀비가 되어 달렸다. 홀로 달리기를 할 때면 간혹 아버지와 뛰던 날이 생각났다. 아버지는 얼마 전 백내장 수술을 받았고 아버지가 회복하면 어머니 차례라고 했다. 어머니는 가끔 반찬을 가지고 아버지와 함께 집에 들렀다가 언제나 그랬듯 금방 떠났다. 그런데 그날은 어머니 혼자였다. 근처 백화점에서 쇼핑을 하고 잠깐 시간이 났다고 했다. 주말인데 왜 매번 집에 있니. 어머니는 쇼핑백 하나를 내게 건네며 말했다. 주말이니까 집에서 쉬어야지.

너 연애하려고 나온 거 아니었어?

나는 아무 대답도 하지 못하다 쇼핑백 안을 들여다보았다. 이건 뭔데?

속옷. 예쁘더라고. 내 거 사면서 네 거도 샀어. 쇼핑백 안에는 검은색 레이스 속옷이 들어 있었다. 사이즈 안 맞거나 맘에 안 들면 교환해.

고마워요. 그런데, 이런 비싼 속옷은 좀 아깝다.

나이 들수록 기분 전환이 쉽지 않잖아. 돈 좀 써야지 뭐. 이쁘지? 어머니는 속옷을 꺼내 들어 보였다. 난 아직도 이런 게 좋더라.

어머니 좋으면 됐지 뭐.

그렇지? 너도 너 좋은 걸로.

응?

그거, 맘에 안 들면 바꾸라고. 2주일인가, 하여간 그 안에 교환해야 돼. 그리고, 수형이 저렇게 내버려두지 마. 아예 이혼을 하든가, 아니면 얼른 들어가든가. 너도 참. 그렇게 계산 없이.

어머니, 난 누굴 닮은 걸까?

나도 모르겠다. 근데, 누굴 닮았으면 뭐.

어머니는 피곤하다는 듯 길게 하품을 하고 머리를 매만졌다.

어머니가 돌아간 후 혼자 밥을 먹었다. 그 사람 생각을 하다가 정작 문자는 수형에게 보냈다. 이따 밤에 같이 아이스크림 먹을까? 그리고 한참 뒤 트레이닝복으로 갈아입고 밖으로 나갔다.

바깥 공기가 찼다. 나는 산책로에 들어서기 전부터 천천히 달리기 시작했다. 이렇게 달리다 보면 차가운 바람이 시원하게 느껴지는 순간이 찾아온다. 나도 이제는 그것을 안다. 이 계절에는 비나 눈이 내린 다음 날에도 지렁이는 나오지 않는다. 지렁이들은 땅속에서 잠을 자는 걸까. 공간 감각은 떨어져도 기온에는 예민한 건가. 나는 산책로에 진입해 속도를 높였다. 간혹 낯익은 사람들이 보였다. 비슷한 시간대에 매일 달리기를 하는 사람 몇몇이 있다. 그들도 내가 눈에 익겠지만 우리는 서로 알은척을 하지 않았다. 그게 좋았다. 한참을 뛰고 있는데 수형에게서 메시지가 왔다. 뭐 사 갈까? 나는 그 답을 보고 미소 지었던가. 아몬드봉봉. 체리쥬빌레는 별로야.

나는 20분 정도를 더 달린 후 몸을 돌려 집으로 향했다. 3분의 1쯤 내려왔을 때 하늘에서 진눈깨비가 떨어지기 시작했다. 작고 차가운 것이 얼굴에 부딪혔다. 나는 뛰기를 멈추었다. 산책로 옆으로 난 길에 벤치가 보였다. 그곳에 가서 앉았다. 옆에 누군가 있으면 좋겠다는 생각이 들었다. 그게 수형은 아니라는 사실이 슬펐다. 그래서 나는 눕기로 했다. 그런 생각이 들지 않도록. 누워보니 야외 벤치에 누워본 적이 한 번도 없었다는 것을 깨달았다. 땀이 났던 등이 차갑게 식었다. 얼굴로 진눈깨비가 점점이 떨어졌다. 나는 눈을 뜬 채, 물도 얼음도 아닌 것이 떨어지는 것을 바라보았다. 밤은 어둡지만 아예 깜깜하지는 않구나. 언젠가, 노숙인이 되어도 좋겠다는 생각을 한 적이 있다. 아무에게도 말하지는 않았다. 중2병이라거나 배부른 허무주의자라는 비난을 받았겠지. 여전히 나는 노숙인의 삶을 간혹 상상한다. 집이 없는 사람이 되어 아무거나 먹고 아무나와 자고 아무것도 소중한 것이 없는 상태를. 안온한 일상이 존재하지 않는 나날을. 친구와 가족과 이름을 버리고. 집착도 사랑도 모르는. 그렇게 죽음에 노출되어 하루하루 연명해가는 삶을. 결코 자살은 하지 않고. 나는 눈을 감았다. 눈을 감았는데도 입에서 나오는 하얀 입김을 보고 있는 기분이었다. 점점이 떨어지는 진눈깨비도. 물도 얼음도 아닌……

어우, 깜짝이야!

놀라는 낯선 목소리에 나는 반사적으로 몸을 일으켰다. 내 앞에는 연인으로 보이는 젊은 남녀가 눈만 동그랗게 내놓고 서 있었다. 죄송합니다. 나는 자리에서 일어나며 사과했다. 괜찮으세요? 여자가 물었고 나는 네네, 하고 등을 돌려 걷기 시작했다. 와 씨바 존나 놀랐네. 야, 조용히 해. 들리겠다. 하는 말을 들으며. 그런데…… 내가 왜 사과를……

수형의 차가 라이트를 켠 채 주차장에 서 있었다. 내가 다가가 창문을 두드리자 수형이 고개를 돌려 나를 보았다. 수형은 아이스크림 봉투를 들고 차에서 내렸다. 많이 기다렸어? 전화기가 맛이 가서. 나는 시계를 들어 보였다. 얼마 전에 중고로 샀는데 사기당한 거 같아. 그걸 왜 중고로 사. 내가 새 거 하나 사 줄게. 와, 멋지다. 그런데 이제 필요 없어. 이런 대화를 나누며 우리는 마치 함께 사는 사람들처럼 집으로 올라왔다.

수형은 첫 방문임에도 어색한 기색 없이 나를 따라 실내로 들어섰다. 그러나 나는 그가 긴장을 숨기고 있다는 것을 알았다. 별거한 지 4개월째 접어들고 있었다. 수형은 내가 옷을 갈아입고 샤워를 하는 동안 손수 아이스크림 포장을 풀어 식탁 위에 세팅했다. 마치 자신에게도 당연히 허락된 공간이라는 듯. 손은 좀 어때? 그는 나의 손을 잡고 손바닥을 살폈다. 희미하지만 남아 있는 흉터를 보고 수형은 혀를 찼다. 그리고 싱크대에 물을 받아 아이스크림 포장에 들어 있던 드라이아이스를 버렸다. 그런데 갑자기 아이스크림은 왜? 날도 쌀쌀한데.

몰라. 이상하게 차가운 게 가끔 먹고 싶더라고. 나이 드니까 체질도 변하는 건지.

우리가 그런 나이인가. 수형은 스푼으로 아이스크림을 떠서 내게 내밀었다. 나는 스푼을 받으려다 입을 벌렸다. 수형은 피식 웃으며 아이스크림을 먹여주었다. 자기도 먹어. 수형은 고개를 끄덕이고는 새 스푼을 들어 아이스크림을 떴다. 정말 오랜만이네. 수형이 말했고 우리는 한동안 말없이 아이스크림을 먹었다. 그래봤자 고작 두 세 스푼이었지만. 나는 아이스크림을 입안에서 천천히 녹여 먹었다. 그러다 어느 순간 오한이 들었다. 찬 것을 먹어 추운가 했는데 목덜미와 관자놀이 부근이 점점 뜨끈해지기 시작했다. 근데 나, 열나는 거 같아. 수형이 망설임 없이 손을 뻗어 내 이마를 짚었다. 그러네. 추운데 땀 흘려서 그런가 보다. 그런데 아이스크림은 왜 먹냐. 약 먹자. 수형이 자리에서 일어났다. 약이 없어.

사 오면 되지.

아니야, 그냥 앉아 있어. 기분이 좋거든. 몽롱한 게.

수형은 내 말을 듣지 않고 약을 사러 다녀오겠다고 했다. 조금만. 조금만 있다가 가면 안 될까. 수형은 마지못해 다시 자리에 앉았다. 수형 씨, 나는 1999년으로 돌아가고 싶다?

1999년?

응.

그때로 돌아가면 뭘 하려고?

운동. 운동을 열심히 해서 선수가 되려고. 일찍 일어나서 하루 종일 훈련하는.

수형이 허공을 보며 웃었다. 어떤 종목?

음, 테니스나 탁구? 아니면 활을 쏴볼까.

그래. 그렇게 해.

우리는 오래전 각자 지나온 과거에 대해 마치 미래의 이야기를 하듯 대화했다. 나는 과거로 돌아가면 하고 싶은 일들에 대해 열에 들떠 주절거렸다. 그러나 말을 하면 할수록 과거로부터 멀어져 빠르게 늙어가고 있는 기분이었다. 그런데도 말을 멈출 수가 없었다. 내 말을 듣고 있는 수형의 얼굴이 점점 낯설어졌다. 그렇게 해. 99년으로 돌아가면. 전에 본 적 없는 차가운 표정으로 수형이 말했다. 나는 그제야 입을 다물었다. 아이스크림이 녹고 있었지만 우리는 그것을 보고만 있었다.

희진아, 이제 그만 집에 들어가자. 수형이 마른세수를 하며 말했다.

집? 여기는 집이 아닌가. 생각했지만 말하지는 못했다. 감기에 걸린 게 분명했다. 아니면 몸살. 그것도 아니면 감기 몸살. 이렇게 귀랑 머리가 뜨거운데 몸은 이렇게 춥고 떨리다니.

수형 씨, 나는 당신을 사랑해. 이런 게 사람들이 흐뭇한 표정으로 고개를 끄덕여주는, 그런 사랑이라는 걸 알아. 하지만 나는 그 사람을 원해. 지금껏 이렇게 누군가를 원한 적이 없었어. 아니, 있었겠지. 있었을 거야. 하지만 그런 적이 있었다는 것을 잊을 정도로 원해. 나를 개라고 생각해도 좋아. 그래, 그게 맞을지도 모르지. 이건 그저 개 같은 욕망일 뿐이라고. 미래는 없다고. 지나가는 바람이라서 나중에 백퍼 후회할 거라고. 더러운 꼴을 볼 거라고. 그런데 그게 뭐? 그게 어쨌다는 거지?

하지만 나는 당신과 집으로 돌아갈 것이다. 당신이 이 일을 결코 잊지 못하리라는 것을 나는 안다. 그럼에도 너와 함께 생활하기 위해. 아주 오랫동안 함께 살기 위해. 부모는 되지 않고.

어떤 마음은 없는 듯, 죽이고 사는 게 어른인 거지. 그렇지? 그런데 어째서 당신들은 미래가 당연히 존재할 것이라고 믿는 건가? 그러나 이 모든 말을 나는 할 수 없었다. 수형의 뒤에서 하얀 수증기가 뭉게뭉게 피어오르고 있었다. 자기야, 꿈같아. 내가 겨우 입을 열었다.

응?

자기 뒤로 하얀 연기가 막 피어오르니까.

수형은 뒤를 슬쩍 돌아다보고는 힘없이 웃었다. 연기가 아니라 수증기지. 그걸 뭐라고 하더라. 승화? 맞나. 승화. 그러니까 이산화탄소가……

수형 씨, 나는 지금 꿈을 꾸는 거 같아. 아주 낯선, 처음 꾸는 꿈. 그런데 이게 좋은 꿈인지 나쁜 꿈인지 모르겠다?

빨리 깨고 싶어?

나는 남편의 말에 천천히 고개를 끄덕였지만 아니라고 말하고 싶었다. 누군가 단 한 명이라도 깨지 않아도 된다고 말해주는 사람이 있으면 좋겠다고 생각했다. 그러나 아마 그런 사람은 없겠지. 아무도.

**제23회 이효석문학상 · 우수작품상 수상작**

# 우리가 파주에 가면 꼭 날이 흐리지

이주혜

ⓒ신나리

읽고 쓰고 옮긴다. 2016년 창비신인소설상을 받으며 작품활동을 시작했다. 쓴 책으로 《자두》《그 고양이의 이름은 길다》, 옮긴 책으로 《사람의 아이들》《우리 죽은 자들이 깨어날 때》《모든 빗방울의 이름을 알았다》 등이 있다.

대어를 낚았다.

여자는 녀석을 보트 옆구리에 매달아두었다. 주둥이 한쪽 귀퉁이에 여자의 낚싯바늘이 걸렸고, 몸통의 절반은 여전히 물속에 잠긴 채였다.

녀석은 몸부림치지 않았다. 전혀 몸부림치지 않았다.

들어올릴 때 끙 소리가 절로 나올 만큼 묵직한 무게로 매달려 있을 뿐이었다. 관록 있어 보이는 온몸이 너덜너덜했고, 못생겼다. 갈색 몸통 여기저기에 옛날 벽지처럼 줄무늬가 있었고, 좀더 진한 갈색으로 도드라진 무늬도 꼭 벽지 같았다. 있잖나. 세월을 통과하는 동안 얼룩이 지고 빛도 바래어가는, 나중에는 어느 게 당신이 집어던진 커피잔이 만들어낸 얼룩이고 어느 게 원래 무늬인지 구별이 잘 안 되는, 활짝 핀 장미꽃 무늬의 벽지 말이다.

살아 있는 녀석의 몸에는 따개비가 얼룩덜룩하게 붙어 있었다. 따개비는 섬세한 장미꽃 모양의 석회질이었다. 게다가 그의 몸은 아주 작은 흰색 바다이로 들끓었다. 몸통 아래쪽에는 녹색 해초 두세 가닥이 누더기처럼 매달려 있었다.

—

밤이 내렸다.

격리의 밤이다. 음성의 밤이다, 아직은.

소파 앞 낮은 테이블에 비접촉식 체온계와 타이레놀, 미지근한 루이보스 차를 담아놓은 보온병을 준비해두었다. 자다가도 어떤 기미를 느끼면 벌떡 일어나 체온을 재볼 것이고, 기준치가 넘으면 곧바로 차와 함께 타이레놀을 삼킬 것이다.

방금 재본 체온계 LED 창에 37.4라는 숫자가 떴다. 숫자는 온종일 37.3이었다가 37.5였다가 37.1이었다가 했다. 체온은 내 몸이 보내는 기척이었지만, 더는 내 것이 아니었다. 나와 상관없는 무엇이 당분간 내 모든 것을 판단하는 기준이 되었다.

아침 여덟시 삼십분에 카톡이 왔다. 'COVID-19 검사 결과 음성 Negative입니다.' 그러고도 정확히 이해하지 못할까봐 덧붙였다. '검사 결과 해석: 코로나-19 환자 아닙니다.' 다정한 첨언이었다. 오전 중에는 보건소에서 자가 격리 통보서를 사진으로 찍어 보내왔다. 보건소 조명이 좋지 않은지 거무튀튀하게 찍힌 서류 사진에는 '감염병 예방 및 관리에 관한 법률' 제43조 및 제43조의 2에 따라 격리를 통보하며, 이를 위반할 경우 '감염병 예방 및 관리에 관한 법률' 제79조의 3에 따라 일 년 이하의 징역 또는 일천만 원 이하의 처벌을 받을 수 있다는 문장이 쓰여 있었다. 전혀 다정하지 않았다.

우리는
여전히 이렇게 부를 수 있다면

우리는 사흘 전 거의 두 달 만에 만나 파주의 장어구이집에 갔다. '사회적 거리 두기 4단계'가 시행중이었지만 점심이었고 세 명이었기 때문에 한 테이블에 앉을 수 있었다. 직원이 불판에 올린 장어를 노릇노릇하게 구워 먹기 좋게 자른 다음 이제 드셔도 돼요, 라고 말했을 때 우리는 동시에 마스크를 벗었다. 아, 맛있겠다! 우리는 이 집의 자랑거리인 깻잎장아찌에 장어를 올리고 쌈장과 생강채를 얹어 입에 넣었다. 입을 크게 벌렸다. 많이 먹고 얼른 얼굴 반쪽 회수해야지. 그렇게 말하며 수라 언니가 미예 앞으로 장어를 밀어주었다. 미예는 이 주 전에 홀아버지를 잃었다. 코로나 이후로 요양 병원에 면회도 자주 가지 못했는데, 장례도 황망하게 치러야 했다. 우리는 단톡방을 통해 그 소식을 들었고 경조사 송금 기능으로 조의금을 보냈다. 장례를 치른 지 열흘 정도 지나고 고1인 아이들의 중간고사가 이 주쯤 남았을 때 수라 언니가 더 시간 내기 어려워지기 전에 만나자며 약속을 잡았다. 우리는 수라 언니의 큼직한 SUV를 타고 자유로를 달렸다. 우리가 파주에 가면 어김없이 날이 흐리거나 미세먼지가 심했는데, 그날은 어쩐지 날이 좋았다. 하늘은 지브리 만화 속 배경처럼 파랬고, 폭신하고 새하얀 뭉게구름이 자꾸만 눈길을 끌었다. 장어를 다 먹은 다음에는 미예가 좋아하는 식물원풍 베이커리 카페로 자리를 옮겼다. 장어는 수라 언니가 사고 커피와 케이크는 내가 샀다. 우리는 아이스 아메리카노와 티라미수를 먹으며 밀린 이야기를 나누었다. 일주일에 한 번씩 만나던 때도 있었는데, 두 달 만에 얼굴을 보니 할말이 많았다. 테이블 옆의 관엽식물을 바라보느라 간간이 고개를 돌리는 미예의 옆얼굴이 가파르게 깎여 있었다.

아이들이 학교에서 돌아올 시간이 되어 우리는 카페에서 일어났다. 수라 언니는 딸을 신촌의 웹툰 학원까지 태워다주어야 했고 미예는 평일에도 집에서 저녁을 먹는 남편과 아들의 식사를 챙긴 뒤 밤에는 아이를 목동의 수학 학원에 데려다주어야 했다. 나는 아이가 좋아하는 레몬 시폰케이크를 사면서 수라 언니 딸이 좋아하는 딸기 생크림케이크와 미예 아들이 좋아하는 티라미수를 사서 두 사람 손에 들려주었다. 돌아가신 아버지 덕에 내가 호강하네. 미예가 애잔함이 섞인 미소를 지었다.

이틀 후 이른 아침 시간에 수라 언니에게서 전화가 왔다. 남편들 출근 시간이자 아이들 등교 시간에 전화를 걸어오는 일은 워낙 드물어서 핸드폰 화면에 수라 언니 이름이 뜨자마자 어쩐지 불길했다. 수라 언니는 남편이 방금 코로나 양성 판정 통보를 받았다고 말했다. 자신과 딸은 밀접 접촉자가 되어 검사를 받으러 가야 하는데, 결과가 어떻게 나오든 이틀 전 함께 식사한 나와 미예도 빨리 검사를 받는 게 좋을 것 같아 전화했다고 했다. 미예에게는 자기가 따로 연락할 것이고, 일이 이렇게 되어 정말 미안하다고 했다. 수라 언니의 목소리는 다급하면서도 침울했다. 나는 전화를 끊고, 어느새 컴퓨터 앞에 앉아 온라인 수업을 시작한 아이의 어깨를 물끄러미 바라보았다. 머릿속이 하얘졌다. 뭐부터 해야 하지? 여섯시 삼십분 알람과 함께 기상. 전날 밤 미리 준비해둔 아침식사 차리기. 아이 깨우기. 남편 출근 전 과일 도시락과 커피 챙기기. 아이 교복과 체육복 챙기기(오프라인 등교의 경우). 아이 물병 챙기기(오프라인 등교의 경우). 아이 따뜻한 물 보온병과 컵, 쟁반 챙기기(온라인 등교의 경우). 아침식사 후 아이 약 챙기기. 수년째 반복해온 덕분에 기계적으로 움직이던 몸이 수라 언니의 전화에 강제 단락을 일으킨 것 같았다. 방금까지 손에 꼭 붙들고 있던 무언가를 놓쳐 버렸는데, 그게 무엇이었는지조차 전혀 기억나지 않는 막막한 기분이었다. 곧바로 미예에게서 전화가 왔다. 언니, 우리 어떡해? 애들도 검사를 받아야 하는 건가? 나 뭣부터 해야 할지 모르겠어. 머리가 텅 비어 버렸어.

우리는 일단 아이들의 학교에 연락해 온라인 수업을 중단한 다음 각자 가까운 선별 진료소에 가서 PCR 검사를 받았다. 남편들도 직장 근처 선별 진료소를 찾아가 검사를 받게 했다. 검사 후에는 다들 집에 틀어박혀 있었다. 세 아이 모두 그날 학원을 빠졌다. 평소 온갖 이모티콘과 음식 사진, 책 사진, 하늘 사진이 바쁘게 올라오던 우리 단톡방도 잠잠해졌다.

다음날 아침 수라 언니는 양성 판정을 받았고 언니의 딸은 음성 판정을 받았다. 나와 아이, 남편은 모두 음성 판정을 받았다. 미예와 미예 아들은 양성 판정을, 남편은 음성 판정을 받았다. 수라 언니는 딸만 집에 남겨두고 남편이 먼저 들어가 있는 강북구의 생활치료센터로 이송되었다. 미예와 미예 아들은 함께 노원구의 생활치료센터에 입소했다. 미예의 남편은 밀접 접촉자가 되어 이 주간 자가 격리에 들어갔다. 나도 밀접 접촉자가 되어 자가 격리를 통보받았다. 남편은 주저 없이 짐을 싸서 아이를 데리고 시어머니 혼자 사는 집으로 갔다. 밀접 접촉자 가운데 음성 판정을 받았어도 자가 격리중에 증상이 발현되는 경우가 있다고 했다. 남편의 조처가 서운하지는 않았다. 남편이 나서지 않았다면 내가 그렇게 하자고 했을 것이다. 내 아이는 면역 계통의 희귀 질환을 지니고 있었고 바이러스는 아이에게 치명적일 수 있었다. 남편과 아이가 떠나고 시어머니에게서 전화가 걸려왔다. 두 사람 모두 알뜰하게 챙길 테니 걱정하지 마. 나 아직 짱짱해. 너도 남편이랑 아이가 없는 게 더 편할 거야. 마스크를 벗고 있어도 되잖니. 혼자 있다고 굶지 말고 밥 잘 챙겨 먹어. 시어머니의 말투는 평소와 다름없이 투명하고 다정했지만, 무릎 관절이 안 좋아 마취통증의학과를 동네 사랑방만큼 자주 드나드는 노인에게 부담을 안기게 되어 마음이 무거웠다. 죄송해요. 주눅든 내 목소리 끝에 시어머니가 중얼거리듯 덧붙였다. 겁도 없지. 요즘 시국에 무슨 교외 나들이라니, 그래.

아이 학교와 학원에 연락해 사정을 설명하고 도둑맞은 것처럼 어수선한 집을 정리하고 아이와 남편이 벗어놓고 간 옷들을 세탁하는 사이 어느새 저녁이 되었다. 거실이 침침해진 것을 느끼고 전등을 켜고 나서야 나는 내가 아침부터 지금까지 계속 마스크를 쓰고 있었다는 사실을 깨달았다. 온종일 물 한 모금도 삼키지 못했다.

수라 언니가 단톡방에 장문의 메시지를 올렸다. 일이 이렇게 번져서 정말 미안하다. 남편에게 감기 기운이 있는 건 알았지만 열이 나지 않아서 코로나일 줄은 상상도 못했다. 무엇보다 아버지 장례를 치르고 돌아온 미예를 위로하고 싶어 마련한 자리였는데 미예 가족에게 가장 큰 폐를 끼쳐서 고개를 들 수 없을 정도다. 남편이 확진 통보를 받은 후로 한숨도 못 자고 내내 울고 있다. 그냥 가만히 있어도 눈물이 줄줄 흐른다. 남편이 원망스럽지만, 빈집에 혼자 두고 온 딸 생각에 미워할 틈도 없다. 방금 재본 체온이 38.8도라 담당 간호사에게 해열제를 처방받았는데, 발열을 느끼지도 못했다. 미예 가족과 내 딸을 생각하면 미안하고 걱정되고 불안해 어쩔 줄을 모르겠다. 정말 미안하다. 너무 미안하다. 미안해 죽겠다. 속상해 죽겠다. 두서없이 이어지는 사과의 말들은 두서가 없어서 더욱 간곡하게 들렸다. 나는 아이 혼자 놔두고 거기 가 있는 언니 마음도 오죽하겠냐고, 그렇게 속 끓이다 증상이 심해지면 어떡하냐고, 마음 단단히 먹고 언니 몸부터 살피라고 썼다. 미예에게는 아이까지 확진되어 얼마나 놀랐냐고, 치료센터에서 주는 약 잘 챙겨 먹고 두 사람 모두 꼭 완치되어 무사히 돌아오길 바란다고 썼다. 수라 언니가 눈물을 줄줄 흘리는 피치 이모티콘을 보냈다. 미예는 곧바로 단톡방을 나가 버렸다.

—

여자는 물고기를 관찰했다. 손을 대면 당장이라도 깊이 베일 듯한 무시무시한 아가미가 힘겹게 산소를 들이마셨다. 피가 들어찬 아가미는 신선하고 빳빳했다. 여자는 물고기를 뚫어지게 보았다. 거칠거칠한 흰 살이 단단히 뭉친 흰 깃털처럼 몸통 가득 차 있을 것이다. 큼직한 뼈 옆으로 자잘한 뼈들이 가로질러 있을 것이고 내장은 극적인 붉은색과 검은색으로 번들거릴 것이다. 분홍색 부레는 커다란 작약꽃처럼 피었을 것이다.

물고기의 눈은 여자의 눈보다 훨씬 컸지만, 얕고 누런 기운을 띠었다. 조금 더 뒤쪽으로 물러난 홍채는 얼룩진 은박지 같았고 수정체는 여기저기 긁힌 오래된 운모 같았다. 녀석의 눈이 살짝 움직였지만, 여자의 시선을 마주본 건 아니었다. 그보다는 빛을 향한 물체의 반사작용에 가까웠다.

—

안녕하세요? 보건소입니다. 코로나19 증상 확인차 전화드렸어요. 박지원 님 되시죠? (예.) 먼저, 발열 증상이 있으신가요? (아니요.) 목 아픔 증상이 있으신가요? (아니요.) 기침 증상이 있으신가요? (없습니다.) 그 외에 다른 불편한 증상이 있으신가요? (없습니다.) 알겠습니다. 앞으로 자가 격리중 매일 한 번씩 연락드리겠습니다. 답변해주셔서 감사합니다. (……) 감사합니다. (……)

인공지능은 상냥한 여자 목소리로 말했다. 나는 전화를 끊고 싶지 않았다.

언니도 기억하지? 그날 파주에서 수라 언니가 그랬잖아. 지난주 금요일에 언니 남편이 밤 열두시가 넘어서 들어왔다고. 꼴 보기 싫어서 다음날 아침에 국도 안 끓여줬다고. 열두 시가 넘어서 들어왔다면 분명 어디서 술 먹고 왔다는 말이잖아. 수라 언니가 밥도 안 차려줬다고 하지 않고 국도 안 끓여줬다고 했던 건 술 먹고 온 남편이 미워서 해장국도 안 끓여줬다는 뜻이잖아. 그렇지? 내 말이 맞지? 그러니까 수라 언니는 자기 남편이 수칙 어기고 어디서 몰래 술을 마셨다는 걸 알고 있었어. 불법 영업하는 곳에서 마셨든 사무실에서 마셨든 어쨌든 늦게까지 마스크 벗고 술이나 처먹고 왔다는 걸 알고 있었어. 그럼, 남편이 감기 기운을 보였을 때 단박에 코로나를 의심했었어야지. 그렇게 아무 생각 없이 우릴 불러내면 안 되는 거잖아. 뭘 이해해? 언니도 그러는 거 아니야. 언니도 수라 언니 아저씨 이야기 듣고 움찔하는 거 내가 다 봤어. 그 말 듣고 커피도 다 안 마셨으면서 슬그머니 다시 마스크 쓴 거 내가 다 기억한다고. 언니는 음성이라고 그새 마음이 너그러워진 모양인데, 난 아니야. 우리 태윤이, 나랑 눈도 안 마주쳐. 날 벌레 보듯 한다고. 아버지 장례 치른 지 얼마나 됐다고 어디서 불량하게 처놀다가 중간고사 앞둔 아들한테 바이러스나 옮기는 형편없는 엄마로 본단 말이야. 나 어떡해? 대답해봐, 언니. 네가 이해하라는 속 편한 소리는 집어치우고, 말을 좀 해봐.

—

또 밤이 내렸다.

격리의 밤. 음성의 밤, 아직은.

이십구 평 아파트는 혼자 밤을 보내기엔 너무 광활했다. 집안의 모든 창과 문을 닫고 오직 거실만 등을 켜두었다. 보지도 않는 TV를 내내 틀어놓았다. 이불과 베개를 거실로 가져와 소파에서 잤다.

격리는 고립이고 조난이었다. 처음 당하는 상황인데 묘하게 기시감이 느껴졌다. 무슨 일이 생겨도 나를 구하러 달려올 사람이 아무도 없다는 고립감은 공포와 밀접해 있었다. 나도 모르게 조심스럽게 움직였다. 화장실에서 미끄러져 정신을 잃어도 이 주일 동안 나를 발견할 사람은 아무도 없다. 식칼이 발등에 떨어져 피가 흥건히 흘러도 누구도 나를 응급실에 데려다주지 않을 것이다. 방문이 고장나서 안에 갇혀도 날 꺼내줄 사람이 없다. 불길한 상상이 꼬리를 물고 이어졌다. 전부 터무니없는 생각이었지만, 터무니없을수록 공포의 전파력이 강했다. 공포가 솟구치면서 호흡이 가빠졌다. 어떻게든 나 혼자 나를 진정시켜야 했다. 약장을 뒤져 언젠가 미예가 준 약병을 꺼냈다. 패션플라워 성분으로 만든 천연 신경안정제래. 패션플라워? 응, 우리말로 시계꽃. 남아메리카 원주민들은 이 식물의 뿌리랑 잎이랑 열매, 꽃까지 알뜰하게 약재로 썼대. 염증 치료에도 쓰고 수면 보조제로도 쓰고. 만병통치약이야? 응, 호랑이 연고 같은 거야. 그런데 왜 패션플라워래? 스페인 선교사들이 남아메리카에서 처음 이 꽃을 봤을 때 활짝 핀 꽃에서 예수가 겪은 수난의 상징을 봤다나? 패션플라워, 수난의 꽃. 언니, 요즘 불면증이 심해졌다며. 내 거 주문하는 김에 언니 생각나서 하나 더 샀어. 한번 먹어봐. 불면의 밤이야말로 우리에겐 수난 중의 수난 아니야?

그날의 미예는 얼마나 다정했던가.

수난의 꽃으로 만들었다는 초록색 캡슐을 삼키고 소파에 누웠다. 잠이 와줄까? 별 기대는 없었다. 그저 과호흡이 공황 발작으로 번질까 두려웠을 뿐. 눈을 감고 호흡을 고르게 해보았지만, 의식할수록 호흡이 엉켜버렸다. 날카롭게 각성한 뇌는 꺼질 생각이 없어 보였다. 할 수 있는 일이 아무것도 없는데 뇌의 스위치가 당최 꺼지지 않는 상태. 또 기시감이 느껴졌다. 십육 년 전 가을, 산부인과 회복실에서 보낸 어떤 고립의 밤이었다.

유도 분만에 실패하고 심박수가 급히 떨어지는 아이를 응급수술로 꺼냈다. 저녁 무렵 마취에서 깨어나 하룻밤을 회복실에서 보냈다. 아이는 신생아실로 보내졌고 남편도 집에 보냈다. 분만 대기실 한쪽 구석에 커튼을 쳐놓은 것에 불과한 회복실에 남편이 밤을 보낼 자리는 없었다. 당직 간호사들이 있으니 걱정하지 말라며 내가 먼저 남편 등을 떠밀듯 보냈다. 하지만 막상 어둑한 공간에 혼자 누워 있으려니 뜻밖의 공포가 스멀스멀 몰려왔다. 아랫배는 아직 묵직했고 통증은 둔중했다. 아이를 꺼낸 자리에 울퉁불퉁한 돌멩이를 함부로 쑤셔넣고 아무렇게나 꿰맨 느낌. 옛이야기 속 늑대가 되어 우물 밑으로 한없이 가라앉는 느낌. 중간중간 간호사가 와서 소변 줄을 살피고 피 묻은 기저귀를 갈아주었다. 수치심 같은 건 없었다. 오직 통증과 공포뿐. 내 몸은 아직 내 것이 아니었다. 허리를 중심으로 몸통을 전혀 움직일 수 없었다. 차라리 잠이라도 들었다면 망각 속으로나마 도망칠 수 있었을 텐데. 고통스러운 각성 상태로 밤을 꼬박 새웠다. 시간이 묵직한 내 몸뚱이를 희롱하며 천천히 지나가는 것을 속수무책으로 느끼며 그 밤을 겨우 통과했다. 다음날 아침 남편이 찾아왔고 나는 일반 병실로 옮겨졌다. 오전에 잠깐 잠이 들었다가 깨어나니 허리를 조금 움직일 수 있게 되었다. 점심시간이 되어 복도에서 음식 냄새가 풍겼을 때야 비로소 나는 구 개월 동안 내 안에 있었다가 지금은 빠져나온 내 아이를 떠올렸다. 분만 후 아이 얼굴을 본 적이 없다는 것도, 지난밤을 고통스럽게 빠져나오는 사이 한 번도 아이 생각을 하지 않았다는 것도. 그 밤, 나는 아이를 낳은 여자가 아니라 그저 공포에 집어삼켜진 조난자였다.

산후조리원에서 집으로 돌아왔을 때, 남편이 우리도 드디어 '가족'이 되었네, 하고 감격한 말투로 꽃다발을 안겨주었을 때, 고립은 영영 끝난 줄 알았다. 나는 '가족'의 일원이고, 그 말은 적어도 혼자가 아니라는 뜻이었으니까.

아이는 밤에도 두 시간에 한 번씩 깨어나 울며 제 존재의 불편을 호소했다. 수면부족은 사람을 쉽게 망가뜨렸다. 아침에 일어나 이불 속을 굴러다니는 빈 젖병을 발견하고 소스라치게 놀라는 일이 반복되었다. 지난밤 기저귀를 갈아주고 비틀걸음으로 부엌에 가 분유를 타온 것도 조각조각 기억나기는 했지만, 아이를 안고 젖병을 물린 기억은 없었다. 혹시 젖병 안의 내용물이 다 새어버린 게 아닐까 싶어 이불 속을 여기저기 더듬어봐도 축축한 흔적은 전혀 없었다. 그냥 잠결에 젖병을 어찌어찌 물렸나보다 생각하고 넘어가도 될 일이었지만, 아침에 이불 속에서 빈 젖병을 발견할 때마다 아득히 두려웠다. 기억에 새겨지지 않을 정도로 정신을 차리지 못하는 그 시간에 내가 무슨 짓을 저지를지 모른다는 것, 한밤중에 깨어나 울며 배고픔을 호소하는 아이의 입에 젖병을 물리는 일 말고 내 손이 할 수 있는 다른 일들의 가능성이 무서웠다. 기억에 뚫린 검은 구멍들은 내게 고립의 또다른 이름이었다.

고립은 광장 한복판에서도 가능했다. 아이가 두 돌을 넘어가면서부터 나는 아이와 함께 오후 시간 대부분을 동네 공원에 나가 보냈다. 아이는 무한 동력으로 움직이는 기계장치 같았다. 맨몸으로도 지칠 줄 모르고 달렸고 자전거나 씽씽카를 타면 더 날래게 움직였다. 공원 가득 모인 사람들 사이에서 아이를 놓치지 않으려고 그날 아이의 옷차림을 단단히 새기고 아이 뒤를 따라다녔다.

어깨에는 언제나 큼직한 가방을 멨다. 불룩한 가방 안에는 아이가 벗어놓은 겉옷과 모자뿐만 아니라 비상용품도 들어 있었다. 물티슈,

마른 티슈, 거즈 수건, 소독약, 밴드는 진짜 구급약과 같았고, 아이가 언제 배고프다고 울음을 터뜨릴지 모르니 간식과 음료수도 챙겨야 했다. 급하게 아이를 달래야 할 때 손에 쥐여줄 장난감 자동차, 식당이나 카페에서 아이의 시선을 붙들 종이와 크레용, 그림책도 필요했다. 기저귀와 여벌옷은 기본 중의 기본이었다. 아이들은 언제라도 제 몸을 더럽힐 수 있었다. 멀쩡히 놀다가 갑자기 토하기도 했고 물웅덩이에 넘어지기도 했으며 제 발로 물웅덩이에 뛰어들기도 했다. 그러니 어느 것 하나라도 빠뜨리면 큰일이 나는 그것들을 전부 챙기면 집 앞 공원에 나가려고 해도 짐이 한 보따리였다. 사람들이 흔히 기저귀 가방이라고 부르는 그것에는 기저귀만 들어 있는 게 아니었다.

그날도 평소처럼 불룩한 기저귀 가방을 어깨에 메고 세발자전거로 질주하는 아이 뒤를 따라 뛰고 있었다. 날이 더워 얼굴 가득 땀이 흘렀지만 닦을 새도 없었다. 맞은편에서 걸어오는 젊은 여자 둘과 눈이 마주쳤다. 가벼운 발걸음을 따라 물결처럼 일렁이는 그들의 원피스 자락에도 아주 짧게나마 내 시선이 머물렀다. 그들과 스쳐지나가고 다시 아이의 뒤통수로 시선을 옮겼을 때 등뒤에서 목소리가 들려왔다. 아유, 왜 저러고 사냐? 그 말이 귀에 꽂히는 순간 공원을 메운 소음과 사람들의 움직임과 부유하는 공기의 흐름이 하얗게 소거되었다. 그 말은 아이와 나를 광장 한복판에 결박했다. 아니, 결박당한 사람은 나 혼자였다. 아이는 계속 신나게 자전거 페달을 돌렸다.

그런 밤이면 우리는 자주 맨발로 베란다 끝에 섰다. 발바닥으로 차가운 타일을 느끼며 멍하니 창밖을 굽어보았다. 시선은 언제나 아래. 십칠층에서, 구층에서, 이십삼층에서 꼬리를 물고 지나가는 자동차 행렬을, 그 너머 공원을, 점점이 보이는 벤치를, 바닥에 깔린 포장석을 내려다보았다. 높이와 충격을 가늠해보기도 하면서.

그런 시간을 통과해 우리는 지금의 우리가 되었다.

—

여자는 물고기의 뚱한 얼굴을 바라보았다. 턱의 구조가 감탄스러웠다. 그러다가 그만 발견하고 말았다. 녀석의 아랫입술에, 그걸 입술이라고 부를 수 있다면, 낡은 낚싯줄이 다섯 가닥 붙어 있었다. 그 아랫입술은 불길하고 축축하고, 무기 같았다. 그중 한 가닥에는 회전고리가 붙은 철사 목줄까지 달려 있었다. 녀석의 입속에 다섯 개의 큼직한 낚싯바늘이 단단히 박혀 있었다.

녹색 줄 한 가닥은 녀석이 끊어냈을 때의 모양 그대로 끝이 나달나달했다. 두 가닥은 좀더 묵직해 보였고 가느다란 검은 줄은 녀석이 끊고 달아나기 직전의 팽팽한 줄다리기를 간직한 채 여전히 구불구불했다. 고통스러워 보이는 녀석의 턱에 지혜의 수염 다섯 가닥이 나부꼈다. 그것은 나달나달하게 구부러진 줄 끝에 매달린 훈장 같았다.

—

우리는 아이들이 초등학교 1학년일 때 학부모 참관수업에서 처음 만났다. 교실 뒤쪽에 서서 제 아이를 눈에 담느라 바쁜 엄마들 사이에서 수라 언니는 단연 눈에 띄었다. 수라 언니에겐 그저 옷차림이 세련되었다거나 이목구비가 화려하다거나 하는 말로는 설명할 수 없는 분위기가 있었다. 그냥 빨간색, 그냥 노란색, 그냥 주황색으로만 표현할 수 없는 가을철 깊은 숲처럼 여러 층의 분위기가 쌓이고 겹쳐 수라 언니가 되었다. 겉모습만 보면 왠지 다가가기 어렵게 느껴졌지만, 언니는 그 거리감을 단박에 좁히는 화법을 구사했다. 가뜩이나 센스가 구려져서 후배들에게 밀리기 직전이었는데 우리 딸이 마침 초등학교에 입학했잖아? 구닥다리보다 경단녀 소리를 듣는 게 나을 것 같아서 사표를 멋지게 내버렸지. 언니는 꽤 유명한 의류회사의 디자이너로 오래 일하다가 돌연 그만둔 이유를 이렇게 정리했다. (그러나 언니가 회사를 그만둔 진짜 이유를 들려준 것은 우리가 훨씬 더 친해진 다음의 일이다.) 수라 언니는 자신이 센스가 구려진 구닥다리라고 자조했지만, 사실 언니의 센스는 대단해서 평소 아이 옷을 직접 만들어 입혔고 집안의 모든 패브릭 소품도 직접 만들어 썼다. 언니의 작품은 언니의 분위기만큼이나 세련되면서 신비로운 깊이가 있었다. 우리는 언니가 언젠가는 자신의 브랜드를 만들어 창업에 성공하길 진심으로 응원했다.

미예의 첫인상은 별로였다. 참관수업 막바지에 담임이 아이들을 무작위로 불러 칠판에 제 이름을 크게 써보라고 했다. 머리통이 칠판 절반에도 닿지 않는 아이들이 그 조그만 손으로 자음과 모음을 그리는 모습은 자꾸만 웃음이 새어나올 정도로 귀여웠다. 그런데 한 남자애가 제 이름의 가운데 글자를 '태'라고 썼다. 그 실수마저도 귀여워 엄마들 사이에 나직한 웃음이 번졌는데, 내 옆에 선 여자만 얼굴이 딱딱하게 굳었다. 그 여자가 미예였다. 집으로 돌아가는 길, 어쩌다 미예와 미예 아들 뒤에서 걸어가게 되었는데, 미예는 내내 아이를 나무랐다. 태가 뭐야 태가. 자기 이름도 똑바로 못 써서 어떡할 거야. 태와 태도 구분 못하겠어? 저런 사람과는 절대로 친구가 될 수 없겠다, 나도 모르게 생각했는데, 우리 셋은 그해가 가기도 전에 삼총사 소리를 들을 만큼 친해졌다.

시작은 가을 운동회였다. 학급 회장 엄마가 운동회에 참가한 엄마들에게 수고했다며 동네 호프집에서 맥주를 샀다. 첫 술자리라 그랬는지 아니면 다들 술을 별로 좋아하지 않는지 엄마들은 각자 몫으로 나온 삼백오십 밀리 생맥주를 한 모금씩 할짝거리다 잔이 비는 대로 그만 가봐야겠다며 일어났다. 회장 엄마까지 일어났을 때 남은 사람은 수라 언니와 미예와 나뿐이었다. 수라 언니가 자기가 제일 나이가 많은 것 같으니 2차를 사겠다고 했고, 내내 조용하던 미예가 콜!을 외치면서 분위기가 달아올랐다. 우리는 갈 수 있는 한 아이들 초등학교에서 가장 먼 구역까지 걸어가 동네 주민들보다는 인근 직장인들이 더 많이 가는 상가의 치킨집에 들어갔다. 우리가 들어가자 잔뜩 흐트러진 모습으로 목청을 돋우던 셔츠 차림의 남자들이 일제히 우리를 쳐다보았다. 그 시선에 나는 잠시 주춤했는데, 수라 언니가 적진에 쳐들어가는 장군처럼 아름다운 턱을 치켜들고 치킨집 한복판을 우아하게 가로질렀다. 그날 우리는 직원이 가게문을 닫을 시간이니 그만 일어나달라고 할 때까지 맥주를 마시고 치킨을 뜯었다. 센스구린 디자이너가 되느니 경단녀가 되는 편을 선택했다는 수라 언니의 말을 들은 게 그날이었다. 미예는 뚝배기에 담긴 번데기를 한 숟가락씩 호로록 떠먹으면서 자기 이야기를 시작했다. 미예는 삼 남매 중 첫째로 두 남동생보다 공부를 훨씬 잘했지만 부모의 잦은 한숨에 밀려 '자발적으로' 실업계 고등학교에 진학했고, 고3 2학기부터 다니기 시작한 직장에서 지금의 남편을 만났으며, 미예에게 한눈에 반한 노총각 남편이 아이를 낳기 전에 대학부터 보내주겠다고 약속해서 결혼을 결심했다고 담담하게 말했다. 그때 미예는 방송통신대 영문과를 졸업한 뒤였고 아이가 3학년쯤 되어 초등학교 생활에 적응하면 대학원에 갈 계획을 세우고 틈틈이 공부하는 중이었다. 번데기 한 뚝배기를 혼자 다 먹은 미예가 맥주잔을 시원하게 비우더니 벌게진 얼굴로 말했다. 참관수업 날 아이가 이름의 '태' 자를 '태'로 잘못 썼을 때 엄마들 사이에서 일렁이던 웃음이 자기에겐 비웃음으로 들렸다고. 아이가 아니라 아이 엄마인 자신을 향한 비난으로 들렸다고. 그러면 안 된다고 생각하면서도 조건이 나쁠 것 없는 아이가 공부에 소홀하면 그렇게 화가 날 수가 없다고.

돌이켜보면 그날 미예가 그 이야기를 털어놓은 것은 수라 언니가 딸에 대해 말한 직후였다. 수라 언니는 자신의 딸이 할 줄 아는 것도 없고 하고 싶어하는 것도 없는 게으름뱅이 천둥벌거숭인데, 살아보니 어려서 공부 잘하고 커서 돈 잘 벌고 사회적으로 인정받고 그런 건 아무 소용 없더라며, 딸은 제가 좋아하는 일이나 하면서 크게 불행하지 않게만 살았으면 좋겠다고 했다. 그래서 자신과 남편은 나중에 딸에게 카페 하나 차려줄 정도의 목돈이나 주고 끝내기로 했다고. 그 말 끝에 미예가 제 이야기를 시작한 것이었는데, 생각해보니 그때 미예는 속으로 수라 언니의 말에 발끈했던 건지도 모르겠다. 언니, 속 편한 소리 좀 그만해요. 언니처럼 다 가진 사람이 뭘 알아요? 하지만 수라 언니의 말 가운데 내 관심을 끈 대목은 미예와 달랐고, 그 말은 그후로도 꽤 오랫동안 수라 언니에 대한 내 인상을 좌우했다. 나는 우리 딸이 크게 불행하지 않게만 살았으면 좋겠어. 저 사람은 어떤 큰 불행을 겪었기에 저런 소원을 갖게 되었을까? 그러나 이 고립의 밤에 혼자 소파에 누워 그날의 대화를 찬찬히 되짚어보니 언니가 방점을 찍은 단어는 다른 쪽이 아니었을까 하는 생각이 들었다. '크게 불행하지 않게만' 살았으면 하고 바란 게 아니라 크게 불행하지 않게만 '살았으면' 하고 바랐던 게 아닐까 하고.

우리는 아이들이 반이 갈리고, 중학교에 다니고, 전부 다른 고등학교에 진학할 때까지 십 년째 친하게 지냈다. 일주일에 한 번씩 만나 수라 언니에게 뜨개질과 프랑스 자수를 배우기도 하고 미예가 공부하는 영문학 작품을 같이 읽기도 했다. 서울 주변 식물원을 찾아다녔고 고궁이나 근대 건물을 탐방하기도 했다. 우리의 모임은 인문학, 문학, 역사, 건축 공부 모임이었고 답사, 탐방, 견학 모임이기도 했다. 살림과 육아로 바쁜 와중에도 굳이 만날 때마다 모임의 주제를 정하고 실행에 옮겼던 건 아마도 우리가 시간이 남아돌아 한가롭게 놀러

다니는 유한부인들이 아님을 증명하기 위해서였을 것이다. 우리에게 어디 한번 증명해보라고 요구하는 사람은 없었다. 그러나 우리는 한결같이 증명의 압박을 느꼈다.

우리가 가장 자주 가는 곳이 파주였는데, 동네에서 가까운 교외이기도 하고 뜨개질이나 독서 모임을 하기 좋은 넓은 카페와 음식점이 많기 때문이기도 했다. 우리가 파주에 가면 꼭 날이 흐렸다. 하늘이 잔뜩 찌푸렸거나 비가 흩뿌리거나 미세먼지가 심했다. 수라 언니의 차를 타고 자유로를 달릴 때 우리 옆을 따라오는 임진강 물빛도 늘 잿빛이었다. 파주와 날씨의 상관관계는 우리끼리만 통하는 농담이 되었다.

하지만, 지금은 알지. 우리가 파주에 갈 때마다 날이 흐렸던 건 운세의 문제가 아니었다는 걸. 고작 세 사람이 약속을 잡는 것인데도 날씨는 우리가 고려할 수 있는 변수에 들지 못했다.

국방대 앞으로 매운탕을 먹으러 간 적이 있다. 당시 미예는 어느 미국 여성 시인에게 푹 빠져 있었고, 그날 우리가 읽고 토론할 시는 그 시인의 〈물고기〉였다. 수라 언니가 〈물고기〉를 읽기 전에 매운탕을 먹는 게 어떻겠냐고 제안했다. 우리는 함께 택시를 타고 국방대 앞으로 갔다. 셋이서 낮술을 마신 건 그날이 처음이자 마지막이었다. 보글보글 경쾌하게 끓는 매운탕 냄비와 차갑게 닿는 손안의 소주잔 같은 것들이 우리를 들뜨게 했고, 어느새 세 사람 다 목소리가 높아졌다. 한참 웃고 떠들다가 문득 이상한 기운이 느껴져서 앞을 보았는데, 넓은 홀에 가득 들어찬 손님들이 우리를 쳐다보고 있었다. 비슷한 얼굴, 비슷한 옷차림의 남자들이 비슷한 눈빛으로 우리를 보았다. 경멸이었을 것이다. 우리가 입을 다물자 식당 안이 조용해졌다. 어디선가 쯧 하고 혀 차는 소리가 들렸다. 소리 내어 말하지는 않았지만, 다음에 이어질 말은 들은 듯 선명했다. 쯧, 여편네들이 대낮부터 재수없게. 수라 언니가 술잔을 들고 외쳤다. 얘들아, 얼른 마시고 쌀 사러 가자! 집구석에서 밥이나 하려면 쌀부터 사야지! 미예가 깔깔 웃다가 벽에 뒤통수를 부딪쳤다. 세 사람의 소주잔이 경쾌하게 부딪쳤다. 남자들이 시선을 돌렸다.

우리의 리즈 시절이었다.

—

지원아. 나 속상해 미칠 것 같아. 이런 얘기, 너 말고는 할 사람이 없어. 미안해. 정말 미안해. 아까 우리 애가 전화를 걸어서 엉엉 우는 거야. 무서워 죽겠대. 너도 알지? 우리 현이가 얼마나 여리고 겁 많은 앤지. 집에 먹을 게 햇반하고 김뿐이야. 배달 앱으로 시켜서 먹으라니까 무서워서 현관문을 못 열겠대. 문 앞에 두고 가게 하라니까 그것도 못하겠대. 문을 여는 순간 뭔가가 툭 튀어나와 자길 덮칠 것만 같대. 어떡하면 좋니? 애가 며칠째 생으로 굶고 있어. 속이 까맣게 타

들어간다는 게 뭔지 알겠어. 근데, 지원아. 내가 이 이야기는 안 하려고 했는데, 어제 미예가 전화를 걸어서 다다다다 쏘아붙이더니 대꾸할 틈도 안 주고 전화를 끊어버리더라. 그러면 안 되는 줄 알면서도 서럽더라. 내가 장어가 먹고 싶어서 너흴 불러냈겠니? 사랑하는 사람 떠나보내는 게 어떤 일인지 누구보다 내가 잘 아니까, 그래서 직접 얼굴 보고 위로해주고 싶어서, 그래서……

미예가 저 할말만 쏟아내고 전화를 끊어버리는데, 왜 애들 열 살 때 생각이 나니? 너는 모르는 일이야. 아무한테도 말 안 했어. 8월이었어. 정말 더운 날, 땡볕이라 아무도 밖에 나가지 않는 날. 웬일로 미예가 먼저 연락해서 태윤이가 영어 학원 가기 전에 놀이터에서 놀고 싶어한다고 우리 현이랑 지원이 네 아들이랑 불러냈던 날이야. 너무 뜨거운 날이라 걱정되기는 했지만, 태윤이가 먼저 놀고 싶어하는 일이 워낙 드물어서 내가 우리 현이를 보냈어. 그 땡볕 아래 애를 보냈다고. 잠시 후에 애들 걱정이 되어서 얼음물하고 종이컵을 챙겨서 나갔어. 그런데 애들이 중앙 놀이터에도 없고 7동 앞 놀이터에도 없어. 옆 단지 놀이터로 건너갔나 싶어서 아파트 쪽문 쪽으로 가는데 그 옆 배드민턴장에서 우리 애들 소리가 들리더라고. 그때 내가 뭘 봤는지 아니? 태윤이가 배드민턴 심판석에 높이 올라앉아 있고 우리 현이랑 네 아이가 땀을 뻘뻘 흘리면서 배드민턴장을 돌고 있더라. 태윤이가 집에서 가져왔는지 물병 하나를 들고서 세 바퀴! 하고 외치면 두 아이가 헉헉거리며 배드민턴장을 세 바퀴 돌아서 태윤이 앞에 가더라고. 그러면 태윤이가 물병 뚜껑에 물을 따라서 애들한테 줘. 그 작은 뚜껑 말이야. 그럼 애들은 개처럼 헐떡이며 그걸 물이라고 받아먹어. 태윤이가 또 네 바퀴! 하니까 이 바보 같은 것들이 또 네 바퀴를 돌아. 내가 너무 놀라서 태윤이를 올려다봤는데, 세상에, 그 어린애가 씩 웃는데 그게 어찌나 소름이 끼치던지. 그 자식이 벌겋게 달아오른 얼굴로 개처럼 뛰는 우리 애들을 내려다보면서 천천히 물병을 입에 대고 물을 마시더라고. 눈으로는 똑바로 애들을 내려다보면서. 내가 몸이 부들부들 떨리는데 못 본 척하고 애들을 불렀어. 가서 우리 애들을 붙잡고 물을 한 컵씩 따라줬어. 태윤이 쪽을 노려보지 않으려고 얼마나 안간힘을 썼는지 몰라. 어제 미예가 전화로 악다구니를 치는데 왜 그때가 떠오르니? 나 무섭다, 지원아. 미예도 무섭고 태윤이도 무섭고, 이런 기억이나 떠올리는 나도 무섭고. 무서워 죽겠다. 딱 죽겠다.

안녕하세요? 보건소입니다. 코로나19 증상 확인차 전화드렸어요. 박지원 님 되시죠? (예.) 먼저 발열 증상이 있으신가요? (아니요.) 목 아픔 증상이 있으신가요? (아니요.) 기침 증상이 있으신가요? (없습니다.) 그 외에 다른 불편한 증상이 있으신가요? (……) 달리 불편한 데가 있으세요?

(전부요. 전부 불편해요. 불편해서 딱 죽겠어요.)

알겠습니다. 담당자 확인 후 연락드리겠습니다.

하지만 수라 언니. 우리가 처음 만나기 전해에 세상을 떠났다는 언니의 첫아이 말이야. 그 아이가 생전에 너무나 아꼈다는 그 파란색 자전거. 그 자전거를 흔쾌히 받아간 사람은 내가 아니라 미예였어. 죽은 아이가 쓰던 물건을 병약한 내 아이에게 주고 싶지 않아 내가 거짓말이나 궁리하는 사이 미예는 언니의 첫아이를 오래 기억할 수 있게 아껴가며 자전거를 타게 하겠다고, 그렇게 다정한 말을 건넸지. 미예는 그런 사람이었어.

—

여자는 물고기를 바라보았다. 빌려온 작은 보트 안에 승리감이 차올랐다. 기름이 번진 곳마다 무지개가 비쳤다. 녹슨 엔진 주변에, 배 밑바닥에 고인 물웅덩이에, 녹슨 주황색 파래박에, 햇볕에 갈라진 가로장에, 노 걸이에, 뱃머리 널빤지에, 온통 무지개가 어룽졌다.

—

무엇이 자꾸 우리를 겁쟁이로 만들까? 우릴 자꾸 고립시키고, 왜 저러고 사나 싶게 만들고, 경멸하기 좋은 얼굴로 변모시키고, 끊임없는 자기 증명의 압박을 가하는 이 병의 이름은 무엇일까? 우리는 언제부터 재난의 한복판에서 천근만근이 되어버린 아이를 업고 달리는 (그러나 달리지 못하는) 꿈을 반복해서 꾸는 걸까? 이 바이러스의 진짜 이름은 무엇일까?

—

무지개! 무지개! 무지개!

여자는 물고기를 놓아주었다.

—

너무 춥다. 온몸이 떨린다. 오한을 느끼며 잠에서 깼다. 벌떡 일어나 체온을 재본다. LED 창에 선명하게 뜬 숫자는 38.8. 드디어 열이 당도했다. 와들와들 떨면서 타이레놀 포장을 깐다. 그새 식은 차를 따라 타이레놀 두 알을 삼킨다. 너무 춥다. 안방에 들어가 옷장 문을 연다. 거기 수라 언니에게 배워 뜨다 만 카디건이 뭉쳐져 있다. 가을에 입자고 일 년 전부터 조금씩 떠왔던 것이다. 미예는 몸에 딱 맞는 보라색 카디건을 뜨는 중이었고 나는 초록색 오버사이즈 카디건을 뜨는 중이었다. 각자 카디건이 완성되면 우리는 함께 늦가을 숲으로 산책을 떠날 계획이었다. 흐린 날씨를 피하려면 파주만 아니면 돼. 우리는 우리만 아는 농담을 하며 웃었다. 나는 아직 왼팔이 완성되지 않은 짙은 숲 색깔 카디건을 걸치고 거실로 돌아왔다.

밤이다.

격리의 밤. 그리고 아마도 양성의 밤.

내일 날이 밝으면 보건소에 가 재검사를 받을 것이다.

그리고 우리는

여전히 이렇게 부를 수 있다면

우리는 함께 이 병을 앓을 것이다.

* 본문 중 여자와 물고기에 관한 부분은 엘리자베스 비숍의 시 〈The Fish〉를 산문으로 재구성한 것입니다.

제23회 이효석문학상 • 우수작품상 수상작

# 지난밤 내 꿈에

정한아

2005년 대산대학문학상을 수상하며 작품활동을 시작했다. 소설집 《나를 위해 웃다》《애니》《술과 바닐라》, 장편소설 《달의 바다》《리틀 시카고》《친밀한 이방인》이 있다. 문학동네작가상, 김용익소설문학상, 한무숙문학상을 수상했다.

외숙부는 외할머니의 사십구재를 예배식으로 치르겠다며 우리를 집으로 불렀다. 사십구재 예배라는 게 대체 뭔지—내세로 가는 혼을 위한 제사를 기독교식으로 어떻게 치른다는 것인지—의견이 분분했다. 버스 터미널에 내린 엄마를 차에 태우고 외가로 향하는 내내 엄마는 외숙부를 욕했다. 장례 후 외할머니의 재산 내역을 확인한 외숙부가 엄마를 의심한다고 했다. 인천의 협동농장 보상금이 문제였다. 숙부는 그것을 엄마가 미리 가로챘다고 자못 확신하고 있었다.

"악착스럽기는. 자기는 이미 부자면서. 대체 무슨 욕심이 그렇게 목 끝까지 찼다니."

"그러니까 부자지. 욕심 없이 어떻게 부자가 돼."

"넌 욕심이 없어서 부자가 아니고?"

"난 좀 어설프지. 우주는 간절히 원하는 사람의 소원만 들어준다고."

엄마는 뾰족한 눈으로 나를 보더니 땅이 꺼지게 한숨을 내쉬었다.

"사실을 알게 되면 전부 토해내라고 할 거다. 그러고도 남을 인간이야."

외숙부는 외할아버지가 돌아가셨을 때 대부분의 재산을 상속받았고, 외할머니가 거주중이던 강남 한복판의 아파트마저 용의주도하게 부부 공동명의로 바꿔놓았다. 그는 그것이 평생 시부모를 모시고 산 외숙모의 몫이라고 주장했다. 엄마는 펄펄 뛰었지만, 나는 한편 일리가 있는 말이라고 생각했다. 누군가 내게 인철의 어머니를 모시는 대신 아파트를 준다고 한다면 조금도 고민하지 않고 손사래를 칠 것이다. 노인과 함께 사는 것은 쉬운 일이 아니다. 특히나 외할머니 같은 노인이라면.

외가에 도착한 우리에게 문을 열어준 사람은 외숙모였다. 그녀는 어딘지 전과 달라 보였는데, 무엇 때문인지는 딱히 짚어낼 수 없었다. 잠시 후 나는 바뀐 것은 외숙모가 아니라 집안 풍경이라는 사실을 깨달았다. 외할머니가 돌아가신 후 한 달 반 동안 리모델링을 하고 가구와 전자제품까지 갈아치운 것이다. 이거 무슨 신혼집 같네. 엄마가 비틀린 얼굴로 웃으며 말했다. 거실에서 찬송가가 흘러나왔다. 교회에서 목사와 부목사, 성도 네 명이 와 있었다. 십여 년 전 외할아버지가 돌아가신 후 외할머니는 심신 불안정을 이유로 교회에 발을 끊었지만 외숙부는 여전히 그 교회에 다니고 있었다. 그는 힘깨나 쓰는 총무 장로라고 했다. 그래선지 장례 예배 날에도 교회에서 온 사람들이 사방에서 북적거렸다.

'사십구재 예배'는 특별할 것 없는 평범한 예배였다. 목사는 구원에 대한 설교 끝에 외할머니가 얼마나 신실하고 믿음직한 성도였는지를 거듭 강조했다. 할머니가 교회에 나가지 않은 십여 년은 없는 시절로 치는 것 같았다. 흘긋 엄마를 보니, 표정 없는 얼굴로 고개만 끄덕이고 있었다.

예배가 끝나자 교회 사람들은 차려둔 떡과 과일을 먹고 떠났다. 외숙모도 약국에 갈 채비를 했다. 그들은 근방에서 제일 큰 약국을 운영하고 있었다.

"네 엄마와 조용히 할 얘기가 있으니 차에 가서 좀 기다릴래?"

외숙모가 집을 나가자 외숙부가 내게 말했다.

"그럴 필요 없어요. 얘도 다 알아요. 엄마 살아 계셨을 때 한센인 집회에도 같이 갔었는걸요."

외숙부가 흠칫 놀라 나를 바라보았다. 나는 사실이라는 뜻으로 고개를 숙여 보였다.

"나가서 차에 있거라. 내가 불편해서 그래."

외숙부가 내게 간곡히 부탁했다. 그는 평생 외할머니의 병력을 감추고 싶어했고 그 사실을 외숙모에게까지 숨겼다. 나는 그런 그가 우습다고 생각했으나, 정작 하얗게 질린 얼굴을 보니 측은한 마음이 들었다. 외가에서 나온 나는 근방의 카페로 향했다. 엄마는 외숙부와 이야기가 끝나면 터미널까지 혼자 택시를 타고 가겠다고 했지만 차마 먼저 갈 수는 없었다. 문제가 된 보상금에 대해 일말의 책임감을 느꼈던 것이다.

외할머니가 한센인이라는 사실을 엄마가 내게 알려준 것은 열두 살 때의 일이다. 당시 엄마는 불행했던 결혼생활에 종지부를 찍었다. 한국에서의 사업 실패를 만회하고자 떠난 미국에서 또 한 번의 파산을 경험한 뒤였다. 마지막 해에 아버지는 술에 절어 있었고, 걸핏하면 엄마에게 시비를 걸었다. 주먹질도 서슴지 않았다. 처음 때렸을 때는 깜짝 놀라 무릎을 꿇고 싹싹 빌더니 점차 뻔뻔해져서 나중에는 거칠 것 없이 개새끼처럼 굴었다. 엄마는 나를 데리고 도망치듯 집을 떠나야 했다. 한국으로 돌아오는 비행기에서 엄마는 아이처럼 울며 아버지가 그녀에게 저지른 온갖 만행을 읊어댔다. 그중 하나가 외할머니의 한센병력을 수치스럽게 여기고 내내 엄마의 약점으로 들먹였다는 것이었다. 그때 나는 한센병이 무엇인지도 몰랐다. 일종의 전염병이지만 전염력은 거의 없다는 것이 엄마의 설명이었는데 도대체 무슨 말인지 이해할 수 없었다. 다만 아버지가 외가를 재수 옴 붙은 집안, 이라고 싸잡아 멸시했던 까닭을 어렴풋이 깨달았을 뿐이다.

흔히들 외가라고 하면 따뜻하고 정감어린 추억을 하나둘씩 가지고 있지만 내 경우는 아니었다. 외할머니는 주변의 다른 할머니들과 달랐다. 말이 없고, 냉정하고, 누구에게도 곁을 주지 않았다. 그렇다고 해도 미국에서 도망쳐온 우리를 그토록 매섭게 외면할 줄은 몰랐다.

"돌아가라. 돌아가서 임서방 비위 거스르지 말고 조용히 살아."

엄마는 부들부들 떨면서 할머니한테 대들었다. 새된 목소리로 죽어버리겠다고 소리를 지르고, 외가의 살림살이를 집어던지며 난동을 피웠다.

"봐라. 맞고 사는 여자들은 다 이유가 있다. 네가 이렇게 사람 속을 뒤집으니까 끝을 보는 거야."

외할머니의 입매가 비웃는 것처럼 일그러졌다. 그날 나는 외할머니를 절대로 용서하지 않겠다고 결심했다. 만에 하나 엄마가 외할머니를 용서하면 엄마도 용서하지 않겠다고 다짐했다. 하지만 그런 염려는 할 필요가 없었다. 그들은 내가 생각하는 것보다 훨씬 깊은 애증으로 뒤엉켜 있었다. 독한 말로 상처를 주고받으며 일 년 내내 왕래하지 않는 것은 예사였다. 어쩔 수 없이 화해하고도 서로를 비난하다가 다시 싸움을 벌였다. 그들은 지긋지긋한 과거를 씹고 또 씹었다. 꼿꼿이 머리를 치켜드는 엄마만큼이나 단 한 번도 져주지 않는 외할머니도 대단했다. 엄마는 스스로를 고아라고 불렀고, 그 말은 일부 사실이었다.

외할머니와 외할아버지는 한센인 수용소가 있던 섬에서 만나 결혼했다. 단종수술을 극적으로 피해 두 자식을 얻은 그들은 섬을 탈출해 한센인 격리촌인 협동농장에 들어갔는데, 무슨 이유에선지 엄마는 고아원에 보내고 외숙부만을 데려갔다. 추측건대 네 식구가 먹고살기 힘들기도 했을 것이고, 자식을 갖지 못한 주변 환우들에 대한 민망함도 있었을 것이다. 어쨌든 그들은 악착스럽게 돈을 벌어 십 년 만에 농장 생활을 청산했다. 서울로 오면서 엄마도 다시 불러들였다. 외할아버지의 가전제품 대리점 사업이 성공한 이후 엄마는 남부럽지 않은 십대를 보냈다. 재수 끝에 피아노 전공으로 음대에도 들어갔다. 이혼 후에 음악학원을 차릴 수 있었던 것도 외가에서 지원해준 덕이었다. 하지만 엄마는 어린 그녀를 버렸던 사람들, 그중에서도 특히 아무 가책이 없어 보이는 외할머니를 용서하지 못했다. 엄마는 고아원에서 보낸 시간이 자신을 망쳐놓았다고 말했다. 인간에 대한 불신과 환멸을 그곳에서 다 배웠다고 했다. 차라리 온 식구가 섬에서 거지꼴을 겨우 면하고 살아가는 편이 더 좋았을 거라고도 했다. 외할머니는 들은 척도 하지 않고 콧방귀를 뀌었다.

엄마가 어떻게 생각하든, 외가가 소유한 협동농장 땅은 네 식구를 먹여 살렸다. 전국에 있는 한센인 협동농장 중에서도 그곳은 특히 입지가 좋은 편이었다. 그런데 어느 날 협동농장의 대표가 말도 안 되는 헐값으로 땅을 모 기업에 팔아버렸다. 나중에야 그가 뒷돈을 받은 사실이 드러나면서 지난한 법정 다툼이 시작되었다. 땅을 잃은 한센인들은 소유권을 되찾기 위해 집회를 벌였다. 외숙부는 외할머니가 집회에 참여하는 것, 소송에 뛰어드는 것을 강하게 반대했다. 기사에 실리거나 사진이라도 찍힐까 봐 두려웠던 것이다. 동네에 외할머니의 병력이 알려져 약국이 망하면 다 같이 죽는 거라는 그의 말에 외할머니는 수긍했다. 외숙부는 장례식이 끝난 뒤에야 외할머니가 한센인 연합회의 가장 적극적인 일원이었다는 사실, 기나긴 소송 끝에 보상금을 받아 연금보험에 가입했다는 사실, 그리고 이미 총 수령액의 절반을 써버렸다는 사실을 알아냈다. 속았다는 사실을 안 외숙부가 느낀 것이 분노일지 슬픔일지 궁금했다.

외숙부가 쫓고 있는 돈, 외할머니가 매달 수령한 보험금은 내가 가져갔다. 오백여만 원씩 삼 년 칠 개월 동안, 이억이 넘는 액수였다. 내가 원한 것은 아니었으나 내 앞에 왔을 때 나는 거절하지 않았고(거절할 수 없었다), 그럼으로써 외할머니와 관련된 여러 가지 이슈에 얽히게 되었다. 돈이란 그런 것이다. 받으면 뭔가를 내주게 되어 있다. 그러니 섣불리 받아서는 안 된다. 하지만 돈이 없을 때, 말라붙었을 때 인간은 이성적인 판단을 하기가 힘들다. 묻고 따지고 할 겨를이 없다. 삼 년여 전의 내가 그랬다.

당시 나는 의정부의 연립주택 투룸에서 무직자 애인과 살고 있었다. 인철이 처음부터 무직자였던 것은 아니다. 입시학원 국어 강사였던 인철은 희곡을 쓰고, 무대 조명 아르바이트를 하고, 때로는 야학에 나가서 아이들을 가르쳤다. 시간에 쫓겨 뛰어다니면서도 그 모든 일을 즐겼다. 같은 학원에서 일하지만, 미국에서 유년을 보낸 이력 하나로 어쩔 수 없이 영어 강사가 된 나와는 달랐다. 그는 서른다섯 살이 되기 전에 극작가로 데뷔하겠다는 야심을 품고 있었고, 이를 위해 오래전부터 적금을 붓고 있었다. 아무 일도 하지 않고 일 년간 글만 쓸 수 있는 돈. 그는 그 돈으로 자기 삶의 새로운 광맥을 발견할 수 있으리라 믿었다.

우리는 사귄 지 얼마 되지 않아 같이 살기 시작했다. 서른이 넘었지만 둘 다 빈털터리라(나에게는 낭비벽이, 그에게는 가난한 부모가 있었다) 보증금이 천만 원도 되지 않는 월셋집을 얻었고, 마트에서 산 물건으로 살림을 채웠다. 친구들이 하나둘 결혼해서 큰 집과 자동차를 사고, 아이들을 낳아 키우는 것을 봐도 부럽다는 생각은 들지 않았다. 결혼은 처음부터 우리의 계획에 없었다. 그렇게 살기 위해 감수할 것들을 상상하기만 해도 경악스러웠다. 지금이 좋다고 우리는 입을 모아 말했다.

엄마의 생각은 달랐다. 결혼은 문제가 많은 제도지만 동거는 더 나쁘고, 인철 같은 가난한 남자에게 꼬여 후자의 삶으로 떠밀리는 것은 최악이라고 했다. 나는 엄마의 반응에 놀랐다. 그녀는 언제나 자신의 삶, 자신의 연애가 더 중요한 사람이었기 때문이다. 엄마는 내 진로나 미래에 별 관심이 없었다. 낮에는 학원 일로, 밤에는 데이트로 거의 매일 집을 비웠다. 나는 우리가 모녀보다 자매 관계에 가깝다는 생각을 하며 자랐다. 그러니 인철에 대한 엄마의 반대에 냉담해질 수밖에 없었다. 나의 동거 사건이 그녀 삶의 주축이라 할 수 있는 불안과 허영에 옷을 입혀 무대에 올릴 기회가 되었던 것일까? 엄마는 몰래 학원까지 찾아와 인철을 만났다. 돈봉투라도 줬나 하면 그건 아니고, 남편 없이 자식을 키운 인생사와 하나뿐인 딸을 향한 애끓는 심정에 대해 늘어놓은 후 간곡히 헤어져달라고 부탁했다. 나는 인철이 아닌 동료 강사에게 그 이야기를 들었다. 인철은 그 앞에 앉아 고개도 들지 못했다고 했다.

나는 엄마에게 화를 내지 않았다. 그저 부끄러웠을 뿐이었다. 엄마에 대한 나의 감정은 늘 그랬다. 엄마와 조용히 끊어지고 싶었다. 영원히 연락할 수 없는 곳으로 사라지고 싶었다. 하지만 그럴 수 없었다. 그러기에 나는 그 여자를 너무 오래, 많이 봤다. 미국에서 아버지라 불린 그 개새끼한테 곤죽이 되도록 맞던 것, 나를 데리고 도망치면서 땀에 젖은 손을 덜덜 떨던 것, 어린 딸 앞에서 말의 명과 암을 구분하지 못하고 토해내던 상처의 붉은 살들—그런 기억들이 고스란히 내 안에 남아 있었다. 나는 그 여자를 저버릴 수 없었다.

내가 인철과 헤어지지 않는다는 사실을 받아들인 뒤 엄마는 그를 없는 사람 취급했다. 차라리 그 편이 나았다. 인철은 그후 일 년간 두문불출하며 희곡 작업에 매달렸다. 하지만 몇 군데 공모전의 예심만 통과했을 뿐 연거푸 낙선의 고배를 마셨다. 나는 그에게 다음 기회가 있을 거라고 위로했으나 솔직히 아무래도 상관없으니 하루빨리 돈벌이를 시작하기를 바라는 마음뿐이었다. 생활비 통장이 진작 바닥을 보인 상황이었다.

인철은 손을 털고 일어나 다시 일을 구했다. 그런데 뜻대로 되지 않았다. 전의 입시학원은 물론 동네 작은 보습학원에서도 그를 원하지 않았다. 일이 꼬이기 시작하니 이상하게 계속 꼬였다. 주말마다 조명 아르바이트를 했던 소극장은 불황으로 도산했고, 십 년 넘게 활동비를 받고 봉사해온 야학은 신설된 청소년 센터의 관할로 넘어가면서 문을 닫게 되었다. 인철은 공황 증상으로 약을 먹어가며 건설현장을 돌아다녀 일당을 받아왔다.

나는 그에게 더 쉬라고 말할 수 없었다. 오 년째 함께 살아온 연립

주택 집주인이 바뀌면서 집을 나가달라는 통보를 받은 참이었다. 우리가 가진 돈으로는 더 낮은 곳으로 내려갈 수밖에 없었다. 그전까지는 가난이 우리의 선택이라고 생각했지만, 선택의 여지가 없는 상황으로 내몰리자 여유랄지 정서랄지, 비참해지지 않기 위해 끝까지 붙잡고 있던 줄이 끊어져버린 느낌이었다.

우리의 관계도 몇 차례 위기를 맞았다. 가장 심각했던 시기는 월경이 몇 달째 없던 때였다. 임신에 대한 공포감으로 숨이 막힐 지경인 내게 인철은 유리 반지를 내밀며 청혼했다. 나는 그것이 아주 질 낮은 농담이라고 생각했다. 하지만 인철은 진심이었고, 나에게는 그 진심이 질 낮은 농담보다 더욱 나빴다.

산부인과 진찰 결과 나는 임신이 아니라 자궁의 혹을 떼어야 하는 상황이었다. 어렵게 하루 휴가를 내서 수술 스케줄을 잡고 입원 준비를 하면서 처음으로 인철과 크게 다투었다. 전부 돈 때문이었다. 돈이 다 말라버렸고, 설마 했지만 정말 한 방울도 남지 않았고, 병원에서 신용카드의 남은 한도액을 다 써버리면 그때부터 손가락만 빨면서 한 달을 버텨야 할 상황이었다. 두려움에 무릎이 꺾이는 나와 달리 인철은 태평하기만 했다. 그가 정말 태평한 것이 아니라 태평한 척하는 것이란 사실을 알면서도 나는 그를 맹렬히 비난했다. 넌더리를 내며 유리 반지를 집어던졌다. 인철은 집을 나가서 며칠간 들어오지 않았다. 우리는 그렇게 끝날 수도 있었다.

하지만 인철은 수술 전날 돌아왔다. 그가 돌아왔다는 사실에 내가 얼마나 안도했는지, 지금도 생생히 기억한다. 그는 아무 일도 없었다는 듯 병원에 갈 채비를 하더니, 수술 전 금식을 앞두고 있던 내게 뭘 먹고 싶으냐고 물었다. 우리는 땀을 뻘뻘 흘리며 감자탕을 먹었다. 자꾸 눈가가 뜨거워졌지만, 나는 꾹 참고 밥도 볶아 먹자고 말했다.

수술 당일 엄마를 부르자는 인철의 제안을 나는 단호하게 거절했다. 그래서 마취에서 깨어나 엄마를 봤을 때 순간 꿈인가 했다.

"여기 1인실은 없니?"

엄마는 누구에겐지 모를 물음을 던졌다. 인철이 허둥지둥 원무과로 달려간 뒤 나는 1인실로 옮겨졌다. 추가금은 엄마가 계산했다. 내 상태를 보고도 엄마는 별로 놀라지 않았다. 학원에 연락했다가 내 소식을 들었다고 했다. 잠시 후 의사가 들어와 수술 경과에 대해 말해주었다. 엄마가 의사에게 궁금한 것들을 묻는 동안 인철은 투명인간처럼 벽에 붙어 있었다.

금세 돌아갈 줄 알았던 엄마는 해 질 무렵 가방에서 편한 옷을 꺼내 갈아입었다. 아예 밤을 새울 작정으로 온 것 같았다. 괜찮으니 그만 가보라고 해도 듣지 않았다. 결국 주변을 서성이던 인철이 집에 돌아갔다.

저녁에 보호자 식사를 주문한 엄마는 밥을 먹으면서 내내 맛이 없다고 불평했다. 음악학원 아르바이트생에게 수시로 전화를 걸어 이러저러한 일로 짜증을 냈다. 아홉시부터 드라마 두 개를 연달아 보았다. 그러면서 누군가와 오 분 단위로 메시지를 주고받았다. 병실의 불을 끈 뒤에도 휴대폰 진동이 계속 울렸다. 나는 종일 굶은데다 수술 부위가 욱신거려서 한마디 말을 할 힘도 없었다. 밤새 피를 쏟아

패드가 흥건해졌다. 새벽에 간호사가 와서 그것을 갈아주었다.

다음날 아침 일찍 나는 인철에게 메시지를 보냈다. 인철은 시키는 대로 커피와 빵을 사 들고 병실로 왔다. 엄마는 반가워하며 커피를 받아들었다.

"얘, 나 빵은 안 먹어. 글루텐 덩어리 뭐가 좋다고."

"그럼 커피만 드세요. 식사는 집에 가서 하시고요. 이제 그만 가도 돼요."

"그런데 얘가 왜 이렇게 어제부터 자꾸 가라고 난리야."

"불편해서 그러지. 엄마도 불편하잖아."

엄마는 서운한 듯 나를 빤히 보더니 요란하게 옷을 툭툭 털고 일어나 가겠다고 했다. 엄마가 떠난 뒤 협탁 위에 봉투가 놓여 있는 것을 보았다. 인철이 봉투를 들고 쫓아 나갔다. 엄마는 멀리 가지도 않았다. 병실 앞 의자에 우두커니 앉아 있다가 인철과 함께 돌아왔다.

"이 돈 뭐예요?

"뭐긴 뭐야. 주는 거지."

"우리도 돈 있어요."

마음에도 없는 소리를 하려니 혀가 꼬이는 것 같았다.

"그래도 그냥 받아둬."

나는 엄마 앞에서 봉투에 든 돈을 꺼냈다. 오백십이만 삼천사백 원. 백 원짜리 동전이 시트 위로 떨어져 데구루루 굴러갔다. 엄마가 잠자코 그것을 내려다보다가 입을 열었다.

"나도 받은 돈이라 그래."

"누구한테요?"

"외할머니한테. 인천 협동농장 보상금으로 연금보험을 들어놨던 모양이야."

나는 입을 다물었다. 내 표정을 본 인철이 슬그머니 병실을 나갔다.

"엊그제 찾아와서 현금으로 주더라. 앞으로 매달 줄 거래. 왜 주냐고 하니까 유산이라고."

"할머니 안 돌아가셨잖아요?"

"그러니까 말이다. 영문을 모르겠어."

"어쨌든 엄마 돈이에요. 저는 필요 없어요."

"글쎄 그게."

엄마는 화장을 안 한 얼굴로 나를 멀거니 보다가 말했다.

"협동농장 보상금이라는데 그걸 내가 어떻게 받아 쓰니. 그래서 널 주는 거야. 너에게는 쓸모가 있을 테니까."

외할머니와 외할아버지가 악명 높은 섬에서 나와 협동농장에 들어갈 수 있었던 것은 그들에게 얼마간의 돈이 있었기 때문이었다. 외할머니가 전남편에게서 훔친 돈. 그 남자는 외할머니가 한센병에 걸렸다는 사실을 알게 되자 독약을 건네며 조용히 죽으라고 권했다. 외할머니는 돌쟁이인 딸을 두고 그 집에서 쫓겨났는데, 아무리 생각해도 그대로는 죽을 수 없었기에 돈과 패물을 빼돌렸다. 남자는 얼마 지나지 않아 도둑맞은 것을 알아차렸겠지만 외할머니를 쫓아 한센인들의 섬에 들어올 배짱은 없었을 것이다. 그렇다면 그녀의 딸은 어찌되었을까. 엄마는 외할머니가 그 딸로 인해 평생을 죄의식 속에 살았고, 또다른 딸인 자신에게 더욱 인색하게 굴었다고 했다. 그러지 않았다면 자신을 고아원에 보내놓고 어떻게 세 식구만 오붓하게 농장에서 돼지와 닭을 키우며 살아갈 수 있었겠냐는 것이었다.

솔직히 말해서 나는 그 모든 내용에 관심이 없었다. 피부가 녹아내리는 병에 걸려서 사회로부터 배척당했던 한 무리의 사람들. 그중 한 명이 내 조상이라고 해서 뭐 어떻단 말인가? 아무리 생각해도 별 감흥이 없었다. 그런데 정말 그런 일이 있을 수 있나? 실질적인 전염력을 가지지 않음에도 오해와 억측만으로 린치를 당하고, 격리 수용당하고, 죽는 날까지 가족들을 만나지 못하는 그런 일이 가능한가? 역사에는 그렇다고 나와 있다. 그러니까 나는 그들 무리의 후손으로, 상황이 나아지지 않았다면 저 산골 농장에서 바깥세상에 한 번 나와 보지도 못한 채 살아갔을 수도 있다. 으스스한 분위기의 미국 드라마 소재로나 어울리는 이야기였다.

하지만 그 모든 게 뜬구름 같은 얘기로 들린다고 해도 매달 오백십이만 삼천사백 원은 달랐다. 의미심장한 액수였다. 그 깊이와 너비가 손에 닿을 듯했다.

"줄 것 줬으니 난 이제 간다."

엄마는 인철에게 인사도 하지 않고 병원을 떠났다. 나는 인철과 마주앉아 봉투에 담긴 돈과 그 출처에 대해 이야기했다. 한센인이라는 말에 그는 오호, 하는 표정을 지었다. 그것이 전부였다.

"그래서 매달 그 돈을 주신다는 거야?"

"외할머니와 엄마의 마음이 바뀌지 않는 한."

인철은 멍하니 허공을 보았다.

“왜 그래?”

그는 혼잣말을 하듯 중얼거렸다.

“내가 어제 무슨 꿈을 꿨나 생각하는 중이야.”

그날 밤에는 좀처럼 잠을 이룰 수 없었다. 나는 보호자 침대에서 몸을 둥글게 말고 잠든 인철의 등을 오랫동안 조용히 바라보았다.

급박한 상황이 되면 우리도 상대에게 독을 내밀며 죽으라고 권할 수 있을까.

외할머니와 외할아버지는 섬 안에 있는 교회에서 만났다고 했다. 외할아버지는 한센인이 아니었으나 교회에서 종 치는 일을 하며 자란 전쟁고아였다. 그는 신앙심이 깊었고 모든 것을 하나님과 연관지어 생각했다. 한센인 부인을 맞는 것 역시 기도 끝에 내린 결단이었다.

외할머니는 매일 새벽 네 시에 일어나서 외할아버지와 같이 기도회에 나갔다. 그녀는 교회에서 가장 많은 일을 하는 권사였고, 예배와 행사의 주축이었다. 할머니가 없으면 교회 식당이 돌아가지 않는다고들 했다. 외할아버지가 세상을 떠난 뒤 할머니는 그 모든 수고와 노력을 돌연 그만두었다. 교회 쪽으로는 발길도 하지 않았다. 외할머니는 신을 믿지 않았다. 다만 외할아버지를 위해 그 모든 일을 했던 것이다.

다음날 아침 나는 간호사에게 걷기 운동을 좀 하라는 지령을 듣고 산부인과 병동을 한 바퀴 돌았다. 어디서 웃음소리가 들려 쫓아가봤더니 한 떼의 산모들이 유리창 너머로 신생아들을 보고 있었다. 우리는 똑같이 풍성한 원피스 환자복을 입고 있었다. 그들은 아기를 낳았고, 나는 물혹을 떼어냈다. 슬그머니 그들 틈에 서서 잠든 아기들을 구경하고 있는데 엄마에게서 전화가 왔다.

"퇴원했니?"

"아직. 이따 오후에 의사 선생님 보고 퇴원할 거예요. 인철이가 같이 있잖아. 걱정하지 마요."

엄마는 잠시 뜸을 들이더니 다시 물었다.

"그애한테 돈에 대해서 뭐라고 말했어?"

나는 엄마가 궁금한 게 뭔지 알아차렸다.

"사실대로 말했지. 엄만 그게 뭐 대단한 비밀이라고. 인철이는 횡재한 사람처럼 굴던데. 나한테 뭐라고 했는지 알아? 어제 내가 무슨 꿈을 꿨더라? 이러더라니까."

엄마는 어이가 없다는 듯 힘없이 웃었다. 그런데 뭔가 후련한 기색이었다. 엄마는 알았다고, 됐다고, 몸을 잘 회복하라고 격려한 뒤 전화를 끊었다.

퇴원 후 버스를 타고 집에 돌아오는 길에 인철과 나는 정말로 매달 오백만 원이 들어온다면 뭘 하고 싶은지에 대해 이야기를 나누었다. 나는 제일 먼저 여행을 가고 싶다고 했다. 아무 계획 없이 무작정 떠나는 여행. 시간과 돈을 재거나 따지지 않고, 돌아올 날짜 같은 것도 염두에 두지 않고, 발길 닿는 대로 떠돌아다니다가 마음이 내키면

짐을 풀고 한없이 늘어지는 여행. 카페든 식당이든 아이들이 있는 곳은 무조건 피할 것이다. 깨끗하고 조용한 어른들의 세계로만 떠다닐 테다. 아이들의 괴성, 고자질, 토라짐, 낄낄거리는 웃음소리는 전부 끝이다. 지긋지긋한 아이들!

인철이 놀란 눈으로 나를 보았다.

"난 아이들이 좋은데……"

그는 잠시 망설이다가 입을 열었다.

"그렇지만 매달 오백만 원이 생긴다면, 취직에 대한 압박이 없다면…… 좀더 집중해서 글을 써보고 싶어. 딱, 일 년만 더."

나는 고개를 끄덕였다.

"약속된 수입만 있다면 뭘 해도 좋겠지. 느지막하게 일어나서 땅콩을 수북하게 까먹고, 고양이랑 시시덕거리며 놀고, 밤새 다리 밑에서 춤을 추는 거야. 그래도 누가 뭐랄 거야?"

"외할머니께 감사하네. 이렇게 즐거운 생각은 정말 오랜만이잖아."

인철이 웃으며 말했다.

"그렇지만 적은 액수도 아니고, 부담이 되는 것도 사실이야. 잘 생각해보고 거절해도 좋아."

집 근처 정류장에서 지팡이를 든 노인이 버스에 오르자, 기사는 한참 동안 차를 출발하지 않고 기다려주었다. 잠자코 그 모습을 지켜보던 인철이 입을 열었다.

"외할머니…… 힘든 삶을 살아오셨겠다."

"그래, 맞아."

나는 인철의 말에 수긍했다.

아무 대가 없이 매달 들어오는 돈, 그것이 정말 가능할까? 가능했다. 매달 10일이 되면 꼬박꼬박 돈이 들어왔다. 인철은 부담이 된다고 했지만 무슨 헛소리, 나는 조금도 부담되지 않았다. 애타게 매달 10일만 기다렸다. 그 돈은 정말 유용하게 잘 쓰였다. 월세를 올려 이사하고도 넉넉히 남았다. 나는 학원으로 복귀하지 않았다. 매일 집에서 햇빛에 떠다니는 먼지를 바라보며 유유자적했다. 소고기와 치킨과 떡볶이와 체리와 자몽을 마음껏 사 먹었다. 새 운동화를 사고, 필라테스를 하러 다니기 시작했다. 인철과 용돈을 나눠 쓰면서 그 역시도 글을 읽고 쓰는 데 종일 시간을 들일 수 있었다.

우리는 저녁을 먹다가, 텔레비전을 보다가, 밤거리를 산책하다가 충동적으로 여행을 떠났다. 마치 어린아이들의 놀이 같았다. 누군가 이야기를 꺼내면 곧바로 기차 티켓을 예매하고, 짐을 꾸려서 문을 열고 나서는 데까지 걸리는 시간을 단축시키는 놀이. 기술이 숙달되자 한마디 말이 현실이 되는 데까지 채 오 분도 걸리지 않았다. 이런 식의 삶이 어떻게 가능한가 하는 질문을 우리는 더이상 하지 않았다. 그것은 우리의 이해로는 가능하지 않은 이상한 은총 같았다. 그 끝에는 분명 대가를 지불한 늙은이가 있었고, 우리는 매달 10일이 되면 그에 대해 이야기하지 않을 수 없었다. 질병의 숙주라는 오명, 시민권의 박탈, 격리 생활, 인격 비하와 모멸, 무작위로 행해진 낙태와 생체실험에 대해서. 대화는 종종 침묵 속에서 끊어졌고, 인철은 몸을 떨었다. 그는 홀로 남아 글을 썼다. 캄캄한 밤중에 스탠드를 켜고 등을 둥글게 말고 앉아 끝없이 무언가를 썼다.

다음해에도 인철은 신춘문예와 공모전에 낙선했다. 그나마 한 군데서는 최종심에 올랐으나 '발군의 문장이 무색할 만큼 낡은 이야기'라는 악평을 받았다. 인철은 이제 그만하겠다고 말했다. 할 만큼 했다고, 더이상 아쉬움이 없다고, 모두에게 고맙다고 했다. 마치 수상 소감이라도 말하는 것 같았다. 우리 둘 다 울 뻔했다. 그때 심사위원 중 한 사람에게서 연락이 왔다. 인철의 희곡을 무대에 올리고 싶다고 했다.

인철은 서울의 제일 큰 극장에서 첫 작품을 올렸다. 마지막날 엄마도 극장에 왔다. 연극이 끝난 뒤 우리는 다 같이 저녁식사를 하러 갔다. 한센인 여인이 주인공으로 나오는 연극에 대해서 엄마는 한마디도 하지 않았다. 희곡은 몇 살부터 썼는지, 한 작품을 쓰는 데 며칠이나 걸리는지, 하루 몇 시간 책상에 앉아 있는지 그런 시답잖은 것만 물어봤다.

엄마는 그날 유난히 많은 양의 음식을 먹었다. 특별히 준비한 빈티지 보르도 와인도 함께 나누어 마셨다. 엄마는 우리가 돈을 저축하지 않고 써재끼는 것을 비난하지 않았다. 다만 그 돈은 할머니가 살아 계신 동안만 받을 수 있는 연금보험이라는 것을 잊지 말라고 했다. 건강관리가 철저한 분이니 백 세까지도 넉넉히 사실 테지만 그래도 기한이 있다는 것을 잊지 말라고. 인철을 대하는 엄마의 태도는 전보다 한결 부드러워져 있었다. 헤어지기 전, 엄마는 지난 일은 미안했다고 자그마한 목소리로 말했다. 인철은 희게 웃으며 고개를 끄덕였다.

그다음 해 봄에 우리는 엄마와 외할머니를 모시고 제주도 여행을 다녀왔다. 그것은 인철의 생각이었다. 두 사람과 여행이라니, 영 내키지 않았지만 인철의 성화에 못 이겨 외할머니와 엄마에게 의향을 물었다. 둘 다 선뜻 좋다고 대답해서, 가슴이 철렁 내려앉았다.

"이제 어떻게 할 거야?"

"뭘, 재미있게 놀다 오는 거지. 꽃도 보고, 나무도 보고."

인철은 천진하게 말했다.

"두고 봐. 여행 내내 두 사람을 양쪽 어깨에 올리고 다녀야 할걸."

"너무 과장하지 마."

비행기에 오르는 순간부터 외할머니는 두통을 호소했다. 도착하자마자 먹은 전복 솥밥에서 이상한 냄새가 난다고 했고, 결국 한 숟가락 뜬 것이 얹혀서 약을 찾아 한참 시내를 헤매야 했다. 할머니는 이마에 손을 얹고 8인승 승합차의 맨 뒤에 누워 있기만 했다. 한편 엄마는 처음부터 이상하리만치 기분이 좋았다. 엄마에게 새 남자친구가 생긴 것을 그날 처음 알았다. 음악학원의 소득세 신고 기간에 만난 대머리 세무사라고 했다. 엄마는 공항에서 내내 그와 속삭이며 통화하더니 비행기에서 내린 후에는 무슨 이유인지 티격태격했고, 전화를 끊고서는 무거운 얼굴로 입을 다물어버렸다. 계속해서 전화벨이 울리는데도 무시했다. 듣다 못한 할머니가 그럴 거면 휴대폰을 꺼놓으라고 뒷좌석에서 소리쳤다. 창밖으로 에메랄드빛 바다가 펼쳐지는데, 아무도 관심이 없었다. 운전대를 잡은 인철은 진땀을 흘리며 혼자 허공에 질문을 던지고, 실없이 웃었다.

늦은 오후, 우리는 가까스로 근방에서 제일 유명하다는 카페를 찾아 들어갔다. 남국풍의 밀짚 지붕이 멋스러운 카페였다. 색색깔의 옷을 입은 젊은 사람들이 바글바글했다. 마침 잡지사에서 취재를 왔는지 매장 한가운데 커다란 카메라가 세워져 있었다. 바다가 한눈에 보이는 테라스 쪽 자리에 앉으려는데, 카페 사장이 다가와서 우리를 훑어보더니 그곳은 '예약석'이라며 저지했다. 예약 손님이 있느냐고 되묻자 손님이 없어도 비워둔다고 했다. 노인들이 있다고 차별하는 거냐, 나는 날카롭게 쏘아붙였다. 히피 펌을 한 여자 사장은 기막힌다는 얼굴로 나를 노려보더니 가게에서 나가달라고 했다. 가슴속에 차곡차곡 쌓아올린 장작 위로 화르륵 불이 붙는 기분이었다. 정신을 차리고 보니 나는 카페 한가운데서 고성을 내며 싸우고 있었다. 상대측에서 고소하겠다는 소리가 나왔을 때, 인철이 나를 들어 옮기다시피 하여 싸움이 일단락되었다. 한쪽 구석에서 외할머니와 엄마가 안절부절못하며 나를 기다리고 있었다. 그들은 내게 대체 뭐가 문제냐고 물었다. 나는 아무 말도 하지 않고 자리를 떴다. 호텔로 들어가 방에서 혼자 텔레비전을 보다가 일찍 잠자리에 들었다.

첫날의 소란 이후 2박 3일의 여정은 시간을 길게 늘인 것처럼 지루하게 흘렀다. 하늘은 내내 흐렸고, 바람이 많이 불었다. 관광지 어디에도 별 흥미가 없던 외할머니는 가파도에 있다는 청보리밭만큼은 꼭 가고 싶다고 했다. 너울성 파도로 연일 배가 뜨지 않다가 돌아가기 전날에야 겨우 운항 스케줄이 잡혔다. 외할머니는 스카프를 목에 친친 감고 배에 올랐다. 선내로 들어가자고 해도 꼼짝 않고 배의 후미에 서서 포말을 일으키는 바닷길을 바라보았다.

배로 이십 분도 가지 않아 도착한 그 작은 섬은 보리밭으로 가득 메워져 있었다. 연두색 보릿대가 휘청휘청 흔들리며 지평선 끝까지 펼쳐진 풍경이 장관이었다. 엄마는 선글라스를 끼고 배우처럼 포즈를 취했다. 우리는 낮은 의자에 나란히 앉아 처음으로 단체사진을 찍었다. 섬을 한 바퀴 돌고 나무 그늘 아래 휴게소에서 보리빵과 아이스크림을 먹었다. 외할머니는 꾸벅꾸벅 졸았다. 할머니의 스카프가 땅바닥으로 흘러내렸다. 엄마는 조용히 그것을 주워들었다. 세무사 아저씨랑 화해했냐고 묻자 피식 웃으며 그렇다고 대답했다. 우리는 별 볼거리도 없는 섬에서 한나절을 보낸 뒤 마지막 배를 타고 나왔다.

여행의 마지막 밤 우리는 야외 수영장 한편에 마련된 바에서 맥주를 마셨다. 호텔 목욕탕에 다녀온 후 쉬겠다는 외할머니와 엄마를 설득해서 인철이 만든 자리였다. 수위가 낮은 온수풀이라 어린아이를 둔 부부들이 많았다. 외할머니는 오랫동안 그 풍경을 지켜보았다. 엄마는 인철과 짧고 긴 대화를 나누다 우스갯소리를 하기도 했다. 선선한 바람이 부는 밤, 검은 하늘에 키 큰 야자수가 끝도 없이 솟아 있었다. 어디선가 은은한 피아노 연주곡이 들렸다. 인철이 여행 내내 동분서주하며 만들고자 했던 유쾌한 분위기—나는 그것이 가능하지 않다고 단언했지만—가 감돌았다. 그날 밤 잠시간 어떤 친밀감이 우리 사이에 휘장처럼 드리웠다. 외할머니는 자신의 고향 이야기를 했다. 고향에 있었던 보리밭, 함께 자란 친구들, 그중 일찍 결혼한 친구의 딸, 해원. 머루처럼 검푸른 머리카락을 가진 여자아이. 인형처럼 작고 예뻤던 아이.

나는 이야기 속 해원이 친구의 딸이 아닌 외할머니의 딸이라는 것을 알고 있었다. 할머니는 내가 자신의 삶을 속속들이 다 알고 있다는 사실을 몰랐을 것이다. 엄마에게 준 돈이 결국 내게 흘러들어온다는 것도 몰랐을 것이다. 아니, 어쩌면 다 알고 있었을 것이다. 이제 와서는 아무래도 상관없다는 생각이 든다.

여행에서 돌아온 뒤 나는 임신 사실을 확인했다. 어떻게 이런 일이, 어떻게? 인철과 나는 앵무새처럼 같은 말을 반복했다. 피임은 철저했고, 단 한 번 깜빡하는 실수도 없었다. 어떻게 이런 일이, 어떻게? 우리는 눈만 마주치면 서로에게 물었다. 어쨌든 그런 일은 벌어졌다. 인철은 다시 유리 반지를 준비했는데 전처럼 그게 악질의 장난이라는 생각은 들지 않았다. 꼭 돈 때문은 아니겠지만 전과 달라진 거라곤 매달 들어오는 돈, 그 돈밖에 없었다. 그러니까 그 돈이 있어서 마음이 바뀐 것이다. 우리는 경기도 외곽의 소형 아파트로 이사한 뒤 결혼했다.

인철은 근근하게 희곡 작업을 계속해나갔다. 앞이 보이지 않기는 전과 마찬가지였고, 이것이 광맥인지 아닌지도 여전히 확신할 수 없었으나 더 이상 계속해야 하나 말아야 하나 망설이지 않았다. 그는 매일 썼고, 다음 작품 역시 무대에 올릴 기회를 얻었다. 그 경력으로 제법 규모가 큰 입시학원의 국어 강사로 자리잡게 되었다. 나 역시 과외 강사 자리를 구해 다시 일을 시작했다. 딸아이가 태어난 후 우리는 미약한 우울증과 불면증, 허리 디스크를 나눠 가졌다. 아이의 이름은 해원으로 지었다. 해원의 돌잔치 때 외할머니는 처음으로 우리집에 왔다.

"이 이름이 예뻐서 저희가 가졌어요. 괜찮죠?"

"그거야 너희 마음이지. 너희 딸이니까."

외할머니는 특유의 무심한 얼굴로 우리를 보며 말했다. 해원은 노란 저고리에 빨간 치마 한복을 입고 금박의 굴레를 썼다. 지루한 돌잡이 과정을 할머니와 엄마, 나만 즐거워하며 바라보았다. 우리는 손뼉을 치며 웃었다. 인철이 해원과 우리의 사진을 찍어주었다. 나는 그 사진을 인화해서 거실 벽에 걸어놓았다.

해원이 두 돌을 맞을 무렵 외할머니는 돌아가셨다. 갑작스러운 당뇨합병증이었다. 누구보다 까다롭게 식단을 조절하고 건강을 관리해온 할머니였기에 모두가 놀랐다. 어느 날 저녁 할머니는 의자에서 일어나다가 뒤로 넘어졌고, 그때부터 말을 어눌하게 더듬었다. 급성 뇌경색이라고 했다. 병원에 입원한 지 세 달 만에 할머니는 눈을 감았다. 마치 그러기로 계획되어 있던 것처럼 죽음의 과정은 신속했다.

엄마는 점심때가 다 되어 외숙부의 집에서 나왔다. 외숙부가 원하는 대로 통장 거래 내역까지 일일이 확인시켜준 뒤였다. 아무 증거도 찾아내지 못한 외숙부는 연신 탄식했고(그 많은 돈을 대체 어디다 쓰셨을까), 엄마는 그를 위로했고(원래 속을 알 수 없는 양반이잖아), 그럼에도 그의 타는 듯한 마음은 진정되지 않았다. 할머니가 돌아가시기 전 연금보험의 남은 원금마저 융통하여 쓴 사실이 드러난 것이다. 남은 돈은 한 푼도 없었다. 두 사람은 상속받을 것이 아무것도 없다는 것을 확인한 후 헤어졌다. 엄마는 집에서 나오다가 현관 앞 상자에 담긴 몇 가지 물건을 보았다. 외숙부는 지친 목소리로 다 버릴 것들이니 가져가려면 가져가라고 했다. 엄마는 그 안에서 스카프를 집어들었다.

나는 외할머니의 스카프를 맨 엄마를 차에 태웠다. 밥을 먹으러 가자고 했더니 엄마는 시계를 흘긋 보고, 그냥 터미널로 가자고 했다.

"해원이도 보지 않고 갈 거예요?"

"응, 이 차 놓치면 다음 차는 저녁에나 있단 말이야."

엄마는 얼마 전부터 대머리 세무사와 동거를 시작했다. 결혼보다 '더 나쁜' 동거를 택할 수밖에 없는 애정의 임계점을 넘어선 것이다. 나는 그 남자에 대해 아무것도 묻지 않았다. 부디 그가 좋은 사람이기를, 그래서 엄마가 다시는 한밤중에 짐을 싸지 않아도 되기를 바랄 뿐이었다.

터미널에서 우리는 버스표를 끊고 우동을 먹었다. 엄마는 우동이 아무 맛이 없다고 투덜거렸다. 우동을 다 먹고도 시간이 조금 남아서 우리는 자판기 커피를 뽑아 벤치에 앉았다.

"할머니 장례식에 그 여자가 왔던 거 아니니? 해원."

나는 깜짝 놀라 엄마를 바라보았다.

"어떻게?"

"내가 찾았지. 나 말고 누가 있니?"

엄마가 피식 웃었다.

"외할머니 마지막에 병원 계실 때 찾았어. 그리고 만났지. 네 외숙부 모르게."

"어땠어요?"

"뭘 어때, 울고불고 난리였지. 완전히 신파 드라마. 돌아가실 때까지 몇 번 더 만났어."

엄마는 손에 든 종이컵을 바라보았다.

"딸을 찾아줘서 고마웠는지, 나한테도 엄청 잘해줬어. 천사가 따로 없더라. 마지막에는 꼭 다른 사람처럼 보였어. 탈이라도 벗은 것처럼…… 나한테 너무 매몰찼다고, 평생 다정하게 대해주지 못해서 미안하다고 사과하더라."

엄마는 고개를 숙였다.

"사과해도 소용없다고 했지. 그리고 물어봤어. 고아원에 왜 한 번도 안 찾아왔느냐고. 한 번만이라도 찾아와서 잘 참으라고, 곧 데리러 온다고 말해줬으면 좋지 않았겠냐고. 그랬더니 그 양반 뭐라고 했는지 알아?"

엄마는 바람 빠진 소리를 내며 웃었다.

“기억이 안 난대. 그 시절의 일은 전부 다 잊어버렸대. 자기는 열 명분의 인생을 산 것 같다고…… 늘 분주하고 너무 많이 피곤했다고, 등이 휘도록 피곤했다고 그러더라.”

“뭔지 알 것 같아.”

“네가 알긴 뭘 알아.”

엄마는 어린아이를 꾸짖듯 말했다.

버스 시간이 다 되자, 엄마는 가뿐하게 자리에서 일어났다. 라 캄파넬라, 벨이 울렸고 엄마는 전화를 받으면서 버스에 올랐다. 남자의 부드러운 목소리가 희미하게 들렸다.

창가 자리에 앉은 엄마는 내게 손을 흔들었다. 스카프를 목에 친친 두른 엄마가 외할머니와 놀랍도록 닮아 보여 나는 잠시 숨을 삼켰다.

터미널에서 차를 돌려 집으로 가는 길, 나는 부러 전에 인철과 내가 살던 연립주택가를 지나갔다. 좁은 골목을 통과하는데 과거의 한 부분으로 돌아간 것 같은 기분이 들었다. 나는 그곳에서 겪었던 가장 즐거운 일과 가장 고통스러운 일을 떠올려보았다. 어느 집에서 미숙한 피아노 연주 소리가 흘러나왔다. 꿈인 듯 아득한 소리였다. 그 소리는 영원히 계속될 것 같았지만 마침내 멈추었고, 그러자 골목에 남은 것은 침묵뿐이었다.

# 연희동의 밤

이서수

©김서해

1983년 서울에서 태어났다. 단국대학교 법학과를 졸업했고, 2014년 〈동아일보〉 신춘문예에 당선되며 작품 활동을 시작했다. 2020년 장편소설 《당신의 4분 33초》로 제6회 황산벌청년문학상을 수상했고, 단편소설 〈미조의 시대〉로 제22회 이효석문학상 대상을 수상했다. 장편소설 《당신의 4분 33초》《헬프 미 시스터》가 있다.

언니가 쓴 각본을 요약하면 이러했다. 하룻밤에 세 군데의 술집에 들러 술을 마시고 집으로 돌아가는 이야기. 주인공은 내면의 무언가가 조금 변한 채로 귀가하는데, 정작 자신은 그걸 깨닫지 못한다. 다음 날 아침, 그는 회사로 향하는 버스를 기다리며 굿네이버스 홍보 영상을 떠올린다. 영상 속 아이들은 잠비아에 살고, 그가 일하는 시간보다 정확히 두 시간 덜 일한다. 그렇게 일하고 하루에 250원을 받는다. 그는 250원으로 무얼 살 수 있는지 생각하다가 그 돈으로는 살 수 있는 게 도무지 없다는 걸 깨달으며 버스에 오른다. 250원으로 가족과 함께 하루를 영위해야 하는 아이들에게도 꿈이 있을까. 물론 그들에게도 꿈이 있다. 배불리 먹고 싶다는 꿈. 그는 시인이 되고 싶은 자신의 꿈과 잠비아 아이들의 꿈을 비교하다가 '꿈'이라는 단어에서 심각한 허점을 발견한다.

나는 언니가 쓴 각본을 다 읽은 뒤 내처 잤다.

*

버스를 타고 연희동으로 갔다. 우리는 연희동에서 종종 만났고, 술을 마신 뒤 하릴없이 그 동네를 걸었는데 언니는 오늘도 그렇게 할 생각인 것 같았다. 주말에 만나자고 해도 언니는 오늘 당장 만나야 한다고 말했다. 그래야 자기가 조금 덜 울 것 같다며. 나는 언니가 덜 울기를 바랐기에, 팀장의 눈치를 살피다가 입사 후 처음으로 정시에 퇴근했다.

언니는 연희예술극장 맞은편에 서서 핸드폰으로 거리를 찍고 있었다. 동영상 모드였다. 오가는 차량과 행인들의 모습을 담고 있는 것 같았다. 왜 그런 걸 찍는지 궁금했지만, 감상적인 대답이 돌아올 것 같아 묻지 않았다.

언제 왔어? 뒤늦게 나를 발견한 언니가 물었고, 나는 내일 팀장한테 불려가 잔소리를 들을 것 같다고 볼멘소리부터 했다.

그래도 오늘은 좀 봐줘.

나는 그러겠다는 의미로 고개를 끄덕였다. 오늘은 언니가 꿈을 포기하기로 한 날이니까.

언니와 달리 나는 오래 전에 꿈을 포기했다. 꿈은 없고, 목표만 남았다. 내일채움공제라 불리는 내일채움족쇄를 차고 2년 동안 꿋꿋하게 버티는 것. 이제 1년 4개월 남았다. 팀장은 나처럼 일 못하는 직원은 본 적이 없다고 대놓고 말했다. 나는 그 말을 못 들은 척했다. 이렇게 사는 나도 나이지만, 언니는 이제부터 시작이다. 뒤늦게 꿈을 포기하고 회사에 들어가, 나처럼 족쇄를 차고 2년 동안 버티기로 했다. 그러면 천만 원이 넘는 목돈이 생기니까. 우리는 지난밤 그렇게 하기로 합의를 보았고, 나는 통화를 마치며 조금 울었다. 언니를 개미지옥으로 초대하는 기분이었다. 하지만 다들 그렇게 살고 있으니 언니도 그래야 할 것 같았다.

어디로 갈까? 언니는 핸드폰을 주머니에 넣으며 물었고, 나는 술이나 마시자고 했다. 우리가 자주 가는 단골 포차가 인근에 있었다. 저렴하고 맛없는 안주와 정신 사나운 분위기. 그럼에도 술이 잘 들어가는 묘한 곳이었다. 언니는 단박에 싫다고 하더니 하염없이 걷기만 했다.

언니, 뭐 할 건데?

그냥 좀 걷자.

나 배고파.

너 그거 알아? 전직 대통령이 죽은 거.

세 달 전 이야기를 갑자기 왜 하나 싶었다. 나는 유튜브 구독 채널로 새로운 소식을 접했고, 관심 분야 밖의 일은 잘 몰랐지만, 전직 대통령이 죽었다는 것 정도는 알고 있었다. 나는 퉁명스럽게 그게 우리와 무슨 상관이냐고 물었고, 언니는 연희동에 오니 갑자기 생각이 나더라고 했다. 나는 언니 생각이나 하라고 쏘아붙였다. 앞으로 뭘 해서 먹고 살지 그 생각이나 하라고. 언니는 서운하다는 눈빛으로 나를 보았다.

뭘 해서 먹고 살지 꼭 오늘 생각해야 돼? 오늘은 내 꿈을 보내주는 것만 하면 안 돼? 언니는 그렇게 말하며 핸드폰을 꺼내 들더니 다시 거리를 찍기 시작했다. 결국 뭘 하는 거냐고 물었다.

내가 꿈을 포기한 날, 이 세상이 어떤 풍경이었는지 남겨두려고.

나는 코웃음을 쳤다. 언니가 썼던 각본에도 저 따위 대사가 많았다. 그러니 한 번도 공모전에 당선된 적이 없지. 언니의 각본이 드라마로 만들어졌더라면 비웃음을 사는 것으로도 모자라 짤방 이미지로 숱하게 소비되었을 것이다. 나는 언니의 감성이 촌스럽다고 생각했다.

근데 너 치마 입었네?

……입어줬지.

치마 입는 걸 한 번도 못 봤다며 툭하면 시비를 거는 차장 때문에 나는 이번 주 내내 치마만 입고 있었다. 차장은 여직원이 하이힐을 신고 치마를 입어야 회사가 번듯해 보인다는 이상한 말을 자주 했다. 처음부터 그런 말을 했더라면 진즉에 회사를 때려치웠을 텐데, 내일 채움공제를 의식했는지 반년이 지나고 나서야 했다. 그만두기엔 반년이 너무 아까웠다. 결국 치마를 입어주는 것으로 타협을 보았지만, 차장과 타협한 것인지 나 자신과 타협한 것인지는 알 수 없었다.

실은 은단 씨를 만나러 가려고.

은단 씨는 언니가 드라마를 배우러 다녔던 교육원의 담임이었다. 늘 은단 껌을 씹으며 수업을 진행했던 사람이라서 우리끼리는 은단 씨라고 불렀다.

갑자기 은단 씨를 왜?

내 인생을 8년이나 낭비하게 했잖아. 복수하려고.

복수라니?

나한테 재능 있다고 했어.

그럼 제자한테 재능이 없다고 해?

수강생들 중에서 오로지 나한테만 재능 있다고 했어.

이상하네. 왜 그랬지?

나도 모르게 본심이 튀어 나왔다. 언니는 나를 흘겨보았지만 화를 내진 않았다.

이 동네에서 일하더라. 인스타에서 봤어.

나도 안 하는 인스타를 하다니, 어쩌면 은단 씨는 나보다 젊을지도 모르겠단 생각이 들었다. 물리적 나이는 나보다 많지만 그게 전부가 아니니까. 내 마음속엔 이미 노인이 들어앉았다. 노후 준비 없이 노년을 맞이한 미래의 내가. 그리고 언니에게도 미래의 언니가 깃드는 중이었다.

어떻게 복수하려고?

언니는 대꾸 없이 고뇌에 찬 표정을 지으며 걸었다. 그러다가 어느 술집 앞에 멈추어 서더니 나를 돌아보며 말했다. 여기야. 들어가자.

사각 테이블이 놓여 있는 홀의 구석 자리에 은단 씨가 앉아 있었다. 둥근 뿔테 안경과 짧게 커트한 헤어스타일. 늘 너바나 셔츠만 입는다고 들었는데 오늘도 그랬다. 그녀는 '아그리파, 술의 집' 한구석에 앉아 노트북 화면을 들여다보고 있었다. 머뭇거리는 나와 달리 언니는 은단 씨에게로 곧장 걸어갔다. 은단 씨가 뒤늦게 고개를 들어 언니를 보았다.

경희야, 여긴 어떻게 왔어?

은단 씨는 언니의 손을 덥석 잡더니 환하게 웃었다. 언니는 만날 약속을 한 것처럼 말했는데, 은단 씨의 반응을 보니 그게 아닌 것 같았다. 우리는 은단 씨의 맞은편 자리에 앉았다.

그동안 잘 지내셨죠, 선생님. 언니는 착 가라앉은 목소리로 입을 열었다. 그동안 잘 지냈으니 이제부터 잘 지내지 않아도 괜찮지 않겠느냐고 묻는 것 같았다. 그러나 은단 씨는 언니의 의중을 짐작하지 못했는지 주방을 향해 밝은 목소리로 외쳤다. 해루 씨, 여기 메뉴판 좀 가져다줘. 내 제자 경희가 왔어.

'내 제자 경희'라는 말이 내 귀엔 '애제자 경희'로 들렸다. 언니는 아무런 표정의 변화가 없었다. 내 제자 경희. 나는 그 표현이 꽤 고풍스럽다고 생각하다가 오래전 나에게 너는 내 제자도 아니야, 밖에서 그런 말 하고 다니지 마, 라고 일갈했던 스승을 떠올렸다. 그는 내가 이미 노래를 충분히 잘 부르기 때문에 내게 필요한 건 연습이 아니라고 했다. 그러면 뭐가 필요하냐는 물음에 그는 대번에 인맥이라고 답했다. 그때부터 나는 그를 경멸했고, 내게 인맥을 만들어주려는 그의 노력을 무시했다. 그가 오라고 하는 술자리에 가지 않았고, 그가 소개해주는 사람들에게 무뚝뚝하게 굴었다. 그들은 내게 트로트 가수로 전향할 생각이 있는지 묻더니, 노출 의상에 대한 이야기를 넌지시 꺼냈다. 행사를 뛰면 얼마를 벌게 해주겠다는 식으로 말했을 때, 나는 주저 없이 자리를 박차고 나왔다.

주방에서 나온 해루 씨는 머리에 남색 두건을 쓰고 있었다. 해루 씨는 언니와 나 사이에 메뉴판을 내려놓더니, 먹고 싶은 걸 마음껏 고르라고 했다. 언니는 침착하게 메뉴판을 들여다보았다. 은단 씨가 언니에게 인스타를 보고 찾아온 거냐고 물었고, 언니는 그렇다고 짧게 답하더니 내 쪽으로 메뉴판을 살짝 밀어주었다. 나는 언니에게 아무거나 고르라고 말한 뒤 은단 씨의 얼굴을 힐끔거렸다. 그러다가 눈이 마주쳤고, 나는 머쓱함을 감추기 위해 물었다.

가게 이름이 '아그리파, 술의 집'이던데, 아그리파가 무슨 뜻이에요?

아…… 빛이 닿으면 사라지는 책이 있는데, 그 책 이름이《아그리파》예요. 여기도 빛이 닿으면 사라지는 술집이라서. 낮엔 문을 닫으니까.

은단 씨의 설명이 너무 상세해서 더 이상 물을 게 없었다. 나는 조용히 고개를 끄덕였다. 언니는 심혈을 기울여 안주를 골랐다. 가리비 구이와 얼큰한 토마토 해물뚝배기. 그리고 소주도 달라고 덧붙였다. 해루 씨가 메뉴판을 가져가자마자 언니는 툭 던지듯 말했다. 선생님, 저 이제 글 안 써요.

은단 씨는 진위를 가늠해보는 것처럼 언니의 얼굴을 가만히 바라보더니 말했다. 경희 네가 제출했던 단막극 제목이 아직도 기억 나. 〈행복의 전진, 도돌이표, 무엇이든〉, 맞지?

제목이 이상하다고 까였잖아요.

드라마 제목으론 좀 이상했지.

선생님, 저 선생님이 너무 미워요.

내가? 내가 왜 밉니?

저는 진짜 인생은 여기가 아니라 다른 데 있다고 생각했어요. 근데 아니었어요. 여기가 진짜고, 거기가 가짜였어요.

언니는 술 한 방울 마시지 않고 낯간지러운 말을 잘도 했다. 은단 씨는 씁쓸하게 웃었다.

경희 너는 여전하구나. 네가 쓴 각본엔 그런 말들이 많았잖아. 기억나니?

물론 언니는 기억하고 있을 것이다. 언니가 쓴 각본의 가장 큰 문제점은 등장인물들이 죄다 언니를 닮았다는 것이다. 그들은 처음부터 고뇌에 빠져 있었고, 세상을 멸시했다. 그러면서도 사회를 변화시키려는 노력은 하지 않았고, 술을 마시거나 친구 집에 찾아가 돈을 빌리기만 했다. 각본을 읽다보면 지루한 건 둘째치고서라도 주인공에 대한 공감이 어려워 끝까지 읽으려면 상당한 인내심이 필요했다. 그런 각본을 쓰는 언니의 문제점을 은단 씨가 일찌감치 일깨워줬어야 했다. 그런데 재능이 있다고 말하다니.

언니는 툭하면 내게 찌라시를 믿지 말라고 했다. 사상 없는 글은 솜씨 없는 저격수의 총알 같다고 했다. 무엇을 겨냥할지 생각하지 않고 쓴 글은 종이 낭비라고 했다. 언니는 지루한 각본을 쓰고, 온종일 걷고, 알바를 잘리고, 술을 마시고, 주사를 부리고, 숙취에 시달리고,

은단 씨의 인스타를 엿보고, 은단 씨의 드라마 작가로서의 일상과 자신의 일상을 비교하고, 은단 씨를 연모하고, 나를 만나 짝사랑은 인풋만 되고 아웃풋은 안 되니 미치고 팔짝 뛰겠다고 하소연하길 반복했다. 나는 언니의 사랑이 언니가 쓰는 각본 속 인물들의 사랑보다 가볍고 내향적이며 때로는 망상적이기까지 하다는 걸 알았기에 잠자코 내버려두었다. 그리고 지금 소주를 연거푸 세 잔이나 마시고 은단 씨를 빤히 쳐다보는 언니의 두 눈엔 또다시 깊은 연심이 깃들어 있었다. 나는 그런 언니를 보며 인간의 오만 가지 감정을 단 두 가지로 정리했다. 사랑받고 싶은 마음과 사랑하고 싶은 마음.

나는 언니의 잔에 소주를 따라주고, 은단 씨의 잔에도 소주를 부어주었다. 은단 씨는 술을 곧잘 마셨다. 꺾어 마시지 않고 한 번에 잔을 비웠다. 그럼에도 낯빛 하나 변하지 않았다. 흐트러짐 없는 자세로 꼿꼿하게 앉아 언니를 바라보며, 경희야, 어쩌니, 어째, 그런 말만 반복했다. 그러나 글을 계속 쓰라는 말은 절대로 하지 않았다.

한동안 술잔만 비워내던 언니가 말했다. 선생님, 청춘이 아름다운 건 아무것도 하고 있지 않아도 세상을 시시하게 볼 수 있기 때문이에요. 그 시기가 지나면, 아무것도 하고 있지 않다는 사실만으로도 세상이 공포로 다가와요. 제가 지금 그래요. 모든 게 공포예요.

그래, 그럴 수 있어. 근데 경희야, 너는 지금도 청춘이야. 세상을 계속 시시하게 봐도 돼.

선생님은 늙었어요.

맞아. 난 늙었어.

근데 안 늙었어요.

그래. 아직 안 늙었어.

선생님, 앞으론 그런 말 하지 마세요. 제자한테 절대로 재능 있다는 말은 하지 마시라고요.

은단 씨는 언니의 얼굴을 가만히 보다가 고개를 끄덕였다. 그리고 손가락으로 눈가를 훔쳤다. 나는 언니를 돌아보며 이제 그만 가자고 말했다. 언니는 내 손을 뿌리치더니 은단 씨에게 따지듯 물었다. 선생님, 연희동엔 뭐가 있어요?

뭐?

연희동엔 뭐가 있냐고요. 여길 잘 아시잖아요.

……집 있고, 상점 있지. 특별한 건 없어.

연희고지가 있던데요?

그랬나? 난 가본 적 없어. 여기서 일만 하느라.

선생님은 왜 하필 술집에서 글을 쓰세요? 안 시끄러우세요?

난 시끄러워야 글이 더 잘 써져.

저는 그런 사람 미워요.

뜬금없는 말에 은단 씨와 나의 눈이 동시에 커다래졌다. 시끄러운 곳에서 글을 잘 쓰는 것이 왜 미움받을 일이지.

선생님이 수업 시간에 그랬잖아요. 드라마는 사기라고. 사기를 잘 쳐야 성공할 수 있다고.

그랬지.

선생님은 그게 문제예요. 선생님은 전쟁이 뭔지도 모르면서 똑똑

한 척을 해요. 세상을 다 아는 척을 한다구요.

전쟁? 갑자기 전쟁 얘기를 왜 하니?

나 역시 묻고 싶었다. 갑자기 왜 전쟁 얘기를 하는 거냐고. 주사 좀 그만 부려. 그러나 그렇게 말하는 대신 숟가락으로 뚝배기 바닥을 긁었다. 안주를 나 혼자 다 먹은 것 같았다.

전쟁 얘기를 왜 하는지 몰라서 물으시는 거예요? 선생님은 정말로 드라마밖에 모르세요? 진짜가 뭔지 아직도 모르세요?

은단 씨는 말문이 막힌 듯 언니를 가만히 쳐다보았다.

경희야, 내가 너한테 재능 있다고 말했던 건 네가 바라는 세상이 있어서 글을 쓴다는 걸 알았기 때문이야. 정말로 잘 써서 그렇게 말한 게 아니었어. 너의 의도가 좋아서 그렇게 말했던 거야. 멋있으려고 글을 쓰는 게 아니라, 화나고 슬퍼서 글을 쓴다는 걸 알았으니까. 작가가 되기 위해서 작가가 되려는 게 아니라는 걸 알았으니까.

언니는 아무런 대꾸 없이 은단 씨를 노려보더니 벌떡 일어나 밖으로 나가버렸다. 나는 정답! 하고 외치고 싶은 마음을 억누르고, 냅킨을 한 움큼 집어 든 뒤 언니를 뒤따라갔다.

언니는 손등으로 뺨을 닦아냈다. 울면서 걷고 있는 언니를 보니, 과연 주사가 심해졌구나 싶었다. 나는 언니에게 다가가 냅킨을 건네주었다. 언니는 냅킨으로 눈가를 닦으며 이 세상에서 가장 불행한 사람은 나야, 하고 외치듯 말했다. 나는 웃기만 했다. 투정부리는 아이를 보는 것 같았다. 언니는 흘러내리는 콧물을 냅킨으로 연신 닦아내더니 앞서 걸어갔다. 나는 언니 뒤를 따라 걷다가 머릿속에 불쑥 떠오르는 걸 곱씹었다. 청년형 소득공제 장기펀드는 연봉 5000만 원 이하, 청년희망적금은 연봉 3600만 원 이하, 청년내일저축계좌는 연봉 2400만 원 이하. 이런 걸 외우고 다니는 사람이 가장 불행한 사람인데, 언니는 아마도 모를 것이다.

언니, 어디 가?

연희고지.

그게 뭔데?

전쟁기념비가 있는 곳.

그게 보고 싶어?

보고 싶어. 언니는 그렇게 말하며 나를 돌아보더니 눈가가 붉어진 채로 다가왔다. 우리는 팔짱을 끼고 맵을 찬찬히 살펴보며 연희고지를 향해 걸어갔다. 언니는 젖은 냅킨을 동그랗게 뭉쳐서 길가에 슬쩍 버렸다.

높다란 담장이 이어진 한적한 주택가를 걸었다. 언덕 끄트머리에 연희고지로 진입하는 돌계단이 있었다. 계단을 오르려다가 개 짖는 소리를 듣고 둘 다 소스라치게 놀랐다. 대문 너머에 있는 개는 덩치가 상당히 큰 것 같았는데, 컹 하고 짖을 때마다 밤의 어둠이 쑥쑥 깊어지는 듯했다. 앞장서 계단을 오르고 있는 언니를 따라잡기 위해 나는 걸음을 빨리했고, 도중에 길쭉한 표지석을 보았다. 나는 그게 연희고지를 기리는 비라고 착각했고, 너무 작다는 생각을 했다. 언니에게 그렇게 말하자 언니는 깔깔거리며 웃더니 빨리 계단 위로 올라오라고 말했다.

계단을 다 오르자 밤하늘을 향해 우뚝 솟아오른 거대한 비가 보였다. 해병대104고지전적비. 수도 탈환작전에 기여한 한미 해병대. 이곳에서 적을 무찔렀고, 소중한 걸 되찾았다는 이야기. 나는 판석에 새겨진 약사를 읽다가 띄어쓰기와 맞춤법이 이상한 곳을 꼼꼼하게 찾아냈다.

나 취했나 봐. 여기 적힌 말이 무슨 뜻인지 하나도 모르겠어. 언니는 그렇게 말하며 전적비 앞에 주저앉았다. 지대가 높아서 풍경을 바라보기에 좋았다. 언니의 시선은 어둠 위에 산발적으로 떠오른 시내 불빛으로 향했다. 아무런 말도 없이 조용히 숨만 내쉬던 언니가 나를 돌아보았다.

야, 우리 다음 생엔 재벌 딸로 태어나자.

대기자가 너무 많아. 나라라도 구하고 얘기해.

언니는 맥없이 웃었다. 나는 언니 옆에 앉아 언니를 계속 놀리다가, 재벌이라고 다 행복하진 않을 것이며 그들 나름의 고충이 있을 거라고 뻔한 말을 늘어놓았다. 그러는 동안 내 자신이 우습게 느껴졌다. 뭘 안다고. 실제로 재벌은 하고 싶은 일만 할 수 있고, 자신의 꿈이 너무 귀엽고 사랑스럽게 느껴질 수 있다. 배금주의에 빠지지 않은 자신이 몹시 대견할 수 있다. 언니는 서서히 웃음을 멈추더니 길게 한숨을 내쉬었다.

나는 은단 씨가 미운데, 자주 생각나고 보고 싶기도 해. 도대체 이게 무슨 감정일까.

불황의 중심에서 사랑을 외치다, 그런 드라마 써봐.

언니는 맞아, 그런 드라마를 쓰면 사람들이 볼지도 모르겠다, 라고 말하더니 진지한 표정으로 주인공과 플롯을 떠올리기 시작했다. 나는 그런 드라마를 도대체 누가 보겠느냐고 말했다. 〈세상의 중심에서 사랑을 외치다〉의 로맨스 감성도 먹히기 어려운 젠더 갈등 시대에 불황의 중심에서 사랑을 외치는 구질구질한 이야기를 누가 보겠느냐고. 언니는 맞장구를 치다가 갑자기 울상을 지었다. 그러더니 인스타를 볼 때마다 자기 빼고 다 부자라는 생각이 든다고, 자기만 거지라고 말했다.

그러니까 인스타 좀 그만 봐.

그게 잘 안 돼. 중독됐나 봐. 남의 인생이 프레임 안에 전시되는 걸 보는 것도 피곤한데, 그보다 더 피곤한 건 열등감을 자극하는 데 재미를 들인 나야.

나는 언니의 말이 너무 뻔해서 하품이 나왔다. 그런 감정에 시달리며 쓰는 각본은 얼마나 가여울까. 나는 언니가 드라마 작가라는 꿈을 포기해서 다행이라는 생각이 들었다. 그런 건 낙관을 잃지 않는 사람이 하는 일 같았다. 등장인물들을 이끌고 앞으로 나아가야 하니까. 구렁텅이에 빠뜨려놓지 않아야 하니까. 내 말에 언니는 고개를 저었다.

나는 내 인생에 대해선 늘 낙관적인 기대가 있었어. 뭔가를 무찌르고 지켜냈다는 자부심이 가득한 각본을 쓸 줄 알았어. 하지만 내가 한 일은 모호한 짝사랑뿐이야.

나는 아무런 대꾸도 하지 않았다. 이 모든 게 꿈 때문이라는 생각만 들었다. 꿈 때문에 울어본 사람이라면 알 것이다. 꿈은 나의 모든 것을 파괴하고, 나는 초인적인 능력으로 나를 재건시킨다. 하지만 꿈은 다시 나를 상대로 승리하고, 연이어 다시 패배한다. 그러는 동안 소모되는 건 나의 인생. 정확히는 시간이다. 그러므로 확실히 배상을 받아야 한다. 두 번 다시 전쟁을 일으킬 수 없게.

언니의 잃어버린 8년에 대해 언니 자신한테 배상을 해야 돼. 그러려면 이제부터 정말 열심히 살아야 되는 거 알지?

나 이제까지 열심히 살았거든?

나는 아니라고 했다. 열심히 산 게 아니라 재미있게 산 거라고. 언니는 재미 하나도 없었다고 답하더니 조금 울었다.

우리는 계단을 내려와 인적 없는 주택가를 걸었다. 도중에 언니가 걸음을 멈추며 힘없이 말했다. 나 좀 안아줘.

나는 언니를 꼭 끌어안았다. 언니의 보풀 인 코트에서 희미한 향수 냄새가 났다. 내 코트에선 라벤더향 페브리즈 냄새가 날 것이다. 우리는 두 개의 낡은 곰 인형처럼 초라한 몰골로 서로를 꼭 끌어안았다.

등 뒤로 개 짖는 소리가 날카롭게 들려왔다. 높은 담장에 설치된 방범 카메라의 빨간 불빛이 우리를 적대적으로 노려보았다.

*

미닫이문을 열고 들어서자마자, 소파에 드러누워 있는 할머니와 맞닥뜨렸다. 푸대접 포차의 주인이었다. 할머니는 입구 앞에 있는 3인용 소파에 팔다리를 쭉 뻗고 누워 잠들어 있었다. 할머니의 딸인 아주머니가 주방에서 분주히 요리를 하다가 우리를 맞아 주었다. 푸대접 포차의 진짜 이름은 '목마와 미나리아재비'이고, 우리는 미나리아재비의 꽃말이 '천진난만'이라는 것을 이곳에 온 첫날 알았다. 할머니는 가끔 손님들에게 시를 낭독해주었고 자기가 쓴 시라는 말은 죽어도 안 했지만, 손님들은 알고 있었다. 할머니가 쓴 시라는 걸.

우리는 머리를 맞대고 메뉴판을 들여다보며 안주를 골랐다. 잠시 후 두부김치와 어묵탕이 나왔다. 우리가 이곳을 푸대접 포차라고 부르는 이유는 바로 안주 때문이었다. 어느 것이나 항상 맛이 없었다. 두부는 차갑게 식어 있었고, 어묵은 내 얼굴의 절반만 했다. 칼질하기 귀찮아서 딱 한 번만 자른 것 같았다. 그래도 안주가 무척 쌌고, 애주가들의 사랑을 받는 곳이었다. 나는 싱거운 어묵탕 국물을 떠먹다가 실소를 흘렸다. 강렬한 후추맛. 그 외엔 아무 맛도 느껴지지 않았다. 싸니까 먹는다. 싸니까. 나는 소주를 잔에 따라서 가만히 들여다보다가 한 번에 들이켰다.

언니, 나는 홍상수 영화가 좋아.

술 마시는 장면이 많이 나와서?

응. 어떻게 알았어?

모를 리가 있니. 언니는 그렇게 말하더니 내 잔에 술을 가득 따라 주었다. 이미 취한 상태로 포차에 들어온 우리는 점점 더 취해 갔지만, 날은 춥고, 언니의 마음도 춥고, 언니의 짝사랑은 서글프고, 우리는 버려진 곰 인형들 같으니까 오늘은 많이 취해도 괜찮을 것 같았다. 그리고 이렇게 마음이 쓸쓸해지는 날마다 나는 어김없이 큰이모를 떠올렸다.

내가 말했나? 우리 이모가 예전에 서대문 산꼭대기 동네에 살았는데……

말했어.

그래도 들어봐. 쪽방촌처럼 방이 다닥다닥 붙어 있는 집이었대. 마당에 수도가 딱 하나 있고, 화장실도 하나였대. 부엌이 없어서 밥은 방에서 해 먹었고.

큰이모는 안양, 김포, 인천을 떠돌아다니며 살았다. 어느 날 주인집 아주머니가 큰이모를 불러 앉혀놓고 도대체 왜 그렇게 사느냐고 물었다. 고향 집으로 돌아가든지, 결혼해서 정착하든지 결정을 내리라고. 그때부터 큰이모는 수색에 정착했다. 그리고 막냇동생이 혼자 낳은 아이를 데려다가 키웠다. 그게 나였다. 수색은 장마 때마다 물이 차올라 물 일색으로 변한다는 의미로 '수색'이라는 이름이 붙었다는 설이 있는 곳이다. 외곽으로 내몰린 철거민들이 산자락에 판잣집을 짓고 위험한 우물물을 마셨던 곳이고, 연탄 공장이 많아서 탄가루를 씻어내려는 인부들을 위한 목욕탕도 많았던 곳이다. 그리고 거대한 두 개의 쓰레기 산……. 나는 이 모든 것들을 큰이모에게서 들었다. 미용기술을 배운 큰이모는 가겟방 딸린 점포를 싼값에 얻어 동네 아주머니들의 머리를 꼼꼼하게 말아주었다. 손이 어찌나 빠른지 다들 경탄했다. 큰이모는 아침과 점심은 믹스 커피로 때우고, 저녁에만 밥을 먹었다. 그래서인지 깡마르고 성격이 급했다. 큰이모는 술을 마실 때마다 유랑했던 젊은 시절에 대해 말해주었다. 안양에 살았을 땐 노조가 데모를 어찌나 많이 하는지 정신이 하나도 없었다고. 콘돔 공장, 고무장갑 공장에 다니던 이웃들의 얼굴이 떠오른다고. 당시 큰이모는 위장 취업한 대학생들의 이야기를 전해 듣고 자신과 나이가 비슷한 청년들이 사회를 바꾸려고 노력하는 걸 이해하지 못했다. 먹고 살 걱정을 하지 않는 게 신기했고, 떠돌이로 살면서 사회와 멀어지지 않는 것도 이상했다. 자신은 그렇게 했으니까. 사회가 싫어서 평생 떠돌이로 살려고 했으니까. 하지만 엿장수로 팔도를 여행하려는 그녀의 계획은 한 달 만에 실패로 돌아갔다. 남자처럼 분장하고 엿을 팔았지만 성별을 금세 들켰고, 엿만 팔지 말고 다른 것도 팔라는 농담을 던진 사내들의 혀를 엿 가위로 잘라버리고 싶은 걸 꾹 참았다. 참고 돌아와 다시 공장에 다녔고, 벌집에 살았고, 방에 곤로를 들여놓고 혼자 밥을 지어먹었고, 요정에 다니는 옆방 여자의 방에 들어가 화장품 냄새를 맡았다. 옆방 여자는 유부남을 사랑하고 있었는데, 큰이모는 옆방 여자를 사랑하고 있었다. 대단한 짝사랑이었다. 큰이모는 그녀를 마음에서 지우지 못해 평생 혼자 살았지만, 큰이모의 미용실은 여자들로 항상 북적였다. 농담을 잘했던 여자들. 큰이모가 다정하게 대해주었던 여자들. 서로에게 의지했던 여자들은 파마를 하고 분홍색 수건을 머리에 둘러쓰고 나란히 앉아 튀긴 미역과 호박전을 먹었다. 나는 소파 끄트머리에 앉아 염색모 샘플을 손가락에 둘둘

말면서 공상에 빠졌다. 마지막 주 일요일마다 어김없이 나타나는 남자를 떠올리며. 그는 반듯한 옷차림을 하고 미용실 문을 열고 들어와 쑥스러운 얼굴로 거울 앞에 앉았다. 나는 그가 나의 아버지라고 생각했다. 나를 몰래 보러 오는 거라고 상상했다. 그런 상상은 백 번을 해도 질리지 않았다.

두부를 숟가락으로 으깨며 내 말을 묵묵히 듣던 언니가 갑자기 우리들의 이모를 만나게 해주면 어떻겠느냐고 물었다. 나는 고개를 저었다.

성격이 반대라서 안 돼. 언니네 이모는 할 말은 하는 성격이잖아. 우리 이모는 할 말을 못 해서 끙끙 앓다가 평생 혼자 산 사람이라고.

언니는 가만히 고개를 끄덕이며 우리는 그렇게 살지 말자고 하더니 내게서 다짐을 받아냈다. 우리, 할 말은 꼭 하고 살자.

그러나 언니는 절대로 은단 씨에게 고백하지 않을 것이다. 자신이 품고 있는 사랑은 은단 씨와 그녀의 동거인이 나누는 사랑과 다르다고 언니는 내게 말했다. 나는 복잡한 얘길 들을 때마다 늘 그랬듯 멍한 표정으로 안주만 쳐다보았다. 언니가 으깨어 놓은 두부가 우리의 으깨어진 꿈 같았다. 언니의 으깨어진 사랑 같았다. 언니의 으깨어진 각본 같았다. 어떻게 그렇게 재미없는 각본을 쓸 수가 있지. 나는 지금도 그게 가장 큰 의문이지만, 언니에게 그런 말을 하진 않았다. 나는 언니를 나만의 방식으로 사랑했으니까.

큰이모가 나한테 거짓말하는 건지도 몰라. 어떻게 평생 동안 짝사랑을 할 수가 있어? 짝사랑은 길어야 4년이래.

언니는 내 말에 고개를 갸웃거렸다. 4년이면 끝난다고? 짝사랑이 그렇게 시시한 거야?

우리 나이에 4년을 버리면, 인생의 절반을 버리는 것이나 다름없어.

언니는 잔소리를 예상했는지 인상을 찌푸렸다. 이제 겨우 언니를 개미지옥으로 초대해놨으니 도망가지 못하게 주변에 꿀을 발라놔야 했다. 언니에게 내일채움공제에 대해 다시 설명한 뒤 2년만 버티라고 했다. 약장수가 된 기분이었다. 언니를 속여서 독약을 팔려는 약장수. 하지만 그 독약은 우리 인생에 꼭 필요한 거야. 마시면 노후가 준비되는 독약이거든. 그러니 자, 마셔. 나는 언니의 잔에 소주를 연거푸 따라주었다. 언니는 알딸딸해진 표정으로 내가 따라주는 술을 잘도 받아마셨다. 두 손으로 잔을 받아들고 고맙습니다, 라고 말하며. 언니는 점점 더 취해갔다. 테이블 위에 맥주병과 소주병이 볼링핀처럼 역삼각형 대형을 이루고 서 있었다. 전투적인 자세로, 한 번에 쓰러질 준비를 하면서.

술값이 너무 아깝다는 생각이 들 때마다 술이 없었으면 나는 죽었을 거라는 결론을 내렸다. 정말이야. 술이 없었으면 나는 죽었을 거야. 언니는 혼잣말하는 나를 물끄러미 바라보다가 혀를 차더니 주변을 둘러보았다. 그제야 사방이 무척 조용하다는 걸 깨달았다. 시끄럽게 떠들던 옆 테이블 손님들은 어느샌가 가버렸고, 가게 안엔 우리와 혼자 온 손님뿐이었다. 언니가 그만 가자고 말했다. 우리는 동시에 의자에서 일어났다.

나는 언니가 계산을 마칠 동안 얼마를 송금해주어야 하는지 생각하며 가게 밖에 서 있었다. 주인 할머니가 문 앞에 내어놓은 의자에 앉아 담뱃불을 붙이려다가 나를 돌아보더니 물었다. 왜 벌써 가? 안주가 맛이 없어? 나는 아니라고, 맛있게 잘 먹었다고 답했다. 그러나 마스크에 가려져 웃는 얼굴을 보지 못해서인지 할머니는 재차 안주가 맛이 없냐고 물었다. 아니요. 정말 맛있게 먹었어요. 할머니는 내 말을 믿지 않는 표정이었다. 눈치가 빠른 사람이었다. 어색한 분위기를 무마시키려고 가게에 왜 커다란 소파를 들여놓았는지 물어보았다. 할머니는 담배 연기를 길게 내뿜었다.

그게 있으면 여기가…… 꼭 집 같거든.

나는 그러시냐고 대꾸한 뒤, 여기가 꼭 집 같아야 할 이유가 뭘까 하고 생각했다. 나는 자영업자의 마음을 모르고, 할머니는 내일채움 족쇄를 찬 청년의 마음을 모르고, 은단 씨는 언니의 마음을 모르고, 큰이모가 사랑했던 사람은 큰이모의 마음을 모르고, 언니의 꿈은 언니를 모르고, 언니는 청년 회사원의 우울을 모르고, 죄다 모르는 것 투성이였다. 나는 할머니에게 다음에 다시 오겠다고 인사한 뒤 언니와 함께 골목을 빠져 나왔다. 할머니가 우리의 뒷모습을 바라보고 있을 것 같았다. 이제껏 한 번도 돌아본 적 없고, 돌아보고 싶다는 생각을 한 적도 없는데, 할머니가 우리를 보고 있을 게 분명하다는 생각이 들자 돌아보고 싶어서 미칠 것 같았다. 아무래도 술을 더 마셔야 할 것 같았다. 나는 집에 가겠다는 언니를 데리고 단골 LP바로 갔다. 상호명이 낯설어 한 번 듣고선 쉽게 기억할 수 없는 곳이었다.

*

'촛불 끄는 사람들'의 넓은 홀엔 손님이 달랑 두 테이블뿐이었다. 우리는 홀 한가운데 자리를 잡고 앉았다. 언니는 화장실에 다녀오더니 술이 좀 깬다고 말했다. 나는 블랙러시안 두 잔을 주문한 뒤 장식장 안에 가득 차 있는 골동품을 바라보았다. 언제 오더라도 똑같은 분위기였다. 사장은 바 테이블 너머에서 신청곡을 틀어주고, 손님들은 한 테이블 당 세 곡이라는 원칙을 지키며 정중히 음악을 신청한다. 나는 언니에게 종이와 펜을 내밀며 신청곡을 적으라고 했다. 언니는 물끄러미 종이를 내려다보더니 그냥 다른 사람이 신청한 음악을 듣자고 말했다.

벽면에 설치된 화이트스크린에 영화 〈로마의 휴일〉이 상영되고 있었다. 볼륨이 소거된 상태여서 배우들은 입만 벙긋했다. 그래도 꽤 볼만했다. 한참 영화를 보고 있으려니 누군가의 신청곡이 흘러나왔다. 아름다운 오드리 헵번의 얼굴 위로 흐르는 음악은 에미넴의 'Lose Yourself'. 그 부조화에 웃음이 났다. 언니도 같은 생각을 했는지 웃고 있었다.

거의 20년 전 노래인 거 알아? 이젠 레트로야.

우리는 영화 〈8마일〉을 함께 봤고, 나는 에미넴이 쓰레기봉투에 옷을 담는 장면에서 큰 동질감을 느꼈다. 나 역시 이사할 때마다 쓰레기봉투에 짐을 담아 날랐다. 어딜 가나 조립식 가구와 간소한 짐만 가지고 이사하니 커다란 이삿짐 트럭을 부를 일이 없었다. 궁핍한 내

집의 풍경을 떠올리다가 블랙러시안을 홀짝였다. 독해서 조금씩 마시게 되는 칵테일이었는데, 이름이 마음에 안 들긴 하지만 돈을 아끼려면 독주를 고르는 편이 나았다. 토닉워터와 섞은 술을 마셨다간 돈만 날리는 거였다. 언니는 생각이 바뀌었는지 메모지를 꺼내더니 신청곡을 적었다. 그리고 바 테이블 너머에 있는 사장님에게 메모지를 건네주고 돌아와 골똘히 생각에 잠긴 얼굴이 되었다.

매일 신청곡을 받는 사장님의 마음은 어떨까. 차라리 저런 직업을 꿈으로 가졌더라면 행복했을지도 몰라.

언니의 말에 나는 고개를 작게 끄덕였다. 사람들이 듣고 싶어 하는 음악을 들려주는 일만큼 낭만적인 일이 있을까. 하지만 팬데믹 시대에 그늘진 자영업자의 마음이 떠올라, 우리가 몰라서 그렇지 사장님도 많이 힘들 거라고 말했다. 언니는 딴생각을 하는 눈치였다.

드라마는 편당 50분이나 되는데, 음악은 기승전결과 희로애락이 5분 안에 끝나니 얼마나 좋아. 이 시대엔 뭐든 빨라야 좋은 건데.

언니가 혼잣말을 계속 중얼거리게 내버려두는 동안 두어 곡의 노래가 흘러갔고, 영화 〈바그다드 카페〉의 OST 'Calling you'가 나왔다. 나는 언니가 신청한 노래라는 걸 단박에 알았다. 우리는 이 영화 역시 함께 봤고, 엔딩 크레딧이 올라갈 때 둘 다 눈물을 흘렸다. 영화 내용처럼, 결혼 전에 꼭 나의 허락을 받겠다는 언니의 말에 나는 그럴 필요 없다고 답했다. 우리 사이가 그 정도는 아니잖아. 웃으며 농담처럼 말했지만 그땐 정말로 그 정도는 아니었다. 하지만 지금은 그 정도 같았다. 결혼하려면 서로의 허락을 받고 해야 할 것 같았다. 외로워서 죽을 수도 있다는 걸 이젠 아니까.

언니는 기본 안주로 나온 밭두렁과 김과자를 뚫어지게 쳐다보며 음악을 듣다가 곡이 거의 끝나갈 때쯤 서글퍼진 표정으로 밭두렁을 한 움큼 집어 먹었다.

왜 다른 사람이 신청한 노래는 그럴 듯하게 들리고, 내가 신청한 노래는 덜 멋지게 들리는 걸까.

나는 나도 같은 생각을 한 적이 있다고 대꾸했다. 아마도 내 마음 속에선 그보단 아름다운 노래이기 때문이겠지. 뭐든 그렇잖아. 마음 속에서 꺼내어 사람들 앞에 내보이는 순간 갑자기 초라해 보이잖아. 분명히 그보단 아름다웠는데. 그래서 나는 사람들 앞에 소중한 걸 꺼내놓지 않아. 언니는 그게 좋은 건 아니라고 하더니, 내게 마음을 좀 열고 살라고 했다. 나는 언니가 그렇게 말할 자격이 있나 싶었지만 잠자코 있었다. 우리는 종종 서로가 자기보다 못하다고 생각하는데, 그런 마음이 서로를 무시하는 결과로 이어지는 게 아니라 서로를 보살피는 상황으로 이어지는 게 신기했다. 언니는 알코올램프를 살짝 살짝 흔들며 심지에 붙은 불꽃을 바라보았다.

가끔 드라마 속 인물이 부러워. 모두가 기억해주는 삶을 살잖아. 가짜인데, 그런 삶을 살아. 나는 진짜인데도 그런 삶을 살지 못하는데.

나는 아무런 대답도 하지 않았다. 언니가 원하는 건 기념비처럼 우뚝 일어선 삶이었을까. 모두가 돌아보며 감탄하고 기리는 삶이었을까. 언니도 알겠지만, 그런 삶은 누군가의 희생이 가려지는 삶이잖

아. 전쟁이 무서운 게 그런 거잖아. 누군가의 희생을 당연한 것처럼 생각하는 몰지각. 누군가의 피해를 부수적인 것처럼 생각하는 반지성. 그렇게 지킨 영토와 신념은 후대에 전해져 이젠 아무도 찾아가지 않는 곳의 기념비로 남잖아. 그러니까 언니도 다시 생각해 봐. 언니의 삶에 기념비를 우뚝 세우고 싶은지. 언니의 청춘과 슬픔과 기쁨을 그 아래에 묻어두고, 단 하나의 비를 세우고 싶은지. 그러는 동안 언니가 잃어버릴 것들을 생각해 봐. 언니는 내 말을 묵묵히 듣더니, 사람마다 세우고 싶은 단 하나의 비가 있어, 라고 단정 짓듯 말했다. 나는 그런 게 없는 사람도 많다고 답했다. 이젠 그런 시대야. 기념비를 세우는 게 촌스러워진 시대. 단 하나의 기념비가 아니라, 요리조리 상황을 살피면서 끼니를 이어가는, 자기 몸 하나 누일 곳을 확장해가는 그런 삶이라고. 우리는 순간을 살고 미래는 여기 없지만, 미래를 우리가 만들어 갈 수 있다고 굳게 믿고 있어. 그래서 다들 회사에 다니고, 돈을 벌고, 직업을 갖는 거야. 자기 만족 본위의 직업이 아니라 월급 만족 본위의 직업을. 언니 인생의 우선순위는 거꾸로 세운 기념비처럼 괴상해.

나는 그렇게 길게 말하고 나서 얼음만 남은 잔을 들여다보았다. 내 말을 귀담아 듣지 않던 언니는 꾸벅꾸벅 졸기 시작했다. 나는 언니를 일으켜 세웠다. 집에 가자. 언니는 눈을 반쯤 감은 채로 출입문 앞에 기대어 서 있다가 계산을 마치고 온 내게 물었다. 이 노래 제목이 뭐지? 나는 그제야 대형 스피커에서 흘러나오는 노래에 귀를 기울였다.

'92년 장마, 종로에서'.

내가 노래 제목을 말해주자 언니는 눈을 동그랗게 떴다.

이 노래만 듣고 가자.

우리는 가까운 테이블에 다시 앉아서 노래를 끝까지 들었다. 아무런 말도 하지 않고, 졸지도 않고 집중해서 들었다. 나는 이 노래를 좋아한다고 말했던 남자를 떠올렸다. 한 달에 한 번씩 미용실에 나타나 큰이모에게 머리를 맡겼던 남자. 그는 큰이모에게 이 노래를 알려주며 언제 한번 같이 듣자고 말했다. 남자의 얼굴이 붉어지는 것을 목격하고 나는 얼마나 크게 실망했나. 아빠가 아니라 이모부가 생길지도 모른다는 추측에 상심에 빠졌던 나를 떠올리자 피식 웃음이 났다.

노래가 끝나자 언니가 말했다. 이 노래를 들으니까 내가 시대의 등불이라는 생각이 들어.

나는 언니의 말에 웃지 않았다. 시대의 등불이라니……. 나는 언니를 마주 보며 천천히 말했다. 이제 그 등불은 꺼졌고, 집으로 돌아가야 할 시간이야.

……알았어. 나도 족쇄를 찰게.

나는 고개를 끄덕였다.

어딘가에서 20세기의 전쟁이 반복되고 있는 동안, 우리는 21세기에 저서 꿈을 버린다. 둘 중 무엇이 진짜이고, 무엇이 가짜일까. 너무 멀리 떨어져 있어서 믿기 힘든 두 가지 일이 우리의 발밑을 위태롭게 흔들었다.

밖으로 나오자마자 언니는 물가 쪽으로 걷자고 말했다. 우리는 홍제천을 지나는 코스를 골라서 걸었다. 걷는 동안 우리가 오늘 다녀온 가게들이 전부 신기루인지도 모르겠단 엉뚱한 생각이 들었다. 아그리파, 술의 집. 목마와 미나리아재비. 촛불 끄는 사람들. 모두 연희동에 존재하지 않는 가게들 같았다. 그러면 우리가 머물렀던 곳은 어디란 말인가…….

말없이 걷던 우리는 교각 아래 끊어진 배수관 속에서 잠들어 있는 비둘기들을 목격했다. 지름이 15센티미터 남짓 되는 관 끄트머리에 비둘기 두 마리의 꼬리가 비죽 튀어나와 있었다. 관 안에 십수 마리의 비둘기가 잠들어 있는 것 같았다. 순간, 알 수 없는 두려움이 밀려왔다. 나는 언니를 돌아보았다. 언니는 교각에서 그라피티를 발견하고, 그 아래에 쓰인 문장을 읊조리더니 고개를 갸웃거렸다.

새로울 것 없는 말이네. 혁명은 끝났고 착취는 계속된다니. 젊은 혁명가일까, 늙은 혁명가일까.

내가 아무런 대답도 하지 않자 언니가 다시 물었다. 저 그림,《양철북》의 오스카가 떠오르지 않니?

나는 비둘기 똥을 밟으며 기둥 앞으로 걸어가 그라피티 기법으로 그려진 소년의 얼굴을 보았다. 구겨진 표정으로 나를 바라보고 있는 소년은 더 이상 자라지 못하고 영원히 멈춘 것처럼 보였다. 그 얼굴을 바라보고 있는 동안, 나는 내가 바라는 세상이 어떤 세상인지 모두 잊었다는 생각이 들었다. 오직 한 가지만 떠올랐다. 나는 나를 착취해서 부자가 될 것이다.

언니는 발끝으로 기둥을 툭툭 찼다.

기억나? 우리 같이 상암에 간 적 있잖아. 방송국 구경하러. 언젠가 저곳으로 일하러 갈 날이 오겠지, 그런 마음에 들떴는데.

나는 그날이 떠올랐지만 기억나지 않는 척했다. 사실 내가 기억하는 그날의 일화는 조금 달랐다. 상암에 갔던 것은 맞지만 어쩌다보니 굴다리를 지나 수색으로 향하게 되었다. 나는 언니를 변전소 앞으로 데리고 갔다. 어릴 때 이따금 찾던 곳이었다. 송전탑이 보이는 펜스 앞에 서서 언니에게 귀를 기울여보라고 했다. 언니는 그렇게 했고, 나는 언니의 표정을 살피다가 조심스럽게 물었다. 소리 들리지?

응, 들린다. 이게 무슨 소리지? 전기가 흐르는 소린가?

부레가 떨리는 소리, 허파가 헐떡이는 소리 같지 않아?

언니는 가만히 귀를 기울이더니 무슨 뜻인지 알 것 같다고 말했다.

여기가 세상의 중심 같다는 의미지?

그 반대야. 중심에서 벗어났지만, 열심히 살아가고 있다는 걸 알 수 있는 소리. 나는 이렇게 살 거야. 중심에서 벗어났지만, 열심히 떨리면서. 열심히 헐떡이면서.

참 이상한 말이네.

언니는 그렇게 말하며 웃었고, 우리는 손을 잡고 그곳을 떠났다. 부레가 떨리는 소리, 허파가 헐떡이는 소리를 세상에 들려주기 위한 의지가 우리의 걸음에 있다고 생각하며.

그날을 떠올리니 문득 노래가 부르고 싶어졌다. 나는 바라는 세상이 있어 노래를 불렀고, 언니 역시 그런 세상이 있어 각본을 썼는데 우리는 둘 다 실패했다. 우리가 바라는 세상은커녕 바라는 집에서조차 살지 못하고, 더러운 배수관 속에서 잠든 비둘기처럼 그렇게 살아간다. 하지만 함께 걸을 수 있는 밤이니까 그걸로 됐다고 생각하며, 조금 쓸쓸해진 마음이 많이 쓸쓸해지지 않게 조심하며 다시 걸었다. 어딘가에서 개 짖는 소리가 들려오길 내심 바라며. 깊은 밤의 허공을 찢고 나타난 우리의 꿈에게 젊은 혁명가는 죽었습니다, 라고 말할 날을 기다리며. 혹은 결코 기다리지 않으며.

✶ 이 소설은 《문학인》(2022년 여름호)에 발표한 소설이며 재수록하였습니다.

제23회 이효석문학상

# 심사평

## 맑고 밝은 상상력에서
## 삶에 대한 진지한 성찰까지

제23회 이효석문학상은 2021년 6월 1일부터 2022년 5월 31일까지 전국 대상 문예지를 비롯한 (비)정기 간행물, 인터넷 매거진 등 온·오프라인 매체에 발표된 중·단편 소설을 대상으로 심사를 진행하였다. 문학의 위기라는 말이 무색할 만큼 치열한 예술혼을 가진 작가들의 빼어난 작품이 여러 편이어서, 심사는 고되다기보다는 즐겁고 보람찬 시간이었다. 엄정한 심사의 과정을 거쳐 최종심에서는 김멜라의 〈제 꿈 꾸세요〉, 김지연의 〈포기〉, 백수린의 〈아주 환한 날들〉, 위수정의 〈아무도〉, 이주혜의 〈우리가 파주에 가면 꼭 날이 흐리지〉, 정한아의 〈지난밤 내 꿈에〉가 치열한 논의의 대상이 되었다. 여섯 편의 작품이 모두 고유한 개성으로 환하게 빛나는 가운데, 김멜라의 〈제 꿈 꾸세요〉를 제23회 이효석문학상 대상 수상작으로 결정하였다.

김지연의 〈포기〉는 독특한 음색으로 절대적 빈곤이 아닌 상대적 빈곤의 시대를 살아가는 요즘 젊은이들의 일상과 감각을 포착하는

데 성공한 작품이었다. 위수정의 〈아무도〉는 불륜이라는 오래된 이야기를 새롭게 다루는 것이 매력적인 작품이다. 위수정이 말하는 불륜은 정념이라는 뜨거운 열을 속에 깊숙이 감추고 있다는 점이 특징적이다. 그러한 특징은 뜨겁지는 않지만 화상을 남길 정도로 치명적인 드라이아이스의 이미지에 압축되어 나타난다. 이주혜의 〈우리가 파주에 가면 꼭 날이 흐리지〉는 코로나 소설이라고 할 만큼 우리가 지난 3년여 간 경험해 온 코로나 시대의 풍경이 실감나게 드러나 있는 소설이다. 동시에 코로나로 감춰진 관계의 균열과 적대를 여성혐오의 문제와 함께 다루고 있다는 점은 더욱 매력적이었다. 정한아의 〈지난밤 내 꿈에〉는 한센병력을 가진 할머니로부터 시작해 '할머니-어머니-딸'로 이어지는 여성 3대의 이야기다. 그릇된 통념과 남성적 폭력에 의해 상처받은 여성들이 끝끝내 삶의 가능성을 놓지 않고 분투하는 가운데 나름의 보상과 해원에 이르는 과정이 감동을 불러일으킨다. 백수린의 〈아주 환한 날들〉은 소설의 정석을 보여주는 작품이다. 수만 년 후에 누군가가 타임머신을 타고 와서 현대소설의 샘플을 보여 달라고 할 때, 자신 있게 보여줄 수 있을 만큼 소설로서 갖춰야 할 모든 장점을 갖춘 작품이었다. 앵무새와 나누는 우애의 시간을 통해 상상적인 방식으로 딸과 화해하는 과정, 혼자 사는 삶과 더불어 사는 삶의 아이러니적 관계에 대한 천착 등이 심사자의 마음에 오랫동안 남았다.

김멜라의 〈제 꿈 꾸세요〉는 사후 세계에 대한 이야기로 저승사자에 해당하는 '가이드'가 망자의 여행을 이끄는 이야기다. 자살이라고 해도 무방한 죽음이라는 심각한 문제를 이토록 맑고 밝은 상상력으로 갈무리할 수 있다는 것이 놀라움을 자아낸다. 특정한 문장이나 대목을 뽑아내는 것이 불가능할 만큼 작품 전체가 온통 개성적인 양질의 상상력으로 가득하다. 그러한 장점이 단순한 휘발성 재미로 소모되어 버리는 것이 아니라, 삶에 대한 진지한 성찰로까지 연결된다는 점에서 이 작품의 가치는 더욱 빛난다. 죽음이라는 절대적 사건을 맞이한 후에도 자신의 정체성과 인과에 얽매이기보다 자신과 이어진 사람의 꿈으로 가서 그들을 즐겁게 해주고 싶어 하는 마음은, 어쩌면 한국문학이 가닿은 가장 본원적인 차원의 윤리라고도 할 수 있을 것이다. 작품은 귀여운 상황과 표현으로 읽는 내내 독자를 미소 짓게 하지만, 결국 소설을 다 읽은 후에는 한번쯤 눈물짓게 하는 매력이 가득한 작품이다.

여섯 편의 작품이 모두 고유한 가치로 한국문학의 밤을 비추고 있었지만, 김멜라의 〈제 꿈 꾸세요〉는 새로운 감수성과 상상력이 돋보이는 수작이었으며, 한국문학이 지닌 가능성의 진폭을 확장시켜준다는 점에서 더욱 그 의의가 크다고 판단하였다. 별다른 이견 없이 수상자가 된 김멜라 작가에게 진심으로 뜨거운 축하의 박수를 보낸다. 아울러 최종심에 오른 나머지 작품들 역시 오랫동안 한국문학사에 기억될 것을 확신하며, 우수작품상 수상자들에게도 축하와 응원의 마음을 보낸다.

제23회 이효석문학상 심사위원단
오정희, 구효서, 김동식, 편혜영, 이경재
(심사위원 이경재 평론가 대표 집필)

## 이효석 작가 연보

1907. 2. 23~1942. 5. 25

**1907년** 1907년 2월 23일, 강원도 평창군 진부면 하진부리에서 부친 이시후李始厚와 모친 강홍경康洪卿의 1남 3녀 중 장남으로 출생. 전주 이씨 안원대군의 후손인 부친은 한성사범학교 출신으로 교육계 사관仕官으로 봉직하였음. 아호는 가산可山, 필명으로 아세아亞細兒, 효석曉晳, 문성文星 등을 쓰기도 함.

**1910년(3세)** 서울에서 교편을 잡고 있던 부친을 따라 서울로 이주.

**1912년(5세)** 가족과 함께 평창으로 다시 내려왔으며, 사숙私塾에서 한학을 수학修學.

**1914년(7세)** 평창공립보통학교 입학.

**1920년(13세)** 평창공립보통학교 졸업. 경성제일고등보통학교(현재의 경기고등학교) 입학.

**1925년(18세)** 경성제일고등보통학교 졸업(제21회). 경성제국대학(현재의 서울대학교) 예과 입학. 예과 조선인 학생회 기관지인 《문우文友》 간행에 참가. 《매일신보每日申報》 신춘문예에 시 〈봄〉 입선. 유진오俞鎭午, 이희승李熙昇, 이재학李在鶴 등과 사귀며 《문우》와 예과 학생지인 《청량淸凉》에 콩트 〈여인旅人〉 발표.

**1926년(19세)** 〈겨울시장〉, 〈거머리 같은 마음〉 등 수 편의 시를 예과 학생지 《청량淸凉》에 발표. 콩트 〈가로街路의 요술사妖術師〉, 〈노인의 죽음〉, 〈달의 파란 웃음〉, 〈홍소哄笑〉 등을 《매일신보》에 발표.

**1927년(20세)** 예과 수료 후 경성제대京城帝大 법문학부 영어영문학과 편입. 시 〈님이여 들로〉, 〈빨간 꽃〉, 〈6월의 아침〉, 단편 〈주리면…—어떤 생활의 단편—〉, 제럴드 워코니시의 〈밀항자〉 번역판을 《현대평론》에 발표.

**1928년(21세)** 경성제대 재학 중 단편 〈도시都市와 유령幽靈〉을 《조선지광朝鮮之光》에 발표하며 문단의 주목을 받기 시작. 유진오와 함께 동반자작가同伴者作家로 불리게 되었으나 KAPF에 적극적으로 참여하지는 않았음.

**1929년(22세)** 단편 〈기우奇遇〉를 《조선지광朝鮮之光》에, 〈행진곡行進曲〉을 《조선문예朝鮮文藝》에 발표, 시나리오 〈화륜火輪〉을 《중외일보中外日報》에 발표.

**1930년(23세)** 경성제국대학 영어영문학과 졸업. 졸업논문은 〈The Plays of John Millington Synge, 1871~1909〉. 단편 〈마작철학麻雀哲學〉, 〈깨뜨러지는 홍등紅燈〉, 〈북국사신北國私信〉, 〈상륙上陸〉, 〈추억追憶〉 발표. 이효석, 안석영安夕影, 서광제徐光霽, 김유영金幽影 등은 조선시나리오작가협회를 결성하여 연작連作 시나리오 〈화륜〉을 바탕으로 침체의 늪에 빠진 조선 영화계에 활력을 줌.

**1931년(24세)** 시나리오 〈출범시대出帆時代〉를 《동아일보東亞日報》에 발표. 단편 〈노령근해露領近海〉를 《대중공론大衆公論》 6월호에 발표하고, 같은 달 최초 창작집 《노령근해》를 동지사同志社에서 발간. 이 단편집에서 자신의 프롤레타리아 문인적 성향을 보임. 함경북도 경성鏡城 출신의 미술작가 지망생 이경원李敬媛과 결혼.

**1932년(25세)** 장녀 나미奈美 출생. 부인의 고향인 함북 경성鏡城으로 이주. 경성농업학교鏡城農業學校에 영어 교사로 취직. 〈오리온과 능금林檎〉을 《삼천리》에 발표. 이 무렵 이효석은 순수한 자연을 배경으로 한 서정적 경향도 보이기 시작.

**1933년(26세)** 순수문학을 표방하는 문학동인회 구인회九人會를 창립함. 창립회원은 김기림金起林, 김유영金幽影, 유치진柳致眞, 이무영李無影, 이종명李鍾鳴, 이태준李泰俊, 이효석, 정지용鄭芝溶, 조용만趙容萬임. 〈약령기弱齡記〉, 〈돈豚〉, 〈수탉〉, 〈가을의 서정抒情〉(후에 〈독백獨白〉으로 개제), 〈주리야〉, 〈10월에 피는 능금꽃〉 발표.

**1934년(27세)** 〈일기日記〉, 〈수난受難〉 발표.

**1935년(28세)** 차녀 유미瑠美 출생. 〈계절季節〉, 〈성수부聖樹賦〉 발표. 중편 〈성화聖畵〉를 《조선일보》에 연재.

**1936년(29세)** 평양 숭실전문학교(현재의 숭실대학교) 교수로 부임. 평양시 창전리 48 '푸른집'으로 이사. 대표작 〈메밀꽃 필 무렵〉을 비롯하여 〈산〉, 〈들〉, 〈고사리〉, 〈분녀粉女〉, 〈석류柘榴〉, 〈인간산문〉, 〈사냥〉, 〈천사와 산문시〉 등을 발표하며 대표적인 단편소설 작가로서 입지를 굳힘.

**1937년(30세)** 장남 우현禹鉉 출생. 〈개살구〉, 〈거리의 목가牧歌〉, 〈성찬聖餐〉, 〈낙엽기〉, 〈삽화揷話〉, 〈인물 있는 가을 풍경風景〉, 〈주을의 지협〉 등을 발표.

**1938년(31세)** 숭실전문학교 폐교에 따라 교수직 퇴임. 〈장미薔薇 병病들다〉, 〈해바라기〉, 〈가을과 산양山羊〉, 〈막幕〉, 〈공상구락부空想俱樂部〉, 〈부록附錄〉, 〈낙엽을 태우면서〉 등을 발표.

**1939년(32세)** 평양 대동공업전문학교 교수 취임. 차남 영주瑛周 출생. 장편 《화분花粉》을 인문사人文社에서, 단편집 《해바라기》를 학예사에서, 《성화聖畵》를 삼문사에서 발간. 〈여수旅愁〉를 《동아일보》에 연재.

**1940년(33세)** 부인 이경원과 사별(1940. 2. 22). 3개월 된 영주를 잃음. 장편소설 《창공蒼空》을 총 148회에 걸쳐 《매일신보》에 연재連載. 1941년 단행본으로 간행될 때에는 《벽공무한碧空無限》으로 개제改題. 〈은은한 빛〉, 〈녹색의 탑〉 등을 일본어로 발표.

**1941년(34세)** 《이효석단편선》과 장편소설 《벽공무한》을 박문서관博文書館에서 출간. 〈산협山峽〉, 〈라오콘Lacoön의 후예後裔〉, 〈봄 의상衣裳(일본어)〉 〈엉겅퀴의 장(일본어)〉 등 발표. 부인과 차남을 잃은 슬픔과 외로움을 달래며 중국, 만주 하얼빈 등지를 여행.

**1942년(35세)** 5월 초 결핵성 뇌막염으로 진단을 받고 평양 도립병원에 입원 가료. 언어불능과 의식불명의 절망적인 상태로 병원에서 퇴원 후, 5월 25일 오전 7시경 자택에서 35세를 일기로 생을 마감. 임종은 부친과 친구 유진오 그리고 지인 왕수복이 함께 지켰음. 유해는 평창군 진부면에 부인 이경원과 합장됨.

**1943년** 유고 단편 〈만보萬甫〉를 《춘추春秋》에 게재. 단편선집 《황제皇帝》가 박문서관에서 간행됨. 〈향수〉, 〈산정山精〉, 〈여수〉, 〈역사〉, 〈황제〉, 〈일표一票의 공능功能〉이 함께 수록되어 발간됨. 5월 25일 서울 소재 부민관에서 가산可山의 1주기 추도식 열림.

**1945년** 부친 이시후 별세(1882~1945).

**1959년** 장남 우현에 의해 편집된 《이효석전집李孝石全集》 전5권 춘조사春潮社에서 발간.

**1962년** 모친 강홍경 별세(1889~1962).

**1971년** 차녀 유미에 의해 《이효석전집》 전5권 성음사省音社에서 재발간.

**1973년** 강원도 영동고속도로 건설로 진부면 논골에 합장되었던 가산可山 부부 유해를 평창군 용평면 장평리로 이장함.

**1980년** 강원도민의 후원으로 영동고속도로변 태기산 자락에 가산 이효석 문학비 건립.

**1982년** 10월에 열린 문화의 날을 맞아 대한민국 금관문화훈장이 추서됨.

**1983년** 장녀 나미에 의하여 《이효석전집》 전 8권 창미사創美社에서 발간.

**1998년** 영동고속도로 확장개발공사로 묘소가 경기도 파주시에 소재한 동화경모공원으로 이장됨.

**1999년** 강원도 평창군 주최로 봉평에서 지역민과 함께 하는 효석문화제 창시.

**2000년** 〈메밀꽃 필 무렵〉의 산실인 평창군 봉평에서 지역 주민을 중심으로 한 가산문학선양회와 평창군의 주관으로 "문학의 즐거움을 국민과 함께"라는 염원을 담은 효석문화제가 활성화됨. 이효석문학상 제정. 정부의 재정지원으로 이효석 문학기념관 건립 추진.

**2002년** 이효석문학관 건립.

**2011년** 제목 미상 〈미완未完의 유고遺稿-미발표 일본어 소설〉 장순하張諄河 번역. 2011년 9월에 발행된

《현대문학》(통권 제681권 220~224페이지)에 발표.

**2012년** 재단법인 이효석문학재단李孝石文學財團 설립.

**2016년** 이효석문학재단 주관 하에 텍스트 비평을 거친 정본定本《이효석 전집》 전 6권 서울대학교출판문화원에서 발간.

**2017년** 2월 23일 가산 이효석 탄신 110주년 기념식 및 정본 전집 출판기념회 개최.

**2019년** 이효석문학재단, 강원도 평창군 진부면에 지부 설립

**2021년** 11월 19일(금), 파주 동화경모공원에서 〈메밀꽃 필 무렵〉작품 산실인 평창군 봉평면 이효석문학관 근처'효석달빛언덕'에 선생님 부부유택을 안장.

12월, 이효석문학재단 지부를 평창군 봉평면 이효석길 157번지로 이전.

# 이효석 문학상

**수상작품집 2022**

**초판 1쇄** 2022년 9월 22일

**지은이** 김멜라 김지연 백수린 위수정 이주혜 정한아 이서수
**펴낸이** 서정희
**펴낸곳** 매경출판㈜
**책임편집** 송혜경
**마케팅** 김익겸 한동우 장하라
**디자인** 김보현

**매경출판㈜**
**등록** 2003년 4월 24일(No. 2-3759)
**주소** (04557) 서울시 중구 충무로 2 (필동1가) 매일경제 별관 2층 매경출판㈜
**홈페이지** www.mkbook.co.kr
**전화** 02)2000-2633(기획편집) 02)2000-2645(마케팅) 02)2000-2606(구입 문의)
**팩스** 02)2000-2609 **이메일** publish@mk.co.kr
**인쇄 · 제본** ㈜M-print 031)8071-0961
**ISBN** 979-11-6484-461-6(03810)